W0408385

Liberté

~~[illegible]~~

colier
et les arbres
e neige

es lues
es blanches
r ou cendre

querriers
des rois
es captives
n

dorées
r les genêts
mon enfance
mer

lles des nuits
nc des journées

Sur mon c
Sur ses o
Sur sa f
J'écris

Sur le t
Sur les o
Sur le
~~Et pour~~
J'écris

Sur tou
Sur le f
Sur cha
J'écris

Sur la
Sur les
Bien a
J'écri

Sur m
Sur m
Sur

Paul Eluard

champs sur l'horizon
ailes des oiseaux
le moulin des ombres
ton nom

que bouffée d'aurore
mer sur les bateaux
montagne démente
is ton nom

Sur les marches de la mor
J'écris ton nom

Sur la santé revenue
Sur le risque disparu
Sur l'espoir sans souven
J'écris ton nom

Et par le pouvoir d'un m
Je recommence ma vi
Je suis né pour te conn
Pour te nommer
Liberté.

la santé revenue
le risque disparu
l'espoir sans souvenir
les chemins [illegible]
les chemins impossibles
les places
les formes scintillantes
les cloches des couleurs [illegible]
[illegible]
[illegible] la vérité physique
'écris ton nom

sentiers
r les [illegible] éveillés
routes
r les [illegible] impossibles
r les places qui débordent
'écris ton nom

Sur la mousse des nuages
Sur les sueurs de l'orag
Sur la [illegible]
J'écris ton nom

Pour Serge Bresson,

ET PAR LE POUVOIR D'UN MOT

Un auteur, des éditeurs,
des imprimeurs, des relais en France
et à l'étranger, pour diffuser
et prolonger ces vers libres
au service de "liberté".

XAVIER DONZELLI

ET PAR LE POUVOIR D'UN MOT

roman

ÉDITIONS SEGHERS

COUVERTURE :
PAUL ELUARD, À SON APPARTEMENT DE LA RUE DE LA CHAPELLE, 1944.
© HENRI CARTIER-BRESSON, MAGNUM

EN PAGE D'OUVERTURE :
PAUL ELUARD, *LIBERTÉ*, JUIN 1941 (MANUSCRIT, N° INV. NA 3912), MUSÉE D'ART ET D'HISTOIRE PAUL ELUARD – SAINT-DENIS. CLICHÉ : I. ANDRÉANI.

© ÉDITIONS SEGHERS, 92 AVENUE DE FRANCE, 75 013 PARIS
PARUTION : JANVIER 2023
ISBN : 978-2-232-14612-1

« Le poète est dirigé. Il ne fait pas ce qu'il veut, mais ce qu'il peut. Les circonstances s'imposent à lui d'une manière imprévisible. Il veut parler de la femme qu'il aime, il parle des oiseaux ; il veut parler de la guerre, il parle de l'amour. Aussi le poète ne connaît le titre de son poème qu'après l'avoir écrit. »

Paul Eluard, le 9 avril 1946,
lors d'une conférence
à l'Institut français de Prague.

Nouvel alphabet français

La nation ABC
La gloire FAC
La République DCD
Les places fortes OQP
Les provinces CD
Les lois LUD
Le peuple ÉBT
La justice HT
La ruine HV
La liberté FMR
La honte VQ
Le prix des denrées LV
Mais l'espoir RST

Tract, 1941.

Sur les bijoux des captives

Février 1942

Lovée dans les couvertures jusqu'au menton, Nusch se repose. Elle sent les yeux de Paul en équilibre sur ses paupières. Sa poitrine se soulève avec grâce et retombe, pareille à l'onde lasse d'une mer d'huile. Il passe la main dans sa *chevelure des caresses* et s'émerveille pour la première et énième fois de ses cheveux de broussaille, emmêlés par le vent et le crachin, couvrant son beau visage tracé d'une ligne : les coques de ses yeux, le môle fin de son nez, le bouquet de ses lèvres, ses oreilles douces et sinueuses dont les plis cachent nautiles et couteaux. Paul peut passer des heures à la contempler, à la modeler de ses songes, à la peindre aux couleurs des voyelles.

Tes yeux sont livrés à ce qu'ils voient
Vus par ce qu'ils regardent

Cette dernière journée à Vézelay a duré une éternité. Paul est allé saluer Romain Rolland, rue Saint-Étienne – ils ont longuement discuté des positions de Claudel vis-à-vis de Pétain.

Nusch a préféré se caler dans un fauteuil, sur le balcon, pour profiter du soleil de l'après-midi. Le soir, ils sont allés dire au revoir à leurs amis les Zervos. Ils étaient bien au chaud, serrés près du feu de cheminée, dans le salon cossu de cette maison d'architecte perchée sur le hameau de la Goulotte, à quelques encablures de la ville. Mais Nusch s'est ennuyée ferme, la discussion l'a assommée. Pendant des heures, Paul a lancé des augures sur la guerre devant son auditoire, prêt à tout gober pour dire plus tard, quand les témoins de ces temps se feront rares : « Ce jour-là, Eluard a dit… » Ce ménage mondain sur fond de guerre a fini par la lasser. Elle a passé la soirée en compagnie de Vivette, la fille adoptive du couple. Elle, au moins, ne se prend pas au sérieux.

À Vézelay, les Eluard se sont partagés entre le hameau des Zervos et leur petite chambre à l'auberge : plus de confort à la Goulotte, mais plus de simplicité au Cheval blanc. Nusch se sent bien ici. C'est chaleureux, intime. Et la vue sur la place du Champ-de-Foire est belle. À leur arrivée, elle a repensé leur petite chambre en fonction de ce coin lumineux et ouvert, propice à l'écriture. C'est là qu'elle a installé le bureau de Paul, piqué à la chambre numéro 9, celle où Le Corbusier a ses habitudes.

Nusch et Paul appréhendaient de passer un autre hiver à Paris, comme celui de l'année dernière, le premier de l'Occupation, qui les a éprouvés jusque dans leur chair. Sans le sou, sans ressources, ils se sont nourris à la diable de rogatons rapportés par Nusch après des heures à battre le pavé devant les commerces de bouche, avec la crainte d'arriver trop tard et de voir le dernier bout de gras lui filer sous le nez. Dans la queue, les ménagères ne parlent que des produits du moment, disponibles en fonction des tickets, et des combines à connaître pour se procurer des denrées rares. Ersatz de vie que cette quête effrénée. Les corps déclinants, les ventres implorants, l'esprit dévoré par des images de festins.

C'est ainsi que Paul et Nusch ont traversé trois mois d'une longue nuit polaire, reclus, transis, ne pouvant chauffer qu'une seule pièce – et encore, quelques heures par jour seulement. La toilette à l'eau glacée, les cheveux mouillés, les mèches durcies par le gel. Ils ont vécu fenêtres fermées, volets clos, lumières mouchées à l'heure où sonne le sifflet du chef d'îlot, chargé de traquer le moindre filet de lumière fuyant des habitations. Une longue nuit de couvre-feu.

Paul laisse Nusch à ses songes et s'installe à sa table. Il allume une cigarette, tire deux bouffées, la pose sur le cendrier, puis dévisse le capuchon de son stylo. Il savoure l'instant de calme qui précède une séance de travail. Il commence par faire place nette, froisse les brouillons illisibles et se débarrasse des doublons. Pendant deux bonnes heures, il relit ses feuillets, rature, reprend, brode, tandis que Nusch écoute à la radio, à faible volume pour ne pas l'importuner, un Ave Maria qu'elle accompagne d'un chœur muet.

« Ave Maria Benz... », souffle-t-elle en riant.

Depuis une semaine, Paul s'est remis à ce long poème qu'il lui a dédié. Il l'a commencé l'été dernier, quand elle est tombée malade et qu'il a fallu l'hospitaliser. Au comble du désespoir, il s'est alors souvenu de cette diseuse de bonne aventure qui, en 1934, lui avait tiré les cartes et lu les lignes de sa main. C'était peu de temps avant leur mariage. Ce jour-là, ils étaient entre amis, avec les Breton, les Desnos, à la Foire du Trône. Tous s'étaient prêtés de bon cœur au jeu de la divination, mais, quand vint le tour de Paul, la cartomancienne se fit plus longue et plus précise. Elle lui annonça qu'il connaîtrait trois femmes dans sa vie : son premier amour, qui serait aussi la mère de ses enfants, la femme de sa maturité et celle qui l'accompagnerait dans la mort. Avec les deux premières, l'amour durerait dix-sept ans. Avec la dernière, sans doute moins. Ce présage ne fit pas sourire Nusch, qui le tira par le coude pour qu'ils s'en aillent. Naturellement, Paul n'avait accordé aucune importance à ces dires, seuls l'intéressaient le cérémonial et le décor de la roulotte. À l'époque, il avait ri de la voir si inquiète... Mais, lors de cet été 1941, Paul comprit que, si la mort devait lui ravir Nusch, il s'enfoncerait dans une nuit noire, tel Orphée sans Eurydice. Rien ne l'effrayait plus que de la perdre.

Après l'opération, tous deux partirent chez des amis de sa fille Cécile, à Melleray. Nusch reprit des couleurs grâce aux produits de la ferme que l'on pouvait, en dépit des restrictions, se procurer sans difficulté. Elle, si menue, s'affermit de trois kilos. Ils rendirent visite aux Parrot, dans leur maison de famille à Poitiers, où Denyse et Louis les entourèrent d'attentions. Puis ils passèrent quelques jours à Vézelay, chez les Zervos. Nusch était sur pied, et ils parcoururent la campagne en se gorgeant d'air pur.

C'est à cette époque que Paul écrivit pour elle les premiers vers de ce long poème. D'une facture assez simple, il obéissait à un procédé itératif et anaphorique. Il était né ainsi, dans ses premiers vers. Des strophes jaillissaient au matin :

Sur la santé revenue
Sur le risque disparu
Sur le moulin des ombres
Sur chaque bouffée d'aurore

Il n'avait qu'à dérouler le fil, tout semblait facile. Mais bientôt l'inspiration se déroba. Les matins se firent muets. Paul n'apercevait plus la même lignée. Ce n'était plus seulement Nusch qui présidait à son amour, mais une idée plus vaste qui embrassait sa vie tout entière. Pendant quelques mois, Paul laissa de côté ce poème pour en écrire d'autres qui montaient en lui, en ces temps troublés. Il y revint certains soirs, pas toujours bien disposé, et alors ce n'était plus seulement Nusch qui illuminait sa rêverie, mais son double : Gala. Il humait son parfum dans la pénombre, la sentait fondre sur lui et prendre possession de son esprit. Tout à elle, comme au temps de leur passion. Il parcourait des lieues en aveugle, guidé par sa voix, suivant un rayon de ses yeux, une étincelle jaillie de sa bouche. Il s'enfonçait dans les neiges éternelles de Clavadel, où il la connut, s'abîmait dans les calanques de Cadaquès, où il la perdit. Ce long poème n'était qu'une seule pensée qui s'incarnait dans les deux femmes de sa vie : celle qu'il aimait et celle qu'il aimerait toujours.

Ce soir, Paul contemple le chantier du poème en cours, les flèches, les biffures sans appel, les arabesques des repentirs. À force d'ajouts, son manuscrit est illisible, ou presque. Levant les yeux, il distingue dans la nuit l'éclat d'étoiles de première magnitude. Cette joaillerie céleste fait surgir de nouveaux vers : *Sur les pentes monotones, Sur les dentelles de pluie, Sur les bijoux des captives.* Il opère encore quelques retouches, ordonne les strophes, les déplace, instaure un nouveau sens à cette succession d'images et de strophes qui se terminent toutes par cette scansion : *J'écris ton nom.*

Il allume une autre cigarette. Celle-là, il ne la laissera pas se consumer. Il la savoure en relisant les derniers mots sur le papier, grimace sur le choix de certaines métaphores. Un trait sec vient rayer l'adjectif *monotones*, biffer *les bijoux des captives.* La clope au bec, il ajoute : *Pierre sang papier ou cendre.*

Des éclats de voix montent du dehors, rebondissant d'une rue à l'autre. De la fenêtre de la chambre, Paul aperçoit des lumières vacillantes, des torches brandies, qui éclairent des gens agités.

« Qu'est-ce que c'est que ça, encore ? »

Au tumulte de la rue répond le bruit de pas pressés. Une voix de fillette les appelle depuis les escaliers, trois coups secs font vibrer la porte. Nusch repousse la couverture et se précipite pour ouvrir. Vivette lui tombe dans les bras.

« Que se passe-t-il ? Tu t'es fait mal ? »

Vivette peine à reprendre son souffle.

« C'est un loup !

— Un loup ? »

Sur la lampe qui s'allume

Mai 1942

C'est bien la première fois que Cícero contemple ce ciel en souriant, ce maudit ciel de la Forêt-Noire, si loin de tout. La rumeur d'une libération prochaine, qui a circulé la journée entière, l'a mis en joie. Ainsi, les jours rallongent et son moral, dopé par la lumière et la promesse d'un retour au pays, se redresse. À son arrivée ici, en février, le jour tombait tôt et Cícero se désolait de ces crépuscules éclair qu'il voyait comme une troublante métaphore du Blitzkrieg et de l'Allemagne nazie en train d'étendre ses ténèbres sur l'Europe. Désormais, les jours s'achèvent en de splendides flambées de bleu.

Au-delà de la terrasse où il se tient s'étend le domaine de la « prodigue nature », vantée par les hôtes allemands à leurs « pensionnaires » du Brennersparkhotel. Cette nature, les diplomates brésiliens débarqués des chancelleries de Berlin, Brême, Cologne, Essen, Francfort, Hambourg, Copenhague, Vienne ou Paris, ne l'ont foulée que les premiers jours. Très vite, le périmètre des escapades s'est resserré ; Cícero n'a plus eu accès à la ville, puis aux jardins et aux sentiers autour de l'hôtel, puis à rien du tout. Pendant des semaines, il a observé d'un œil morne ce décor enneigé réduit à une palette monochrome.

De la porte ouverte du réfectoire lui parviennent les voix de ses confrères attablés, et un couple vient le rejoindre sur la terrasse. Dans la pénombre, Cícero reconnaît João Guimarães Rosa, le vice-consul de Hambourg, et Aracy, sa fiancée. Il les salue d'un petit signe de la main, avec un sourire qui se perd dans l'obscurité. La flamme d'un briquet éclaire tour à tour le visage d'Aracy et celui de João. Cícero note la douceur de leurs traits soulignés par cette lueur de chandelle éphémère, à la de La Tour.

« Tu es bien songeur, Cícero... », lance João, passant une main autour de la taille d'Aracy. Elle incline tendrement la tête contre son épaule. Ce geste rappelle à Cícero les abandons câlins de Raymonde et lui serre le cœur. « Tu lis dans les astres ? »

Drôle de question. Cícero serait bien en peine de déchiffrer la moindre constellation ou juste de désigner une étoile par son nom. De tous les pensionnaires du Brenners, João est l'un de ceux qu'il préfère. Ensemble, ils parlent peinture et littérature. João l'éblouit par sa science des langues et ses jeux de mots – lesquels ne déplairaient pas à ses amis surréalistes, à Paris. Mais Cícero retournera-t-il un jour à Paris ? Son regard se rembrunit à cette pensée.

« Je me contente d'observer les variations de lumière, dit-il.

— L'œil du peintre, commente Aracy.

— Cette nuit de printemps me rappelle une excursion que j'ai faite chez une cartomancienne très réputée, *Frau* Heelst, quelques mois avant le début de la guerre, raconte João, les yeux rivés au ciel. Nous voulions connaître notre destin... » Il aspire une dernière bouffée et écrase, dans une gerbe d'étincelles, son mégot sur les pierres. Aracy pioche une cigarette dans la poche de sa chemise. « J'étais venu avec trois jeunes Allemandes. Cette chère *Frau* a fait rire la première par ses prédictions farfelues

– elle s'était trompée sur son lieu de naissance... Elle a fait pleurer la deuxième en lui révélant, non pas son avenir, mais des pans douloureux de son passé. Pour la troisième, elle s'est montrée plus prudente : le futur qu'elle voyait pour elle était conforme à ses rêves d'amour... La jeune femme en était émue aux larmes ! »

Une flamme jaillit dans la nuit, découvrant les lèvres amusées d'Aracy et la base de son nez. Cícero lui trouve un air gracieux qu'il se promet de fixer un jour sur la toile.

« Et à toi ? Que t'a-t-elle prédit ? demande-t-il.

— Oh, moi..., fait João, comme si ce sujet l'embarrassait soudain. Je n'ai posé qu'une seule question à *Frau* Heelst : aurons-nous la guerre ? Elle m'a répondu tout de suite, sans se courber vers sa boule ni même consulter ses cartes : "*Der Krieg ?* Non, en aucune façon." » João trace avec les pieds, sur le gravier de la terrasse, un signe qu'il efface aussitôt, puis reprend. « Quelques mois plus tard, en août 1939, dans le déferlement de télégrammes et de dépêches qui nous parvenaient au consulat, elle m'a appelé, affolée, après un tirage. Elle voulait savoir si la guerre allait éclater pour de bon. Ce jour-là, les rôles se sont inversés : c'était elle, la diseuse de bonne aventure, qui me demandait à moi, le consul, si je connaissais l'avenir... Elle avait appris d'une amie juive à elle, que, Aracy et moi, nous octroyions – disons généreusement – des visas pour le Brésil aux Juifs et aux réfugiés qui avaient été refoulés par l'ambassade de Berlin ou les consulats brésiliens du Grand Reich. Elle m'a demandé de lui en fournir un, pour n'importe quelle ville du Nord ou du Sud. Ou n'importe quel pays d'Amérique latine ! » Cícero et Aracy rient. « Allez savoir où elle se trouve aujourd'hui...

— Allez savoir où nous serons tous demain... », conclut Cícero.

De la poche de son veston, il sort un carnet maintenu par un élastique, l'ouvre à la première page et coche une croix, qui vient s'ajouter à celles qui y figurent déjà. Aracy lui lance un regard interrogatif. Les lèvres de Cícero remuent mais ne prononcent aucun mot : il compte.

« Cela fait quatre-vingt-dix-neuf jours que nous sommes retenus ici, dit-il, relevant la tête.

– Cent demain, quand nous devions rester une semaine, ajoute Aracy. “Le temps d’organiser le transfert des diplomates.”

– Gageons que ce sera le centième et dernier jour, ajoute João. L’ambassadeur va s’exprimer d’un instant à l’autre. Nous devrions rentrer... »

João se lève, Aracy écrase sa cigarette et le suit. Cícero jette un œil au ciel, où des traînées roses et bleues s’attardent à l’ouest. Ensemble, ils traversent la grande salle du réfectoire alors que la brigade s’active à desservir les tables du dîner, surveillée de près par le maître d’hôtel, le seul, avec le représentant de la police du Reich, à arborer un brassard nazi. Dans ses carnets, Cícero a déjà saisi son profil de rapace, avec ses joues mafflues et ses yeux enfoncés.

À l’entrée du grand salon, João et Aracy faussent compagnie à Cícero et vont retrouver leurs homologues des consulats et de l’ambassade de Berlin. Tous les Brésiliens de la salle attendent l’allocution avec anxiété. Les hommes, échauffés par les nombreuses bières avalées à table, palabrent par petits groupes. La tension est palpable et Cícero choisit un fauteuil un peu à l’écart. Il s’apprête à allumer un cigare quand la rumeur de la salle fait place soudain à un chuintement qui passe de bouche en bouche pour appeler au silence. Dans le fond de la salle, il découvre la silhouette de l’ambassadeur et, à ses côtés, la petite troupe des officiels.

« *Queridos companheros*, commence l’ambassadeur, je vous ai rassemblés ce soir pour vous annoncer une grande nouvelle... Nous avons obtenu votre libération ! » Une clameur s’élève de la salle. « Nous partirons demain, en train. Direction : le Portugal... »

Des hourras fusent de toutes parts, les hommes se lèvent de leur chaise et se tombent dans les bras. Dans le jardin, les enfants, voyant ces effusions de joie, rappliquent aussi sec pour se mêler au chahut. Les membres du personnel allemand de l'hôtel, alertés par l'agitation, courent en informer leur direction.

« *Senhores, por favor, calma !* »

Les supplications des consuls se perdent dans le concert des voix. Imitant l'ambassadeur, les vice-consuls agitent leurs bras pour ramener le calme. Ils en viennent à monter sur la table pour réclamer l'attention.

« Silence, bon sang ! Son Excellence n'a pas fini... »

Cícero déplace son fauteuil pour écarter les intrus de son champ de vision. Il aperçoit, soutenu de part et d'autre par le consul et le vice-consul de Berlin, l'ambassadeur en train de grimper, hésitant, sur la table.

« Nous partirons demain, explique-t-il, dans un train spécialement affrété pour nous à destination du Portugal... » Clameurs, applaudissements. « Nous passerons par Bar-le-Duc, Paris, Bordeaux, Biarritz, Madrid et arriverons, *se Deus quiser*, dans cinq jours à Lisbonne. »

Les hommes exultent, entrechoquent leurs chopes de bière, tandis que les mères, joignant les mains devant leurs lèvres, remercient le ciel. Les enfants lancent en l'air les coussins du salon. L'ambassadeur regarde l'assemblée joyeuse à ses pieds. De la foule, un homme s'avance et l'interpelle :

« Et après ? De Lisbonne, où irons-nous ? »

L'ambassadeur a à peine le temps d'ouvrir la bouche qu'un consul lui coupe la parole :

« Chez nous, pardi ! »

Et la salle de reprendre en chœur :

« Chez nous, au Brésil ! *De volta para casa !* »

Soulèvement de joie. Mais une voix s'élève :

« Attendez une minute... Comment repartons-nous ? »

L'ambassadeur est devancé par le consul de Brême, le visage lumineux, qui ouvre les bras pour partager la bonne nouvelle.

« En bateau, bien sûr ! »

À ces mots, les visages se ferment, le souffle de la salle en liesse retombe. Plus un son ne filtre. Les femmes ramènent leurs poings serrés contre leur poitrine. Le vice-consul de Brême baisse les bras, interdit, et se tourne vers l'ambassadeur, qui lui lance un regard assassin.

« Je sais ce que vous pensez... Vous pensez à ces bateaux brésiliens que la marine allemande a attaqués...

— Attaqués ? Le mot est faible ! gronde une voix.

— Ils nous torpillent !

— Ils nous envoient par le fond ! » clament des voix rageuses.

La foule, à présent, ne rit plus. Les visages ont repris l'air grave de ces derniers mois.

« La baie de Rio est un cimetière de navires brésiliens... Et vous voulez nous renvoyer chez nous en bateau ! Les Allemands n'attendent que ça pour nous couler ! »

Les adultes hurlent, trépignent, et les enfants remettent en douce les coussins en place. Remisant son cigare dans la poche de son veston, Cícero se renverse dans son fauteuil et place les mains derrière sa tête. Il exhale un soupir, incapable de savoir s'il faut se réjouir de cette libération ou craindre pour le voyage à venir.

« Messieurs, je comprends votre réaction... dit l'ambassadeur. La mer n'est pas sûre et les sous-marins allemands rôdent. Mais nous avons obtenu des garanties...

— Quelles garanties ?

— En ce moment même, reprend l'ambassadeur, deux navires du Lloyd Brasileiro, le *Siqueira Campos* et le *Bagé*, font route vers le Portugal, avec à leur bord des diplomates allemands qui étaient en poste au Brésil... » Un silence suit ses paroles. Mis en confiance, l'ambassadeur poursuit. « Ces bateaux, en accord avec les autorités allemandes, américaines et britanniques, arborent sur leurs flancs, en lettres gigantesques, le mot *Diplomates*, visible à des lieues à la ronde. Et notre drapeau flotte, à la proue et à la poupe... »

Un murmure parcourt l'assemblée. Cícero se décale pour mieux distinguer l'orateur quand, du fond de la salle, surgit le personnel de l'hôtel au grand complet. En voyant débarquer les Allemands, les enfants décampent sans demander leur reste. Mais l'assemblée, les yeux tournés vers l'ambassadeur, ne s'est aperçue de rien. Pas plus que l'ambassadeur, qui, penché sur ses notes, rajuste ses lunettes.

« Tous les belligérants se sont engagés à protéger nos bateaux en provenance de Rio, et ce, tout le long du parcours, jusqu'à ce qu'ils atteignent les eaux territoriales du Portugal, et que Lisbonne soit en vue... Ordre a été donné aux capitaines du *Bagé* et du *Siqueira Campos* de naviguer tous feux allumés, de jour comme de nuit, et de suivre, scrupuleusement, la route qui leur a été indiquée... »

Agitant le bras, Cícero demande alors la parole, que le consul de Vienne lui accorde. Cícero se lève, tire sur les pans de son costume et lance, de sa voix grave :

« Que les Brésiliens, les Américains, les Britanniques, et qui plus est les Allemands, s'engagent à ramener sains et saufs du Brésil les ressortissants du Reich et de l'Italie fasciste en poste là-bas, cela va de soi... Mais comment s'assurer que les Allemands, une fois qu'ils auront récupéré leurs diplomates, n'ouvriront pas le feu sur nous, comme ils l'ont déjà fait tant de fois sur de simples bâtiments de pêcheurs ? » Clameur, agitation. « Comment avoir la certitude qu'ils ne torpilleront pas ces mêmes bateaux où nous tous, ici présents, aurons pris place ? »

Ces paroles déclenchent un nouveau bourdonnement de voix : « Bien dit ! » ; « Cícero a raison ! » ; « On ne peut pas faire confiance à Hitler » ; « Il faut exiger une escorte américaine » ; « Les nazis n'ont qu'à venir les chercher eux-mêmes, leurs ressortissants ! » Florilège de propositions vengeresses. Cícero, surpris de l'émoi qu'a produit son intervention, se rassoit.

Le maître d'hôtel portant le brassard nazi fait alors irruption depuis le fond de la salle, suivi d'un groupe de soldats qui se poste près de la sortie et devant les autres portes d'accès. La peur gagne l'assemblée. L'ambassadeur, frappé d'indécision, se contente de dévisager l'*Oberleutnant*. De son propre chef, João se détache du groupe et s'avance vers les soldats.

« Monsieur, dit-il dans un allemand impeccable, nous sommes ici sans armes et n'avons aucune intention belliqueuse. Je vous demande de faire sortir vos hommes, ainsi que le personnel de l'hôtel, afin que nous puissions reprendre nos débats en toute tranquillité... »

L'*Oberleutnant* et ses hommes ne bougent pas d'un cil. Les diplomates, médusés par le courage de João, n'ont d'yeux que pour lui.

— Monsieur, reprend-il, dans douze heures nous aurons quitté cet établissement, et dans vingt-quatre heures nous aurons quitté votre pays. Nos chancelleries ont conclu un accord que, par votre présence dans cette salle, vous êtes en train de violer. J'exige que vos hommes se retirent et je vous demande de leur transmettre cet ordre. »

Les visages se tournent vers l'*Oberleutnant*. C'est alors qu'Aracy s'approche à son tour de l'officier. Elle se plante face à lui, le défie du regard puis rouvre les deux battants de porte du grand salon et se poste dans l'embrasure, pile au-dessous du portrait du Führer. L'assemblée retient son souffle. D'un signe de tête, l'*Oberleutnant* intime l'ordre à ses hommes de quitter la pièce. La brigade de l'hôtel suit et Aracy referme les battants sur le visage furieux du maître d'hôtel. Puis elle reprend sa place parmi les plénipotentiaires, escortée par les regards pleins de gratitude de ses concitoyens. João la hisse sur la table à ses côtés, où elle est longuement applaudie. Cícero croque sur son carnet la fierté sur le visage d'Aracy et se promet de la reproduire un jour sur la toile.

Devant cette foule conquise, l'ambassadeur reprend son discours. Mais Cícero n'écoute plus : ces histoires de bateaux lui ont fait traverser l'océan. Il distingue déjà la côte de Recife, la mer verte que sillonnent la coralline et les débris flottants arrachés des mangroves. Il sort de sa poche de veston son cigare, qu'il porte à ses narines, pour mieux en humer les effluves de cacao, de cannelle, de vesou. Les yeux clos, il se revoit dans son Pernambouc natal, au milieu du domaine familial, entouré à perte de vue de champs de canne à sucre...

La nuit sera courte. Non qu'il lui faille du temps pour boucler sa valise, rassembler ses pinceaux, ranger ses couleurs et rouler ses toiles, mais il songe déjà à la possibilité qui lui sera offerte de voir, ou à tout le moins d'apercevoir, sur le trajet vers Lisbonne, dans une gare, à une escale, qui sait, le visage rayonnant de sa fiancée. Il l'a rencontrée il y a peu, mais c'est comme s'il l'avait attendue tout ce temps. La nuit sera courte, car il doit tout lui raconter : cette captivité, le départ, le bateau, le Brésil... Après une dernière accolade à João et Aracy, Cícero s'éclipse pour retrouver Raymonde.

Sur le sable sur la neige

« Un loup ?

— Un loup ! »

Sur le pas de la porte, Vivette tremble. Elle est sortie sans manteau et a sans doute couru de chez elle jusqu'à l'auberge, car elle a le souffle court. Nusch lui caresse la joue.

« Ça va ?

— Oui.

— Tu as peur ?

— Non. »

Quand elle la prend dans ses bras, Nusch sent, à travers la laine raidie par le froid, son corps tendu et chaud. D'une main, elle attrape une veste de Paul et la passe sur les épaules de la fillette. « Et ses parents ? » se demande-t-elle en la recoiffant. Après tout, ils savent qu'elle ne peut aller qu'à un seul endroit.

Vivette adore Nusch. Tous les enfants l'adorent. Elle n'est pas comme ces adultes bizarres ou rasoirs, qui intimident par leurs questions, leurs remarques, ou qui débordent au contraire d'affection. Elle est gaie, amusante, et si belle avec ses boucles noires et ses yeux de biche. Elle, au moins, elle sait écouter. Et puis, elle parle en faisant des fautes. « Des pires que moi ! songe Vivette. Sauf que, elle, personne ne la reprend… »

« Tu veux dormir ici ? lui demande-t-elle.

— Je veux bien. Mais Paul ? »

Le nez à la fenêtre, Paul observe le ballet intermittent des torches dans la rue. Cette histoire de loup qui tient en haleine tout un village le captive.

« Il faut aller voir ce qui se passe. »

Le voilà qui saisit son manteau sur le dossier d'une chaise, enfile une manche d'un air décidé et, soudain, se fige. Il dépose tout sur le lit et s'assoit à son bureau, soulevant les feuillets épars qui cachent son stylo. Nusch adresse à Vivette un petit clin d'œil et prend, dans un meuble bas, une bouteille de liqueur dont les Eluard ont acheté plusieurs caisses, sur les conseils de la gamine, à un vigneron du coin. Délicatement, elle en verse un verre à Paul, revient vers Vivette, plonge ses yeux clairs dans ses yeux noirs, tandis que ses mains fouillent les poches de son manteau, à la recherche de cigarettes et d'allumettes. Scritch ! Une flamme vive jaillit et éclaire ses lèvres arrondies. Nusch sent le regard de Vivette posé sur elle et lui envoie un sourire enfumé, doublé d'un baiser.

Elle se retrouve beaucoup en Vivette. À son âge, elle aussi était ébouriffée et buissonnière, seule au milieu des adultes, distrayant le monde avec des tours de chant ou des pitreries. Elle boit une gorgée de liqueur au souvenir de cette enfance joyeuse mais dure, où le moindre sou valait double. Ses parents, tous deux artistes de foire, couraient le cachet, la trimballaient ici et là, et pour quelle recette… Elle aussi, dès qu'elle le pouvait, fichait le camp.

Paul, le front penché sur ses feuillets, couche le vers qui s'est présenté à lui : *Le jour m'étonne et la nuit me fait peur.* Il trouve la phrase du plus bel effet, et une autre lui vient aussitôt : *L'été me hante et l'hiver me poursuit.* De là où elle se trouve, Nusch ne voit plus de lui que son crâne nu où, sous la sage apparence de ses cheveux coiffés en arrière, crépite la forge des mots.

Quand enfin il relève la tête, le poète découvre Vivette, si discrète qu'il avait oublié sa présence. Il adresse un petit signe à Nusch, qui avale d'une rasade un dernier verre, et enfile son manteau.

« Allons-y ! », dit-il, en prenant ses cigarettes et son briquet.

Vivette, prostrée contre la porte, leur barre le passage.

« S'il vous plaît… Je ne veux pas rester toute seule ici. Et puis, je reconnais les pas du loup. Je sais comment le pister. Vous, non. Pas vrai ? »

Les deux adultes se concertent du regard. Sans attendre leur réponse, Vivette se lève et sort de la chambre, triomphante, serrant d'une main les deux pans de la veste de Paul. Ensemble, ils descendent les escaliers et tombent sur un conciliabule entre hommes, à l'entrée de l'hôtel. Des clients en charentaises dissertent avec animation de la meilleure façon de cerner la bête. « Des experts en bonnet de nuit… », pense Paul, qui se faufile entre eux. Le tenancier le rattrape par le bras et insiste pour lui prêter son fusil de chasse – sait-on jamais. Nusch intervient, tirant son mari par la manche.

« Mais enfin, qu'est-ce qu'on ferait avec ça ?

— C'est pour se défendre, au cas où…

— Au cas où quoi ? »

Elle hausse les épaules et pousse Paul et Vivette vers la sortie.

« Pourvu qu'ils l'ont pas tué déjà… », souffle-t-elle à la fillette.

La petite troupe trottine dans les rues en pente de Vézelay. Prudemment, Nusch évite les flaques de neige fondue, puis s'enhardit, sautant d'une plaque sèche à une autre. Paul la regarde, subjugué : on dirait une ballerine sur ses pointes. « C'est fou, se dit-il, comme de tout Nusch fait une fête. »

« Par là ! » lance Vivette, qui s'est avancée en éclaireuse.

Des voix se répercutent à travers la ville. Des torches enflammées éclairent aux fenêtres les visages d'habitants alertés par les cris. Paul observe ces inquiétantes apparitions tapies dans l'ombre. Sur la place, un élu, une écharpe tricolore barrant sa bedaine et une vieille pétoire de 14 à la main, harangue la petite troupe de ses chasseurs. Aidé d'un adjoint qui pourrait être son frère, il forme des groupes et organise la battue.

« Vous, par ici ! Vous, avec moi ! »

Nusch et Vivette refusent d'être versées dans un groupe de femmes désarmées. Elles détonnent avec leurs habits de ville, de même que Paul, avec son allure de notable. On les regarde avec suspicion. Des visiteurs, des fugitifs, des repliés ?

« Vous devriez rentrer chez vous, messieurs dames... Ces bêtes-là, on ne les tue pas en talons hauts, lance l'élu.

– Peuh !... peste Nusch. Si vous croirez que vous arriverez à l'attraper.

– On en a déjà tué un, cet hiver.

– Ah oui ? Et combien vous ont échappé ? » réplique Vivette.

C'est peine perdue. L'élu a déjà donné l'assaut et, suivi de sa troupe, ils attaquent le coteau voisin. Nusch, Vivette et Paul se retrouvent seuls sur la place qu'éclairaient il y a un instant les torches brandies bien haut.

« Il a raison : nous ferions mieux de rentrer, suggère Paul. C'est plus raisonnable.

– Rentre, si tu veux. Nous, on reste !

– Nusch, ce n'est pas le moment de fanfaronner... Vous auriez l'air fin, toutes les deux, si vous vous retrouviez nez à nez avec le loup.

– Ne t'inquiète pas : je suis sous la protection de Vivette. »

La petite se colle à Nusch – Paul remarque au passage qu'elle a réussi à dégotter une torche.

« Enfin, ce n'est qu'une enfant ! Et nous parlons d'un loup...

— Et puis ? Il ne va pas nous croquer... Nous ne sommes pas des brebis, que je sache ! »

Nusch et Vivette s'en vont, bras dessus, bras dessous, par les rues noires, bêlant comme des chèvres et riant aux éclats. Vivette n'a jamais peur de rien. Quant à Nusch, son insouciance naturelle lui tient lieu de bouclier.

Paul reste planté là, à bougonner. Il se résout pourtant à leur emboîter le pas et, revenu à leur hauteur, saisit la torche dont la main glacée de sa femme ne veut plus. Cinquante mètres plus bas, Vivette réfléchit au meilleur chemin à suivre.

« De ce côté-là ! crie-t-elle. Avec moi ! »

Sa silhouette disparaît à gauche, mais la lueur de sa torche, le long des murs, offre comme un écho lumineux à ses pas. Paul et Nusch accélèrent, Vivette les attend au croisement de deux rues. En contrebas, un groupe de villageois part en direction du bois.

« Tu crois qu'ils l'auront ? demande Nusch à Vivette.

— Sûre que non !

— Où vont-ils ? demande Paul.

— Dans la forêt.

— Et elle est grande, cette forêt ?

— Très ! Et remplie de pièges... »

La forêt pleine de pièges. Paul grave ses mots dans son esprit. D'autres lui viennent en vrac : *La fuite en flèche dans le cœur, la bête pourchassée.* Il s'en veut d'avoir laissé son carnet.

« Ces balourds-là pensent l'attraper comme ça, poursuit Vivette. Mais ils font bien trop de bruit.

— On ne les entend plus que de très loin... », fait observer Paul.

Ils se sont éloignés du cœur du village, les maisons se font plus rares. Sur leur droite, les champs se fondent désormais dans la nuit opaque.

« Le loup a rejoint sa meute, dit Vivette. Il va attendre tranquillement dans un coin que les hommes s'épuisent pour passer à l'attaque.

— À l'attaque ? relève Nusch. Et pour attaquer qui ?

— Nous, par exemple. »

Nusch remonte le col de son manteau sur son cou.

« Mais non ! Je te fais marcher. Les poules, voyons ! »

Nusch lève les yeux au ciel. Devant eux se dresse la masse sombre des arbres chahutés par le vent. Saisie par le froid, elle se blottit contre Paul. La liqueur bue à l'auberge, qui tout à l'heure lui réchauffait le cœur, commence à se dissiper et laisse place à la fatigue et à la lassitude.

« Je crois qu'il est temps de rentrer », avise-t-elle en posant sa main sur l'épaule de Vivette.

Sur le chemin de l'hôtel, une petite troupe de villageois demande à Paul si lui ou « ces dames » ont quelque chose à signaler. Vivette et Nusch ne pipent mot. Le groupe présidé par l'élu revient à leur hauteur, après une battue infructueuse dans les champs, où ils ont cru voir partir la bête. Pour donner le change, l'élu se vante de l'avoir mise en fuite.

À l'hôtel, Paul dépose Vivette dans un lit d'appoint installé à côté du leur par la tenancière. Il s'attarde un peu pour la regarder dormir. Avec quelle facilité les enfants s'abandonnent au sommeil. Vivette lui fait penser à sa fille, sa fille unique, Cécile. La même intelligence de l'enfant oublié dans le bourdonnement des conversations adultes. Nusch s'est couchée tout habillée, comme d'habitude. Les yeux mi-clos, elle fredonne un petit air de ses lèvres mourantes.

Il s'allonge sur le lit, à côté d'elle, et attrape son carnet pour noter, avant de les oublier, les images qui lui sont venues au cours de la battue : les torches et les brandons, l'écho des pas dans les rues vides, les traces de la bête, l'audace de Vivette... Attirées par la lumière de sa lampe de chevet, des dizaines de coccinelles l'assistent dans sa veillée, certaines se pressant même entre sa plume et le papier. Paul doit aller ouvrir la fenêtre pour leur rendre leur liberté. « Il faut que je raconte ça à Cécile... »

Il prend sur son bureau une feuille blanche et trace sur le papier les grandes lignes de sa journée. Il n'a cessé de penser à elle aujourd'hui, à la souffrance que lui infligent les circonstances et ce mari prisonnier en Allemagne dont elle est séparée depuis la débâcle de juin 1940. Lui raconter Vézelay, la neige, le froid, les coccinelles égarées et ce loup qu'une ville entière voulait abattre. Avant d'éteindre, il termine sa lettre par ces mots : « La liberté est toujours sauve. »

Sur tous mes chiffons d'azur

Mai 1942

La côte algérienne s'éloigne à vue d'œil, les bruits de la ville se perdent dans le roulis. Max-Pol Fouchet bâille. La fatigue de longs mois de travail : sans cesse prospecter de nouveaux textes pour sa revue, écrire des articles, tenir à jour la correspondance et passer sous les fourches caudines de la censure… Une somme ininterrompue de tracas. Pourtant, ces derniers temps, Max-Pol a trouvé refuge dans la besogne, il a enfoui sous des millions de signes les souvenirs douloureux, les remords.

Il se frotte le visage. Sa mâchoire se décroche. Son corps lui pèse.

« Allons bon…, lâche-t-il. Moi qui croyais que sortir sur le pont me donnerait un coup de fouet… »

Accoudé au bastingage, il regarde le bateau glisser sur l'onde. Il a toujours aimé la mer. Quand il était petit, son père, armateur de métier, l'emmenait caboter sur son petit voilier, le *Liberté*. C'est lui qui lui a fait découvrir le frisson du grand large, quand plus rien n'est visible que le ciel et la mer. Pourtant, cette fois, il se sent rattrapé par une bouffée d'angoisse.

La nuit avant son départ, il a refait son rêve, toujours le même : il est avec Jeanne, en croisière. Elle porte la tenue qu'elle avait ce matin-là de janvier, quand elle est partie embarquer pour Marseille. Dans le viseur de son appareil, elle est souriante et tient d'une main un chapeau qu'un coup de vent emporte. Max-Pol s'empresse de le chercher, il inspecte le pont, scrute par-dessus les ridelles les vagues menaçantes. Par l'une de ces ellipses propres aux rêves, il se retrouve dans les locaux de *Fontaine*, rue Lys-du-Pac, à Alger. À tous les collaborateurs de la revue, il pose la même question : « Avez-vous vu le chapeau de Jeanne ? » Il ouvre les tiroirs de son bureau, sort des coupures de journaux qu'il doit déchiffrer au moyen d'une loupe. Le bateau de Jeanne, le *Lamoricière*, fait les gros titres. Sous ses yeux, comme ballottées par les flots, les lettres dansent et se recomposent : *Lamoricière – La mort ici erre*. À l'instant suivant, le voilà dans le bureau de Jean Roire, l'administrateur de *Fontaine*, toujours à la recherche du chapeau. Un doigt sur la bouche, Jean lui fait signe de se taire puis désigne Jeanne de son doigt, trempée des pieds à la tête, la robe collée au corps. Des semaines que ce rêve le hante. Le soir, il redoute de gagner son lit. Au réveil, ses yeux sont creusés de fatigue.

La cheminée du bateau crache un épais panache de charbon que disperse le vent. Depuis que les Allemands ont réquisitionné le mazout pour leur Kriegsmarine, les traversées s'effectuent avec cette houille bon marché qui peine à propulser les gros bâtiments. Mais le calme règne à la surface des flots et, un peu plus serein, Max-Pol regagne sa cabine.

À son arrivée à Marseille, la voie est libre. Aucun contrôle. Il hèle l'un des vélos-taxis qui se pressent près du débarcadère et annonce la destination : gare Saint-Charles. De ce côté-ci de la Méditerranée, la mer et le port charrient d'autres parfums, mais la chaleur reste la même, qui lui fait tomber la veste et retrousser sa chemise jusqu'aux coudes. Sur les murs de la ville, le long du trajet, les quelques affiches vantant les mérites de l'État français sont lacérées. On voit la moustache de Hitler calquée sur le visage de Pétain. Des mains amies ont tracé à la craie le V de la victoire et des croix de Lorraine. Sur une photo, un plaisantin a même peint un nœud coulant autour du cou de Laval et écrit cette légende vengeresse : « Premier de cordée ». Max-Pol regrette de ne pouvoir s'attarder ici, mais le temps lui est compté et Paris l'attend – ou plutôt, il attend beaucoup de sa visite à Paris.

Officiellement, il se rend en métropole pour rencontrer les parents de Jeanne, qui habitent dans la zone nord. Il passera les voir, bien entendu, mais son *ausweis* lui permet d'aller démarcher directement ses pairs écrivains et poètes engagés dans la lutte contre l'occupant. « Je voyage à la source de ma douleur pour remplir ma *Fontaine* », songe-t-il. Le combat n'a jamais été aussi pressant.

Sur la lampe qui s'éteint

L'heure du couvre-feu a sonné et l'assemblée des diplomates se disperse à grand bruit. Au bout du couloir qui dessert sa chambre, la *Fraulein* au tricot salue Cícero d'un signe de tête. Elle était déjà là, en train de tricoter devant la fenêtre, le jour de son arrivée. Depuis, elle n'a pas quitté sa chaise de rotin, si ce n'est pour renouveler ses pelotes de laine – Cícero s'est même demandé si, à l'extinction des feux, cette Pénélope germanique ne défaisait pas son ouvrage pour le recommencer le matin. Elle ne prononçait pas un mot et se contentait de hochements de tête, furtifs, si bien qu'il la croyait sourde-muette.

Pendant des jours et des jours, sans prêter attention à elle, avec João, Aracy et d'autres camarades de l'étage, ils ont vidé leur sac sur leurs hôtes qui les retiennent en résidence surveillée. Ils grognaient contre le couvre-feu, contre le registre des sorties à remplir pour chaque excursion, se plaignaient du brouillage des émissions de radio – sauf, bien entendu, de la radio allemande… Mais ce qui les mettait en rogne par-dessus tout, c'était le petit aigle nazi tamponné sur les lettres qu'ils recevaient et cette mention – *Geöffnet* – qui violait leur intimité. Ils les traitaient de *cachorros*, de salauds, et échafaudaient des plans pour se tirer de cette prison dorée. Ce qu'ils voulaient, c'était ficher le camp d'ici et oublier ce Reich de malheur.

Quand, plus tard, l'*Oberleutnant* sermonna l'ambassadeur et les consuls pour exiger que leurs hommes cessent de conspuer l'Allemagne et son Führer, Cícero et ses compagnons d'étage comprirent que la vieille Pénélope n'était pas sourde du tout, encore moins muette, et qu'elle comprenait le portugais. Dès lors, les rôles s'inversèrent. Cícero ne la saluait plus que par de petits signes raides de la tête et lui et ses amis observaient, sur le palier et les pièces soumises à sa vigilance, un mutisme de moine trappiste.

La vieille tenta alors de nouvelles approches pleines d'aménité pour retisser les liens. C'est ainsi que pour la première fois, un soir, elle lui adressa la parole en portugais ; un portugais composite et haché dont elle détachait chaque syllabe et forçait le chuintement. C'était la même langue, mais privée de ses couleurs. Cícero la regarda droit dans les yeux, se promettant de reproduire un jour, pour se venger, son regard baignant dans une nacre cireuse.

Leur rituel était immuable. Tous les soirs, en retournant à sa chambre, Penelopein était là, à examiner les mailles de son tricot. Tous les matins, quand il descendait dans la salle du petit déjeuner, elle le gratifiait d'un *Bom dia* sec et guttural. Un jour, pour le prendre par les sentiments, elle lui parla peinture et laissa entendre qu'elle aimerait voir son travail. Interloqué, Cícero pensa les envoyer aux pelotes, elle et sa quenouille, mais il se ravisa et promit qu'avant son départ il lui montrerait ses toiles. Et même, suprême honneur auquel Penelopein ne se montra pas insensible, qu'il ferait son portrait. Datèrent de ce jour, dans la tenue et le maintien du futur modèle, quelques changements notables, sans doute pensés pour un meilleur rendu sur l'œuvre promise : elle ramena ses cheveux sur le haut de son crâne, souligna ses yeux d'un trait de noir, prit à son approche une attitude qui se voulait élégante... Cícero, amusé, faisait mine d'apprécier ses effets.

À l'arrivée du printemps, durant les jours pluvieux d'avril, il s'enferma dans sa chambre et peignit sans arrêt. Penelopein, flairant les effluves de térébenthine, montrait des signes d'excitation : elle se dressait de sa chaise, les yeux pétillants d'impatience, quand s'ouvrait enfin, après de longues heures, la porte de la chambre. Riant sous cape, Cícero passait devant elle, sans mot dire.

Ce petit manège, qui se prolongea, mit Penelopein au supplice.

À la mi-mai, après près de trois mois passés au Brenners, et alors que la rumeur enflait d'une libération prochaine, Cícero, comme promis, s'attela à réaliser le portrait de sa vigie. Il le lui annonça un matin, sur le ton badin que prennent les artistes sûrs de leur fait, et s'en alla prendre son café. Les yeux de Penelopein papillonnèrent dans le vide, son cœur s'emballa. Elle dut se rasseoir, de peur qu'il ne se décroche de sa poitrine : elle allait devenir la muse d'un peintre. D'un peintre connu du Tout-Paris ! Elle se pâma. Dès lors, elle ne quitta plus son poste. Elle guettait les bruits de la chambre, imaginait à quoi ressemblerait son portrait, où elle pourrait l'accrocher... L'amour naissait en elle pour son pygmalion. Elle se piquait avec les aiguilles, se trompait dans les mailles – son tricot ne ressemblait plus à rien. Désormais, elle passait des heures à la fenêtre à admirer les collines autour de Baden-Baden...

Et puis, ce soir, l'annonce de la libération.

Pour fêter sa dernière soirée dans ce maudit hôtel, Cícero tire de sa poche son cigare. Il a trié ses papiers, brûlé esquisses et brouillons, remisé dans une petite boîte en fer-blanc les lettres aux amis de Paris. C'est fou ce que l'on peut accumuler en trois mois, songe-t-il, en crapotant. Trois mois qui lui ont paru des années, sans autres nouvelles du monde que celles des victoires de l'ennemi. L'Axe a triomphé sur tous les fronts : les Japonais ont pris Singapour, Rommel a étrillé les Anglais en Afrique du Nord, la Wehrmacht a repris l'offensive à l'est, s'emparant de Sébastopol et de la Crimée, elle s'enfonce toujours plus avant dans le Caucase et vers le Don... Qu'il est loin, l'optimisme de décembre 1941, quand ses amis Picasso, Dora Maar, Nusch, Eluard, Desnos, Youki, fêtaient les premiers revers de Hitler devant Moscou ! Et le formidable espoir soulevé par l'entrée en guerre des États-Unis, qui allaient rejouer le bon coup de 1917...

Cícero a bouclé sa valise, rassemblé son barda de peinture, roulé ses toiles. Il ne garde au mur que la gravure offerte par Picasso la veille de son départ pour l'Allemagne. Il la décrochera en dernier : elle a été son talisman durant ces mois d'enfermement. Le maître veille aussi sur ses toiles, qui attendent son retour rue des Grands-Augustins. Cícero sait qu'elles ne craignent rien là-bas – Picasso est intouchable, et son atelier est un territoire plus inviolable qu'une ambassade.

Il s'endort.

Ce sont plusieurs coups frappés à sa porte qui le tirent du sommeil.

« J'arrive ! » marmonne-t-il à travers la cloison, tandis qu'il actionne le loquet.

C'est elle.

« Vous ?

— *Bom dia, Herr Dias !* dit Penelopein. Pardon de vous réveiller. Mais vous partirez bientôt et...

— Et quoi ? Quelle heure est-il ?

— Dix heures par les six. »

Cícero consulte sa montre : six heures dix.

« À quelle heure partons-nous ?

— À sept heures et un demi. À huit heures et sept démarre le train.

— Dans ce cas, je peux dormir encore un peu. »

Il s'apprête à refermer la porte quand Penelopein s'avance dans l'embrasure.

« *Bitte, Herr Dias*... Je voudrais le voir...

— Qui ça ?

— Le tableau de moi que vous avez fait... »

Cícero se souvient alors de sa promesse. Il voit le regard de sa vigie, avide, implorant, où passe ce qu'il n'ose assimiler à de la passion. Il ferme la porte. Penelopein sursaute – la personnalité des artistes décidément lui échappe. La porte se rouvre : Cícero tient dans la main un rouleau maintenu par une ficelle. Penelopein comprend que c'est là son portrait que le peintre avait déjà rangé en prévision du départ. Elle a bien fait de frapper. Elle espérait un cadre, une cimaise, l'éclairage à l'aplomb, mais à la guerre comme à la guerre ! Cícero dénoue la ficelle, le sourire aux lèvres.

« C'est l'une de mes toiles les plus réussies... Certainement la meilleure que j'aie faite ici... »

Même dans ses fantasmes les plus fous, Penelopein n'avait imaginé pareille confidence. Presque une preuve d'amour. Elle bout d'impatience.

« Il faut dire que le modèle m'a beaucoup aidé. Ma main, mon pinceau ont été comme... guidés. Fermez les yeux », demande Cícero avant de déplier la toile.

Elle obéit, béatement.

« Ouvrez-les... »

Le visage de Penelopein se décompose. Un cri d'effroi s'étouffe dans sa gorge en voyant cette femme à la peau jaune, aux cheveux gris et mousseux érigés en pièce montée, assise, droite et raide, sur une chaise pareille à la sienne, un tricot dans les mains. Tournée de trois quarts, elle l'observe d'un œil torve surmonté d'un épais sourcil. Sa joue a pris la couleur d'incendie des tommettes que le soleil éclaire à l'arrière-plan. Penelopein se sent défaillir, ses lèvres tremblent de rage.

« Alors, le tableau vous plaît ? » demande Cícero, qui tient là sa revanche pour toutes les lettres ouvertes et les mouchardises à l'*Oberleutnant*.

Penelopein lève vers lui des yeux embués de larmes, et, avec un rictus, bredouille ces mots :

« *Entartete Kunst...*

— Comment ? fait Cícero. Désolé, je ne parle pas votre langue.

— Art dégénéré ! »

Cícero éclate de rire et lui claque la porte au nez.

Lettre de Paul Eluard à Louis Parrot

Paris, 14 avril 1942

Mon cher Louis,

On vous envoie demain vingt exemplaires à compte ferme du *Livre ouvert*. J'espère que vous avez reçu mon mandat. Dites-moi ce que je vous redois.

Avez-vous *Transfusion du verbe*, plusieurs exemplaires, de la revue à laquelle je collabore ? Seghers pourrait-il publier de moi, rapidement, très rapidement, un texte suivi d'une petite anthologie, sous le titre *Poésie involontaire et poésie intentionnelle* ? Quarante-huit pages environ. Mais la première condition est la rapidité. Je vais voir Duhamel, qui s'occupe ici de ses éditions. Je pense qu'au moment où tant de gens s'ébattent gracieusement dans l'eau pure aromatisée de quelques gouttes de poésie, ce ne serait pas inutile.

Cécile est rentrée, pleine de renseignements curieux, amusants.

Nous vous embrassons tous les trois très affectueusement,

Paul

Sur mes maisons réunies

Mai 1942

De retour à Paris, Paul a retrouvé, avec le printemps qui fleurit, le goût des promenades. Aujourd'hui, ses pas le mènent à Montparnasse. Il n'y a jamais habité, mais se sent chez lui dans ce quartier qu'il a tant arpenté, jadis, quand il rendait visite à ses amis, non loin du *Lion* de Denfert-Rochereau. Man Ray, rue Campagne-Première ; Lee Miller, qui, séparée de Man, louait un atelier rue Victor-Considérant. Il revoit Le Dôme, La Closerie des lilas, tous les cafés et restaurants où se retrouvait la bohème de l'entre-deux-guerres.

Les terrasses sont noires de monde en ce bel après-midi et Montparnasse n'a pas perdu son âme, malgré les restrictions qui laminent les menus, malgré ces soldats allemands qui viennent s'encanailler dans les grandes brasseries, trop heureux de jouer aux artistes « européens ».

Paul ignore superbement tous ces uniformes attablés autour d'un apéritif et marche d'un bon pas vers la librairie de Georges Hugnet, située un peu plus haut sur le boulevard, au 9 *ter*. Hugnet, bibliophile, poète et peintre à ses heures, écoule les livres de ses amis. Il possède un carnet d'adresses rempli d'acheteurs fortunés qui ne mégotent pas pour se payer un manuscrit original ou une édition numérotée. Paul et lui se connaissent depuis des années. Hugnet l'a suivi partout, y compris dans le cercle surréaliste. Et quand Eluard a rompu en 1938 avec André Breton, après l'affaire du poème paru dans la revue d'Aragon, *Commune*, Hugnet a fait de même, peu après.

Pour quelques sous, Paul recopie de sa belle plume des poèmes que le libraire propose à ses contacts. Il faut bien vivre. Et Paul n'entend faire qu'une chose : écrire. La vie à Paris est dure. En ces temps de vaches maigres, il faut débourser beaucoup pour se nourrir chichement, nouer des relations troubles pour maintenir un semblant d'existence. Eluard compte sur les largesses de ses amis et de ses connaissances aisés – sa mère aussi lui permet, depuis toujours, de se tenir à l'écart de toute compromission.

À la fin de l'année dernière, il s'est rapproché d'un nouveau groupe surréaliste, La Main à plume, formé autour de Benjamin Péret et de Robert Rius, deux fidèles de Breton. Le retour aux sources d'Eluard, après son éviction fracassante, a été diversement apprécié, et même âprement discuté par les néo-surréalistes, qui lui reprochaient d'avoir trahi ses engagements en collaborant avec Aragon, excommunié pour son alignement sur le stalinisme – un affront aux yeux des trotskistes et des anars de La Main à plume. Ils craignaient surtout que, dans son sillage, s'engouffrent ses amis encombrants, Hugnet en tête. Celui-là, les néosurréalistes l'ont dans le nez, de même que tous ces types qui agiotent sur le cours de l'art, tout en jouant les compagnons de lutte des prolétaires.

En décembre 1941, un différend avec Adolphe Acker, un « plumier » réfractaire à l'arrivée d'Eluard, a failli mal tourner. Paul a adressé à Noël Arnaud, son principal correspondant au sein du groupe, une lettre de rupture teintée d'amertume : il lui faisait part de son espoir déçu de ne pouvoir prendre part à une action surréaliste collective. Arnaud l'a assuré de son soutien et de son estime. En ces temps de diaspora des artistes exilés, l'heure était à la réconciliation des adversaires de l'hitlérisme et du maréchalisme. Et, pour Arnaud, nouveau venu dans La Main à plume, Eluard représentait une importante prise de guerre. Paul, flatté des égards que lui témoignait son jeune admirateur, est revenu.

À vrai dire, le groupuscule de La Main à plume l'enchante, en dépit des prises de bec et des accrochages. Leur façon d'être, de sentir et d'agir lui rappelle les délires dadas et l'irrévérence des surréalistes dans l'immédiat après-guerre : les tracts, provocations, libelles contre les officiels de la République, curetons, troufions, colons, et jusqu'aux plumes de renom contre lesquelles Eluard et les siens menaient des expéditions punitives – jusque dans le repos de leur âme, comme le cadavre encore chaud d'Anatole France, giflé, sans fleurs ni couronnes, avant d'être mis en terre... Comme ils ont ri de secouer les bourgeois, de botter les fesses des assis, des ronds-de-cuir, et de récolter en retour quolibets, condamnations, mises en demeure – se faire des ennemis dans les hautes sphères de l'État : leur Légion d'honneur.

Paul remonte le boulevard Raspail l'air guilleret, au souvenir de ses frasques de jeunesse. Il a laissé chez Hugnet quelques textes récents – il espère en tirer un petit pécule. Son *Choix de poèmes* publié l'année dernière par Gallimard s'est très mal vendu. Il s'arrête devant un café à l'angle du boulevard Raspail et du boulevard Edgar-Quinet, devant lequel quelques tables sont occupées par des couples. Pas d'uniforme allemand à la ronde : il entre. À l'intérieur, quatre types charbonneux, devant des Suze, jouent à la belote. Aux murs se déroule, au-dessus d'un nuage de fumée, une galerie de portraits d'artistes du music-hall : Piaf, Chevalier,

Arletty, Barrault, Marais... Pas de photo encadrée du Maréchal. Eluard échange un salut avec le taulier, longe le comptoir puis écarte le rideau rouge qui ouvre sur une vaste arrière-salle : elle a été fermée par le patron en juin 1940, « pour ne pas avoir à accueillir des banquets boches ». Les membres de La Main à plume s'y retrouvent à six, dix, douze, tant qu'on voudra, l'hiver, pour être au chaud, l'été, pour garder l'ombre. Aujourd'hui, ils sont venus en nombre et occupent une grande tablée bruyante au milieu de la pièce.

Paul aperçoit Nusch. Entourée de Reine et Jacques Bureau, qui lui font des tresses en s'embrassant derrière ses mèches, elle est en train de tirer les cartes à sa fille Cécile et au peintre suisse Gérard Vulliamy. À la droite de Reine, le peintre J. V. Manuel salue Eluard d'un hochement de tête. Il retourne à Tita, sa voisine, qu'il entoure de son bras. La jeune femme, très concentrée, retouche son dessin, et ses boucles forment devant son visage une herse de lierre qui garde son for intérieur.

De l'autre côté de la table, un groupe de quatre : Robert Rius, Jean-François Chabrun, Laurence Iché et Nadine Lefébure, qui jouent à une variante du cadavre exquis, le dessin communiqué. Un premier participant exécute un dessin, que son voisin observe trois secondes avant de le reproduire de mémoire, et ainsi de suite jusqu'au dernier. Le but est de se détacher de toute figuration pour parvenir à un motif nouveau. Un verre à la main et le visage en feu, Noël Arnaud se tord de rire devant les variations du dessin original proposé par Rius. Entre eux et le groupe de Tita et Nusch, Adolphe Acker et Léo Malet ont étalé sur la table des coupures de journaux. À l'extrémité, le jeune poète Marc Patin retouche au crayon un manuscrit.

« Paul ! s'écrie Nusch, qui lui tend les bras.

— Regardez qui voilà... », lance Rius.

Paul embrasse Cécile et Nusch, serre la main de Vulliamy,

complimente Reine et Jacques pour les tresses surréalistes. Il fait le tour de la table pour saluer les uns et les autres, puis vient s'asseoir entre Rius et Chabrun.

« Vous arrivez à point nommé, dit ce dernier. Nous vous attendions pour choisir les textes du prochain numéro.

— Ça tombe bien, dit Eluard. Je vous ai justement apporté ceci… »

Il sort de son porte-documents un dessin de Picasso et le tend à Rius. Celui-ci hoche la tête en reconnaissant l'œuvre aperçue plus tôt à l'atelier du maître. Il le montre à Chabrun, qui siffle entre ses dents en signe d'admiration. Le dessin passe de main en main. Nusch l'embrasse avec dévotion, comme elle le ferait d'une image pieuse, puis elle le pose sur la table devant elle. Tita étouffe un petit cri et tire sur la manche de Manuel :

« *Sí, claro !* C'est bien lui ! Le taureau à tête de guidon… », confirme-t-il.

La participation de Picasso aux revues de La Main à plume fait décidément sensation. Paul raconte à l'assemblée le jour où, avec Rius et Chabrun, il a emmené Tita à l'atelier. La jeune artiste est restée les yeux écarquillés devant l'amoncellement d'objets ramassés dans la rue, les toiles posées négligemment par Picasso contre les murs, face cachée.

« Il fallait voir son émoi silencieux, l'intensité de son regard quand elle écoutait Pablo lui parler… »

Noël Arnaud hérite du dessin, qui ne lui dit rien. Apparemment, il est le seul dans le groupe à ne pas avoir mis les pieds chez le maître, rue des Grands-Augustins, et il s'en montre piqué au vif.

« Et ces feuillets ? demande Chabrun, désignant la pochette que tient Eluard à la main.

— Mon prochain recueil ! annonce le poète, plein d'allant. Une sélection d'aphorismes sur la poésie et les poètes. »

Laurence lit sur la pochette, en lettres capitales et souligné d'un trait, ce titre qui l'enchante : *Poésie involontaire et poésie intentionnelle*. Paul déclame à l'assemblée le texte de préface :

« *Les véritables poètes n'ont jamais cru que la poésie leur appartînt en propre. Les mots disent le monde et les mots disent l'homme, ce que l'homme voit et ressent, ce qui existe, ce qui a existé, ce qui existera, l'antiquité du temps, le passé, le futur de l'âge et du moment, la volonté, l'involontaire, la crainte et le désir de ce qui n'existe pas, de ce qui va exister. Les mots détruisent, les mots prédisent. Ils participent tous à l'élaboration de la Vérité.* »

Nadine Lefébure recopie cet incipit. L'assistance, mise en appétit, réclame maintenant des aphorismes. Paul en pioche au hasard dans ces feuillets et les « plumiers » manifestent bruyamment leur enthousiasme.

« Et celui-là, ajoute-t-il, de votre ami Breton : "*Liberté couleur d'homme.*" Et cet autre – l'un de mes préférés – de Louis Parrot : "*Chaque feuille de l'arbre est une peinture, un pastel tremblant avec des collines peintes à grands traits, des villages et parfois un enfant au milieu d'une grande place poudroyante de soleil.*" »

Noël observe Paul. Si la revue s'enorgueillit de compter parmi ses contributeurs Picasso, c'est grâce à lui et à son insistance à garder Eluard dans ses rangs. Il s'en félicite.

Chabrun réserve déjà des pages pour *Poésie involontaire et poésie intentionnelle* dans le prochain numéro de *La Main à plume*. Paul lui révèle aussi avoir écrit de nouveaux poèmes dont il aimerait faire un recueil. Noël met tout de suite le holà, en raison des problèmes de papier et de rationnement.

« Il va falloir revoir tout le programme d'édition pour l'année en cours, je le crains, déclare Chabrun. Une nouvelle directive a été édictée par les Allemands, qui touche les revues de zone occupée. C'est une ordonnance sur le papier qui oblige désormais les publications tirées à plus de cinq cents exemplaires à obtenir l'accord de la *Propaganda-Staffel* avant de recevoir leurs stocks.

— Appelez cela de la “censure prédécoupée”, à détailler sous forme de tickets de rationnement… lance Patin.

— À malin, malin et demi, glisse Rius. Nous allons publier sans autorisation spéciale.

— Comment ça ? demande Paul.

— En antidatant le numéro. Notre prochain numéro, *La Conquête du monde par l'image*, paraîtra en juin avec un achevé d'imprimer en avril. »

La Conquête du monde par l'image : ce titre magnifique laisse Paul rêveur.

« J'ai peur, dit Noël, qu'en découvrant au sommaire, un, d'anciens compagnons de route du PC comme vous et moi ; deux, des républicains espagnols comme Manuel ou Dominguez ; trois, des Juifs comme Tita, Hérold, Rybak, Acker ; et quatre, d'anciens des stalags comme Malet, les Allemands nous refusent le papier. Voire pire… »

Un murmure ponctue ces paroles frappées du sceau du bon sens. Mais une idée se fait jour dans l'esprit d'Eluard.

« Attendez une minute… Et si nous faisions un numéro spécial en signant de nos noms à tous, sans nous cacher derrière des pseudonymes, des articles scientifiques, arides à souhait, sur la récolte du sel dans les marais salants, la typologie des sols en Saintonge, la gomme arabique…

— Ou les ondes décimétriques ! ajoute en bout de table Jacques Bureau.

— Ou les décamètres à l'usage des tonneliers ! » propose Patin.

L'idée d'Eluard soulève un vent d'idées baroques. Rius ramène tout le monde à la réalité :

« Possibilité nous est offerte, aussi, de nous associer avec d'autres revues pour mieux nous répartir le papier. On ne parlerait pas de fusion, mais d'un rapprochement.

— Pourquoi pas... De quelles revues s'agirait-il ? demande Paul.

— *Messages*, de votre ami Jean Lescure, par exemple. Il a imprimé le premier numéro de sa revue en Belgique, où l'ordonnance allemande n'est pas encore entrée en vigueur. Mais il y a également les revues de zone nono, *Confluences, L'Arbalète, Poésie 42*... Le choix est vaste, mais je ne suis pas sûr qu'il y ait forcément une concordance d'esprit.

— Vous connaissez ces revues mieux que nous, vous qui publiez dedans », lance Chabrun, grinçant.

En voilà un qui ne trouvait pas opportune l'arrivée de Paul dans La Main à plume. Si leurs relations se sont depuis améliorées et si les deux hommes se croisent parfois, Chabrun et Eluard ne partagent pas une franche camaraderie. Dans le trait que lui jette ici le jeune homme, Paul reconnaît le ton de reproche qui a longtemps été le sien.

« Jean Lescure est, comme vous le dites, mon ami, réplique-t-il. Et *Messages* est une excellente revue. De même que *Poésie 42*, les *Cahiers du Sud, L'Arbalète, Fontaine, Confluences*... Si vous les lisiez avec un regard moins suspicieux, sans doute y trouveriez-vous des affinités avec ce que nous écrivons ici...

— Permettez-moi d'en douter, glisse Acker en bout de table.

— À propos, lance Patin pour détendre l'atmosphère, nous avons découvert des poèmes de vous dans le dernier numéro de *Messages*.

— Ah ? fait Paul. Vous ont-ils plu ?

— Beaucoup, surtout "Un loup" et "Couvre-feu". »

Noël, profitant d'un silence, saisit la balle au bond.

« Pour ce qui est du papier, la proposition de Lescure est engageante. Mais ne mélangeons pas les torchons et les serviettes. Le propos de *Messages* n'est en rien compatible avec le nôtre. Nous excluons toute idée d'un rapprochement littéraire ou de passerelles d'une revue à l'autre...

— Depuis quelque temps, nous assistons à un débauchage d'auteurs qui ne dit pas son nom.

— C'est du braconnage !

— Des talents de chez nous passés chez eux...

— Et qui, passés à *Messages*, se mettent à bêler avec le troupeau !

— Pas très surréaliste, tout ça. Et je ne parle pas de leurs envolées mystiques...

— C'est à pleurer, ou bien à s'étouffer de rire.

— *Messages* devrait plutôt s'appeler "Messes à tous les âges" ! »

Un éclat de rire secoue la petite assemblée, à l'exception d'Eluard. Il se sent soudain très vieux, comme un conférencier face à une assemblée d'élèves insolents. Nusch et Cécile reconnaissent le pli de colère à son front et s'en inquiètent. Le serveur, entré pour renouveler les commandes, apporte à Paul le réconfort d'un verre de blanc. Arnaud, qui a noté le trouble du poète, tente une nouvelle approche.

« Qu'ils publient ce qui leur plaît, cela nous est égal, au fond, et je reconnais que dans le lot certains auteurs, dont vous faites partie, ne déméritent pas. Mais l'ensemble, l'ensemble... »

Dans un grand sourire communicatif, il écarte les bras pour montrer le néant que lui inspirent les sommaires de la revue.

— L'ensemble est si académique et prétentieux... Non ! Sauf à nous renier complètement, nous ne pouvons décemment pas nous associer à eux...

Eluard, la bouche pincée, avale une gorgée de vin.

« J'entends, dit-il. Mais je suis parfaitement libre de donner mes écrits à qui bon me semble. Je n'ai pas besoin de l'aval de La Main à plume pour cela.

— Je n'apprécie pas beaucoup l'emploi du mot *Laval*, dit Chabrun.

— Vraiment ? Eh bien, ajoutez-y celui d'*ordonnances*. Car c'est bien ce que vous édictez à longueur de temps ! »

Chabrun veut répliquer aussi sec, mais Rius l'arrête d'un geste de la main.

« Paul, sachez que seuls les Allemands édictent des ordonnances et que, pour notre part, nous faisons tout pour les contourner, dit-il.

— Je sais... souffle Eluard, qui regrette déjà de s'être emporté. Mais c'est aussi le cas de *Messages*. »

D'un accord tacite, les deux hommes préfèrent en rester là. En bout de table, Acker et Malet remâchent leurs pensées. Patin, se voulant conciliant, insiste auprès du poète :

« Enfin, Paul, comprenez-nous : certaines des revues auxquelles vous collaborez... »

Eluard le coupe aussitôt :

« Je n'apprécie pas l'usage du verbe *collaborer*... »

Noël relève le gant :

« Ces revues paraissent grâce à l'imprimatur de Vichy. Comment voulez-vous qu'après tant de pages convenues, de textes insipides ou faisant le jeu de l'État français, vos poèmes aient encore un impact auprès des lecteurs ? »

D'une main tremblante, Eluard porte son verre à ses lèvres et le vide d'un trait. Puis il déclare d'une voix contenue, mais lourde :

« Ma poésie est par essence révolutionnaire. »

À ces mots répond le grincement d'une chaise que l'on repousse en raclant le sol. Acker se lève et ajuste en silence son couvre-chef, sous les yeux de l'assemblée. Il salue Rius d'un signe de la main et se retire, avec un ricanement, sans un regard pour Eluard.

Sur toutes les pages lues

Juin 1942

Louis Parrot regarde l'horloge murale au-dessus de son bureau. Il a hâte d'en finir. Plus qu'une dépêche à bâtonner avant de rentrer. Ce travail de journaliste greffier l'ennuie, mais par les temps qui courent un emploi ne se remplace guère. Louis regrette Paris, la rédaction de *Ce soir*, la proximité avec Aragon et Jean Roire, les rencontres, les dîners, la joie de retrouver Denyse et Jean-François le soir. À Clermont-Ferrand, il est seul. Denyse lui manque, Jean-François lui manque. Il ne le voit pas grandir. Le petit a fait ses premiers pas loin de lui. Denyse lui raconte tout par lettres, tout ce qu'il rate en restant ici. Les cartes où le petit signe « Fran-Fran » d'une écriture tremblotante décorent son bureau.

Quand l'agence Havas s'est repliée en juin 1940 à Clermont, Louis a voulu tout plaquer pour gagner l'Angleterre, mais, faute de trouver une place sur un bateau, il s'est vite retrouvé à court d'argent. Alors il est revenu et il a rempilé à l'agence. Il faut bien vivre. Maudite guerre. Maudits fascistes. Quand ils étaient en Espagne, il traduisait Lorca, écrivait sur Goya, Denyse enseignait, ils accueillaient les poètes français à l'Institut. Et puis Franco, et puis Hitler, ses Junkers et sa légion Condor : « Regardez travailler les bâtisseurs de ruines… » Comme Paul a raison.

Plus qu'une dépêche et Louis pourra ranger sa machine, remiser ses carbones et ses stylos le temps d'un week-end. Il se réjouit à l'idée d'aller au bord du Clain jeter sa ligne. Avec un peu de chance, une truite mordra à l'hameçon, et il l'assaisonnera au gros sel et à la ciboulette du jardin. L'avantage des poissons gras est que, dans la poêle, ils se passent d'huile ou de beurre, si rares. Dommage qu'il ne puisse envoyer ses prises à Paris à Denyse et Fran-Fran.

Mais la truite ne frétille pas encore au bout de la ligne et il lui reste beaucoup à écrire. Quel ennui, ces nouvelles de commande, ces infos insipides, caviardées de contre-vérités, ces mots d'ordre qu'on inflige aux rédactions : ne pas parler de ceci, ne pas évoquer le Maréchal en ces termes-là, ne pas couper son discours… À l'Office français d'information, il a bien quelques collègues avec qui échanger, mais personne dont il se sente proche. Les gens se méfient, chacun reste prudent : on ne sait jamais où finira une information, même anodine, même versée dans une oreille amie.

Louis se dit parfois qu'il devrait sauter le pas : lâcher son travail pour se consacrer à l'écriture. Écrire du matin au soir et publier à tour de bras. Il connaît des tas de revues maintenant, depuis qu'il les a démarchées pour les autres ; il pourrait leur proposer des dizaines de textes, des articles, des nouvelles, des poèmes. Gagnerait-il autant qu'à l'OFI ? Louis et Denyse ont fait cent fois le calcul. Même avec l'ajout d'un salaire par Denyse, que pour l'heure elle n'a pas, le compte n'y est pas. Certes, mais à quel prix s'achète la liberté ?

Après un dernier retour chariot, Louis dégage la feuille de papier de son logement, détache le carbone et le dépose dans une bannette, sur son bureau. Rien ne se perd en ces temps de pénurie. Il se lève, s'étire, dénoue son nœud de cravate. Après avoir rabattu le couvercle de la machine et enfilé son manteau, il tapote la pile de dépêches du jour. Une voix le fait sursauter.

« Ah ! Parrot. Vous partez ?

– Roger... J'allais justement déposer les dépêches sur votre bureau.

– Bien ! J'arrive de Vichy. L'allocution de Laval... Quel théâtre ! "Je souhaite la victoire de l'Allemagne, car, sans elle, demain le bolchevisme s'installerait partout." »

Roger prend tout à la légère : il se gausse aussi bien de l'incompétence de Vichy que de l'incurie des Français libres. C'est un cas à part, il plaisante avec ses collègues sur le gâtisme du Maréchal, mais censure leurs papiers sur les prisonniers de retour des stalags dans leur « costume Pétain ».

« Qu'est-ce qu'on s'emmerde à Vichy ! Le pire étant qu'on y mange plus mal qu'ici... Vous imaginez, pour l'image de la France, avec tous les diplomates en poste là-bas ! Heureusement que j'avais apporté mes cannes.

– Vos cannes ?

– À pêche, Parrot ! »

Louis ignorait qu'il pêchait lui aussi. Décidément, de loisir, cette activité est devenue une nécessité nationale.

« Deux gaules, à Vichy ! Avouez que ça vaut son pesant d'or..., lui glisse Roger dans le creux de l'oreille. Hé ! J'ai chopé une carpe comme ça ! »

Ses mains s'écartent l'une de l'autre, et ses yeux vont de l'une à l'autre pour apprécier la taille de la bestiole, qui va s'élargissant.

« Vous allez pouvoir régaler toute la petite famille, avance Louis.

– Pensez donc ! Je l'ai aussitôt échangée chez le cordonnier contre une belle paire de souliers en cuir avec semelle de caoutchouc.

— C'est votre femme qui va être contente.

— Ma femme ?... Qu'est-ce que vous croyez ? C'est pour moi ! »

Et Roger lève son pied droit pour que Louis voie sa nouvelle acquisition.

« Ma femme attendra que ça morde à l'hameçon. Une pêche miraculeuse : on sort une carpe, et ça vous remplace les... Ah, zut ! Comment les appelle-t-on déjà ?

— Quoi donc ?

— Ces nouvelles semelles en bois, soi-disant confortables...

— Les Semelflex. »

Roger le regarde, scié.

« Vous êtes bien au courant...

— J'ai rédigé une dépêche cette semaine sur "L'ingéniosité en temps de pénurie" : les sacs en estomac de bœuf, le trèfle mis à sécher pour le fumer et ce tissu nouveau, le Texoïd... »

Roger éclate de rire.

« Sacré OFI ! On se bat en Tunisie, sur la Volga, aux Philippines et je ne sais où encore, on exécute des otages en zone occupée, mais l'agence nous bassine avec ces semelles. Si c'est pas fouler aux pieds la réalité, ça ? »

Roger tape sur l'épaule de Louis, qui accompagne en souriant son interlocuteur hilare.

« Allez, mon cher Parrot, je file ! Bon week-end ! »

Louis regarde Roger s'éloigner, fier de faire grincer le cuir de ses chaussures.

La sortie de l'OFI est le moment de la journée qu'il préfère. Il pense à ce qu'il va écrire ce soir, au récit qu'il a laissé en plan la veille, écroulé de fatigue. Il a écrit hier à Paul pour lui raconter que Denyse s'entraîne à reprendre au chant certains de ses poèmes. Paul lui confie toujours plus de missions éditoriales et de textes, il est devenu son homme de confiance, son secrétaire et agent de liaison en zone libre. « Quel chemin parcouru depuis

1934, se dit-il, quand je lui ai envoyé mon recueil *Misery Farm*, imprimé à compte d'auteur ! »

Son estomac gargouille. Une boule de pain, un morceau de fromage et une livre de beurre l'attendent chez Chabrillat, son ami libraire. Échange de bons procédés pour les envois que Louis lui a faits par l'intermédiaire du service courrier de l'agence. Il contourne la cathédrale et s'engage rue du 11-Novembre pour récupérer son dû. Il verra aussi si les monographies et les revues qu'il a laissées en dépôt ont trouvé preneur. La poésie se vend bien, et les écrits de contrebande aussi. Les clients savent qu'ils trouveront chez Chabrillat autre chose que les livres autorisés ou les hagiographies du Maréchal. Dans le marasme éditorial actuel, certains lecteurs sont si heureux de dénicher des œuvres interdites que, en remerciement, ils gratifient Chabrillat de produits de la ferme.

La première fois que Louis est passé devant la librairie, la femme de Chabrillat, accroupie dans la vitrine, disposait tant bien que mal les livres en suivant les indications de son mari, qui, de loin, faisait de grands gestes agacés. Louis s'était arrêté pour observer cette scène de ménage cocasse. La femme tenait à la main deux bustes que son mari lui demandait d'exposer. Lorsque Louis comprit qu'il s'agissait des effigies de Pétain et de Laval, il ravala son sourire et reprit son chemin.

Le lendemain, comme il repassait au même endroit, il vit que les statues figuraient en bonne place, encadrant un volume illustré de grand format. Il s'attendait à y lire le titre d'un nouvel encenseur de la Révolution nationale et trouva, au contraire, celui d'un monument de la littérature nationale : *Les Misérables*. Mis ainsi en évidence entre les deux figures de proue de Vichy, il ne laissait guère d'ambiguïté sur les convictions du libraire.

Ce jour-là, Louis poussa la porte, et lui et Chabrillat devinrent amis. Le commerçant accepta de prendre en dépôt des revues et des livres de Paris, d'Alger ou de Suisse que Louis recevait : il aménagea à cet effet, dans le fond de sa boutique, un espace alloué aux écrits de résistance. En revanche, Louis lui conseilla de ne pas laisser plus longtemps les bustes en vitrine – ce que lui concéda le libraire. « Je suis sûr que je peux même en tirer un bon prix », dit-il. Louis voyagea pour l'agence à Vichy. À son retour, les statues trônaient toujours en vitrine mais, à son grand soulagement, *Les Misérables* avait disparu. Deux étiquettes, toutefois, posées au pied de chacune des statues intriguèrent Louis. Suspectant une nouvelle facétie, il s'approcha et lut sur ces écriteaux pleins d'ironie : « Vendu » pour Laval, « À vendre » pour Pétain... Impayable Chabrillat ! Il faudrait qu'il l'invite à plus de mesure, s'il veut éviter que ses prochains clients soient des inspecteurs de police à la solde du régime.

Arrivé rue de l'Ancien-Poids-de-Ville, Louis sort son trousseau de clés. Il loue un modeste trois-pièces au premier étage d'un immeuble déserté. Deux chambres, salon avec cuisine. Un garni plutôt dégarni, si l'on en juge par le mobilier, mais Louis n'a besoin de rien d'autre qu'un lit et d'un coin pour écrire. Deux choses l'ont décidé à signer pour ce meublé : le poêle à charbon – que, faute de charbon, il alimente de petit bois, de brouillons chiffonnés et des messages compromettants qu'il jette au feu après en avoir pris connaissance – et la porte dérobée dans la cuisine, qui donne sur l'arrière-cour. Des fois que se présenteraient à la porte principale des visiteurs indésirables.

Sur les lèvres attentives

Max-Pol se croit toujours sur le bateau, en train de somnoler dans un transat. Mais le roulis se dissipe et il revient à lui, dans sa chambre d'hôtel parisien. Encore engourdi, il attrape sa montre sur la table de nuit.

« 15 heures ! Nom d'un chien ! »

Il dégringole du lit plus qu'il ne se lève et descend en trombe, hirsute, au café d'en bas.

« Bonjour ! Vous avez le téléphone ?

— C'est pour Paris ? Dans le fond. La cabine. »

Max-Pol referme la porte vitrée, déplie le bout de papier sur lequel est noté un numéro : Nord 26-40. L'opératrice le met en relation. Après trois sonneries, une femme décroche.

« Allô ? Bonjour, je souhaiterais parler à Paul Eluard, je vous prie. De la part de Max-Pol Fouchet.

— De qui ?

— Max-Pol Fouchet, dit-il en détachant chaque syllabe.

— Oh... Paul Fouché ! Oui, Paul m'a parlé de vous. C'est pour La Fontaine ? »

Max-Pol veut corriger, expliquer que c'est la revue *Fontaine*, et non le fabuliste, mais il sourit de cette confusion.

« De la fontaine d'Alger, oui ! Vous devez être Nusch, je présume.

— C'est exact ! Mais on dit "Nouche", pas "Nuche". »

La voix au bout du fil l'enchante par son timbre grave et son accent germanique.

« Je suis confus.

— Ce n'est rien, Paul Fouché...

— Euh, Max-P...

— Vous êtes déjà à Paris ?

— Je suis arrivé ce matin même, de Marseille.

— Paul est sorti. Il avait un rendez-vous. Pourquoi ne viendrez-vous pas l'attendre ici ?

— Eh bien...

— Nous habitons 35, rue de la Chapelle, métro La Chapelle. Et vous, où êtes-vous ?

— Rue de Rennes, métro Rennes.

— Dans ce cas, c'est très facile. Venez ! Paul ne va plus tarder. Je vous attends. »

Voilà des années que Max-Pol n'a plus arpenté Paris. Il irait bien chez Eluard à pied, mais le temps presse, et, quittant le café, il s'engouffre dans la station de métro la plus proche. Sur le quai traînent des billets usagés découpés en V de la victoire. Des officiers allemands, qui plaisantent bruyamment, montent à La Madeleine. Max-Pol remarque le regard fuyant des passagers, la tension soudaine dans toute la rame. Un vieil homme sur le quai, courbé sur sa canne, passe devant les wagons aux portes ouvertes, une étoile jaune cousue sur son cœur. C'est la première fois que Max-Pol en voit une, en vrai ; le mot *Juif*, au centre, semble tracé en lettres de feu. Naturellement, il se lève, prêt à lui laisser son siège, mais se ravise aussitôt : le vieil homme la refusera, car il n'a le droit de s'asseoir que dans la voiture de queue.

« Tant pis, je finirai à pied... »

Écœuré, il sort à la station suivante, et découvre le quartier Saint-Lazare. Les voitures ont été remplacées par les mêmes attelages à deux roues qu'il a vus à Marseille. Autour de lui, il observe les affiches, les panneaux de signalisation en deux langues et ces caractères gothiques imposés par l'occupant. À l'étal d'un fleuriste, des bouquets bien en vue mêlent, dans un savant panaché tricolore, des bleuets, des lys et des pavots. Le pas des dames, hier si léger, claque sur le trottoir – l'irritante *Symphonie des semelles en bois* chantée par Maurice Chevalier lui revient en tête... Le Paris de l'occupant lui apparaît mité par le silence, défiguré par les svastikas. C'est comme si, en descendant dans les sous-sols de Paris, tandis qu'il empruntait les galeries du métro, il avait franchi une frontière invisible où la ville d'antan avait disparu. Il enfonce les mains dans ses poches et hâte le pas.

En fin d'après-midi, il sonne enfin rue de la Chapelle. « Quel idiot je fais ! songe-t-il sur le pas de la porte. Je n'ai même pas pris de fleurs pour Nusch. » Il veut redescendre pour corriger son impair, mais la porte s'ouvre.

« Max-Pol, quel plaisir ! lui dit Eluard, les bras ouverts. J'arrive à l'instant, entrez ! »

Paul le précède dans le couloir de l'entrée, qui ouvre vers un petit salon dont la taille surprend Max-Pol, moins cependant que les toiles de maîtres qui en tapissent les murs. Dans le fond, il aperçoit une bibliothèque bien garnie et, juste devant, le bureau du poète.

« Je vous abandonne quelques minutes, le temps de me changer. J'ai eu affreusement chaud dans le métro bondé. Une femme s'est même évanouie... Vous avez pris la ligne 12 ?

— Oui… Enfin, non. J'ai marché. Paris m'avait manqué. J'avais envie de revoir la ville.

— Et comment l'avez-vous trouvée ?

— Vide. Et silencieuse. »

Paul dodeline de la tête.

« Nusch n'est pas là ?

— Elle est descendue chercher quelques provisions. Nous vous gardons à dîner !

— Je ne voudrais pas déranger.

— Allons, allons… Vous n'avez pas fait tout ce chemin depuis Alger pour que l'on vous jette à la rue, affamé. »

Paul s'approche de Max-Pol et pose ses deux mains sur ses épaules. Max-Pol est impressionné de le découvrir en chair et en os, après l'avoir vu tant de fois en photo ou peint par des artistes de renom.

« Je suis heureux que nous nous rencontrions enfin… glisse-t-il, un peu gêné.

— Et moi donc ! Mettez-vous à votre aise, dit Paul avant de se diriger vers une chambre. Vous êtes ici chez vous. »

Resté seul, Max-Pol abandonne sa veste sur le dossier d'une chaise, dénoue sa cravate et, les mains dans le dos, tel le visiteur d'un musée, il déambule dans la pièce. Près de la fenêtre sur rue, d'où monte le doux bruit d'une cavalcade d'enfants, un portrait de Nusch par Picasso attire son regard ; la femme de Paul y pose de face, seins nus, et voisine avec une autre toile du maître, plus figurative. Dessous, un Miró. Posée sur la commode, à côté d'une pile de dossiers, une photo dédicacée par Man Ray : Nusch et Paul, lui de profil, en uniforme militaire, elle de face sous un élégant chapeau plat à résille, tournée vers lui et lui souriant. C'est ce sourire que Max-Pol a imaginé en écoutant la voix au téléphone qui lui disait, avec ce surprenant timbre grave et cet accent germanique volontiers frondeur : « Ce n'est rien, Paul Fouché. »

Max-Pol se déplace vers la cheminée, éteinte, sur laquelle une poupée de son signée Hans Bellmer l'intrigue. À côté, une femme nue, crayonnée, assise à même le sol, la tête rentrée dans les épaules. Max-Pol, qui ne reconnaît pas l'artiste, s'approche pour déchiffrer la signature. Il s'attarde devant un petit portrait d'Edgar Allan Poe par Valentine Hugo, le rendu très fidèle de ce visage familier où se lit l'inquiétude. Dans le petit salon attenant, il tombe sur une allégorie du temps par Chirico : un sablier, un cadran solaire et le clair-obscur qui baigne le décor du peintre italien.

Il passe ensuite derrière le bureau pour examiner la bibliothèque, qui couvre tout un pan de mur. Max-Pol incline la tête pour lire les titres de certaines œuvres, et découvre, précieusement reliés et classés par ordre chronologique, des rangées de recueils de poètes : Chrétien de Troyes, Rutebeuf, Christine de Pisan, Charles d'Orléans, Villon, Ronsard, Du Bellay... Il saute un rayon, croise Malherbe, Corneille, Cyrano de Bergerac, Perrault. Plus loin encore, il débusque en s'inclinant Chénier, Sade, Novalis. Au fond, dans l'angle, il distingue le domaine des revues littéraires, bien alignées. Un dos familier se détache de l'ensemble : plusieurs numéros de *Fontaine* fraternisent avec *Messages*, *L'Arbalète*, *Poésie 41*, *Confluences*. La joie de se retrouver en bonne place au sein de la bibliothèque d'Eluard, dans la lignée de tous ces voleurs de feu, illumine son visage.

Il saisit un volume de sa revue, le numéro 15, une carte s'en échappe et tombe à ses pieds. Il y reconnaît l'écriture familière de Louis Parrot, le traducteur de Lorca : c'est Louis qui l'a mis en rapport avec Eluard, car, depuis la zone libre, il opère la liaison entre Alger et la zone occupée. Max-Pol et Louis s'écrivent de longues lettres, où s'exprime généreusement leur passion des mots. Max-Pol pourrait presque en citer des passages de mémoire, tant il a lu et relu les lignes de cet homme si humble, autodidacte boulimique qui, une fois terminée sa besogne quotidienne, consacre ses soirées à tenir une correspondance profuse avec des auteurs, des éditeurs, des libraires ; Parrot, ce bourreau de travail qui empiète sur son sommeil pour poursuivre son œuvre jusqu'aux premières lueurs de l'aube.

C'est bien en juin 1941, dans ce numéro 15 de *Fontaine*, qu'Eluard est apparu pour la première fois comme contributeur, avec un long poème, « Blason des arbres ». Max-Pol se souvient de la lettre de Parrot, dans laquelle figuraient, recopiés par le poète de son écriture d'écolier modèle, les soixante-dix-huit vers qui s'achevaient par sa signature : le *l* de *Paul* et le *E* d'*Eluard* se croisant pour former ce *X* reconnaissable entre tous. Tenant d'une main la revue, de l'autre la carte, Max-Pol pose sur le bureau de Paul un regard plein de gratitude. Se retrouver là, dans le lieu même où le poème a été écrit, avec dans ses mains la preuve de sa diffusion, lui donne un puissant sentiment d'accomplissement.

Tout à sa rêverie, il n'a pas entendu la clé tourner dans la serrure de l'entrée, mais la porte qui claque fait éclater la bulle où se pressaient ses pensées. La revue et la carte lui en échappent des mains.

« C'est moi ! » annonce Nusch, déjà dans le couloir.

Max-Pol se baisse pour ramasser ce qu'il a fait tomber au moment où Eluard sort de la chambre, rafraîchi, cravaté, bien mis dans un impeccable costume trois pièces. Il s'étonne de tomber sur le derrière de Max-Pol, à quatre pattes derrière son bureau.

« Comme d'habitude, j'ai fait une demi-heure de queue pour des prunes ! râle Nusch. À quoi bon s'inscrire chez les commerçants si c'est pour que tout le monde se serve devant moi ? »

Paul l'entoure de ses bras.

« Je voulais rapporter quelque chose de bon pour ton ami. C'est fichu..., dit-elle, tête baissée. Mais j'ai dégotté ça ! »

Sous les yeux attendris de son mari, elle sort d'un mouchoir déplié deux gros œufs de ferme et un morceau d'emmental de la taille d'un dé à coudre.

« Tu es merveilleuse », glisse Paul.

Nusch se hisse sur la pointe des pieds pour l'embrasser.

« Paul Fouché n'est pas encore arrivé ? dit-elle.

— Si, si, il est là.

— Où ça ?

— À tes pieds... »

Les mains sur ses fines épaules, Paul la fait pivoter.

« Bonsoir », dit Max-Pol, un genou à terre.

Sur le fruit coupé en deux

Des quais de Belém, Cícero regarde s'éloigner le *Bagé* et le *Siqueira Campos* dans un épais panache de fumée. Un troisième bateau, parti d'Uruguay et arrivé à Lisbonne au même moment que les navires affrétés par le Lloyd Brasileiro, transportera demain le reste des diplomates vers Rio de Janeiro. Mais, là non plus, Cícero ne figure pas sur la liste des passagers.

Le Brésil, pourtant, lui manque terriblement, tout comme la fazenda familiale. João et Aracy, ses compagnons d'infortune de Baden-Baden, ont insisté pour qu'il fuie avec eux cette maudite guerre. Cícero a tergiversé. Après les cent jours passés au Brennersparkhotel, il aurait mieux valu laisser, entre Hitler et lui, un océan de distance. Rentrer était de loin la plus sage décision.

Oui, mais du train qui l'emmenait à Lisbonne, il a écrit à Raymonde une lettre, postée à la gare de Bar-le-Duc à la faveur d'un arrêt prolongé, dans laquelle il l'informait avoir quitté l'Allemagne. Il lui disait qu'il pensait à elle et que les Allemands pouvaient bien l'enfermer, il reviendrait toujours rue Lepic, frapper à la porte de son appartement. Et à l'hôtel Miramar, où les diplomates descendirent le temps de leur escale à Biarritz, le concierge informa Cícero qu'une personne l'attendait dans le lobby. Le cœur battant, Cícero balaya la salle du regard jusqu'à tomber net sur Raymonde, assise dans un fauteuil, le visage dissimulé sous un large chapeau, les jambes ramenées l'une contre l'autre. Après avoir lu la lettre de Cícero, elle avait pris le premier train pour Biarritz et loué une chambre en ville.

Les deux amants n'eurent que quelques heures ensemble. Le train repartait le soir même pour l'Espagne, puis le Portugal. Dans l'effusion des retrouvailles, ils parlèrent à bâtons rompus : de Paris, des amis, Eluard, Cendrars, Picasso, des toiles de Cícero à l'abri dans l'atelier du maître... Cícero raconta Baden-Baden : l'isolement, la neige, le couvre-feu, la surveillance de Penelopein et la toile qu'il a faite d'elle pour se venger. Leurs doigts enlacés, leurs mains jointes établissaient des têtes de pont partout où ils envisageaient de se retrouver...

Le cœur lourd, Cícero quitte le port alors que les navires qui ramènent au pays ses compatriotes ne forment plus que deux petits points de fumée à l'horizon. Dernièrement, il s'est mis en cheville avec un colonel de l'armée de Salazar, pour une histoire de laissez-passer pour la France. Ils ont rendez-vous dans un café du quartier de l'Alfama, en haut de la rue São Tomé, sur une petite place aux maisons couleur terre de Sienne. Cícero ne connaissait pas cet endroit.

« *Senhor* Dias ! »

Attablé devant un verre de porto, un homme en tenue civile se lève et lui tend une main velue. Cícero s'assoit avec la sensation désagréable d'avoir caressé une araignée. Il note d'emblée un sac volumineux posé sur la chaise face à lui.

« Qu'est-ce que vous buvez ?

— Comme vous. »

Le colonel arrête un serveur et la discussion s'amorce sur les navires brésiliens, la route qu'ils prendront et les garanties fournies par les Allemands. L'homme est bien informé et Cícero reste sur ses gardes.

« J'ai appris que vous vouliez regagner la France... *Senhor* Dias, je peux vous aider. En échange d'un petit service que vous me rendrez, je peux vous garantir un laissez-passer gouvernemental... Écoutez, je ne vais pas y aller par quatre chemins. Vous voyez ce sac : je veux que vous l'apportiez à Vichy à quelqu'un qui m'est très cher...

— C'est que...

— Rassurez-vous. Je vous donne ma parole qu'il ne contient rien de compromettant. Je ferais le voyage moi-même si je le pouvais, mais ma position m'oblige à rester ici. Officier de réserve. Je ne peux pas quitter mon pays.

— Je comprends », dit prudemment Cícero.

Son hôte empoigne le sac et dénoue les fermoirs.

« C'est pour Esther, ma fiancée. Des lettres, quelques photos de moi et des victuailles... Comme vous le voyez, ce n'est pas grand-chose. Le marché vous convient-il ?

— C'est que...

— Naturellement, vous devrez rester discret sur notre arrangement... Une fois arrivé à Vichy, vous déposerez le sac à cette adresse... »

Il lui tend un bout de papier écrit de sa main.

« L'adresse d'Esther ? » demande Cícero sans se mouiller.

L'homme acquiesce.

« Vous vous demandez certainement pourquoi je confie cela à vous, n'est-ce pas ? *Senhor* Dias, je sais que vous êtes, de votre côté, amoureux... »

Cícero n'a pas le temps de protester que le colonel le met aussitôt en garde.

« Ne dites pas non ! Vous allez retrouver une femme. Une Française... » Il lui adresse un regard complice. « Je vois que nous avons les mêmes goûts... Mais attention ! Ne jouez pas aux artistes avec mon Esther... »

Le colonel fait mine de lui trancher la gorge, puis étire un grand sourire.

Le lendemain, la tête dans le ressac, Cícero arrive avec des valises sous les yeux en gare du Rossio, son laissez-passer en poche, une petite malle pleine d'habits et le précieux sac d'Esther sur ses épaules. Le voyage dure deux jours, deux jours d'un supplice de Tantale pour le peintre, qui vit avec le souvenir de son dernier vrai repas englouti avec le colonel, sur les hauteurs de l'Alfama. Il n'a emporté, pour toute pitance, que de maigres provisions. La tentation le tenaille de se servir dans le cadeau d'Esther. Mais il se raisonne et avale ses derniers fruits avant les Pyrénées espagnoles. Le laissez-passer fonctionne à merveille. Côté français, Cícero reprend un train pour Clermont-Ferrand. Il couvre les derniers kilomètres en car.

« Ainsi, c'est donc ça, Vichy ! » se dit-il en faisant ses premiers pas dans la capitale de l'État français. Depuis son arrivée en France, il a toujours vécu à Paris, et quand l'ambassade, après la débâcle, s'est déplacée à Vichy, il est resté avenue de Friedland comme attaché du consulat. Cícero s'attendait à des contrôles à l'arrivée. Rien du tout. Il file droit à l'adresse donnée par le colonel et sonne à la porte d'une maison de deux étages pour s'acquitter de sa mission.

« J'arrive ! » crie une voix aiguë à l'intérieur.

Cícero se passe une main dans les cheveux et prépare un sourire. La porte s'ouvre sur une jeune femme en chemise blanche et en jupe, brune, un peu ronde. Cícero n'est pas déçu.

« Mademoiselle Esther ?

— C'est moi.

— Permettez-moi de me présenter : Cícero Dias. J'arrive de Lisbonne et je vous apporte un cadeau de la part de votre ami. »

Cícero lui tend le sac, sans en dire plus, car il se rend compte que le colonel ne lui a pas révélé son identité.

« Quel ami ? demande la jeune fille.

— Votre ami, le colonel...

— Franco ?

— Pardonnez-moi, j'ignore son nom. Mais il m'a demandé de vous remettre ceci. Il y a notamment des photos de lui à l'intérieur... »

La jeune fille regarde le sac que lui tend l'inconnu comme quelque chose de douteux. Avec sa petite moustache et son sourire un peu niais, cet homme pourrait très bien être un voleur ou un espion. Cícero lui explique sa rencontre avec le dénommé Franco et le marché qu'ils ont passé.

« Voyez par vous-même, dit-il. Ce ne sont que des bonnes choses. »

Esther s'empare du sac sans le quitter des yeux. Elle farfouille à l'intérieur et tombe sur du lard, du jambon, des sardines. Mise en appétit, elle replonge la main aussi sec et sort un pavé de vers écrits par le colonel – la déception se lit sur son visage : elle l'avait prise pour une miche de pain blanc. Les mains occupées, elle se débarrasse des poèmes, refourgués à Cícero, et se met en quête d'autres victuailles. Elle tombe sur les photos. Cícero, intrigué, guette sa réaction quand elle va découvrir le visage de son donateur transi.

« Ce sont des photos de votre ami... de Franco, dit-il.

— Ce n'est pas Franco, répond la jeune fille d'une voix amusée. C'est un autre type... Bon ! Combien je vous dois, pour la commission ?

— Pardon ? »

Esther lui donne, pour service rendu, la boîte de sardines et un morceau de lard. Avant de prendre congé, Cícero précise que le colonel attend de la jeune femme une réponse, ne serait-ce que pour lui dire que le messager a accompli sa tâche.

« J'y penserai... », lance Esther, en claquant la porte.

Amusé par le tour qu'a pris cette rencontre, Cícero se promet de raconter tout ça à Raymonde. Il lui enverra aussi la boîte de sardines et le lard – cela fait des années qu'elle et sa famille en sont privées. Il sillonne les rues sages de la capitale du maréchal Pétain et parvient, après quelques minutes à admirer l'architecture de cette ville de cure, au n° 111, boulevard des États-Unis, devant une maison de deux étages, ornée du drapeau jaune, bleu et vert. Il n'a pas franchi l'Atlantique, ni pour rentrer au bercail, ni pour tenter l'aventure en Amérique, mais le voici de retour chez lui.

Sur le seuil, l'ambassadeur, Souza Dantas, ouvre les bras au-devant du peintre et lâche d'une voix sonore et chaleureuse.

« *Amigo*, je vous attendais. Bienvenue au Brésil ! »

Pierre sang papier ou cendre

« Ma chérie, je te présente Max-Pol – et non Paul, comme tu le dis si bien.

– Le Max de Ernst, le Paul d'Eluard, si vous voulez. Enchanté de vous rencontrer enfin, Nusch... Mais pour quiconque a lu les poèmes de votre mari, vous n'êtes pas une inconnue. Et je vous ai déjà croisée ici, en votre absence, dit-il en désignant son portrait par Picasso.

– *Chère Lionne...* Il a peint ce tableau de moi à Mougins, en 1937... Nous passons souvent à son atelier, rue des Grands-Augustins. Allez-vous le rencontrer ?

– J'en serais honoré, mais je repars après-demain pour Lyon.

– Déjà ? C'est dommage, se désole Nusch. Au moins, vous dînez avec nous ce soir, n'est-ce pas, Paul ? Mon filet à provisions est vide, mais ma tête est pleine de recettes. Et j'ai ma bible, comme dit Paul. »

Toute évocation religieuse étonne, venue de la bouche d'Eluard, et Max-Pol est piqué par la curiosité. Nusch rapporte de la cuisine un petit opuscule intitulé *Cuisine et restrictions*, dont le bandeau rouge clame : « Des miracles pour se nourrir et cuisiner en marge de la “carte” ».

« Alors ça ! dit-il. J’ignorais qu’un tel livre existât...

— Il fait fureur par ici, dit Nusch. On le trouve partout !

— Nous n’avons pas cela à Alger. Il faudrait que je m’en procure un.

— Et moi, il faudrait que j’en écrive un..., soupire Paul.

— Installez-vous dans le salon », leur intime Nusch, qui les pousse gentiment vers les fauteuils. Elle disparaît dans la cuisine, puis passe une tête pour demander : « Vous buverez bien quelque chose ? »

Paul, qui s’astreint à un régime plus sain, fait la moue. Tout comme Max-Pol, toujours éperdu de sommeil.

— Un verre d’eau, au moins, par cette chaleur ? »

Paul se cale dans son fauteuil, sort de sa veste son paquet de cigarettes, en propose une à Max-Pol, qui, trop conscient du prix du tabac, décline poliment et en tire une du sien.

« Vous avez jeté un œil à la bibliothèque ? demande Paul.

— J’avoue, je n’ai pas pu m’en empêcher. Elle est particulièrement bien rangée. Et ce fonds, quelle richesse !

— Un jeune poète passe tous les matins pour en dresser l’inventaire. Mais il finit toujours par s’abandonner à la lecture.

— Comment l’en blâmer ? Est-ce que je le connais ?

— Je ne crois pas. Il s’appelle Noël Arnaud. Il anime avec quelques amis un peu remuants un groupe surréaliste : La Main à plume.

— “La main à plume vaut la main à charrue...”, complète Max-Pol, citant Rimbaud. Et que publient-ils ?

— Des recueils et des revues. Je leur ai donné quelques textes, présenté quelques amis, et ouvert ma bibliothèque.

— Je serais heureux de rapporter à Alger des numéros de

cette revue, pour les chroniquer. Entre confrères, il faut se serrer les coudes...

— Oh, les gens de La Main à plume se moquent pas mal des éloges des "confrères". Ce sont des francs-tireurs. Et puis, ils méprisent tout ce qui est imprimé en zone libre.

— Tiens donc... Et pourquoi ?

— À cause de l'aval de la censure qu'il vous faut obtenir.

— L'aval de Laval... À *Fontaine*, vous savez, nous l'obtenons souvent en rusant... »

Max-Pol croyait appâter Eluard par cette formule énigmatique, mais le poète n'y prête guère attention.

« Vous avez constaté que *Fontaine* figure en bonne place dans ma bibliothèque ?

— En effet, rétorque Max-Pol. Je m'en réjouis.

— C'est une très bonne revue.

— Je vous remercie.

— À l'exception, toutefois, de son dernier numéro.

— Ah ? Il vous a déplu ?

— Beaucoup », lâche Paul sentencieusement.

Le jugement semble sans appel. Max-Pol voudrait en savoir plus, mais Nusch entre dans la pièce, un plateau dans les mains. Elle dépose pour son invité, sur la table basse, un verre d'eau dans lequel elle plonge une jacinthe en fleur. Gracieuse comme une ballerine, elle lui tend une petite boîte en fer-blanc peinte, d'après ce que peut en juger Max-Pol, par la « chère Lionne », et repart sur la pointe des pieds pour ne pas déranger la conversation. Max-Pol observe sur la boîte la farandole de petits personnages en train de festoyer, il l'ouvre et découvre une jolie collection de pétales multicolores. Il sourit de cette invention surréaliste, qui contraste avec le visage grave qu'affiche Paul, devant lui.

« Ainsi, reprend-il, vous n'avez pas aimé la dernière livraison de notre revue ?

— Du tout. »

Max-Pol est contrit – lui qui espérait de nouveaux poèmes d'Eluard pour *Fontaine*. C'est même la raison qui l'a poussé à faire le déplacement jusqu'à Paris.

« Qu'est-ce qui vous a tant déplu ?

— Tout. Le titre, d'abord : "La poésie comme exercice spirituel". On ne va pas en poésie comme on va à la messe.

— Il ne s'agit pas que de ça...

— Nous avons déjà bien assez de ce gouvernement qui s'ingénie à placer du curé dans les chaumières et des hosties dans les écuelles...

— J'entends bien. Mais notre propos était surtout d'évoquer la mystique de la poésie.

— Il n'y a pas de mystique de la poésie.

— Vous ne croyez pas en la dimension mystique du poète ?

— Ni en sa prétendue dimension mystique, ni en sa dimension messianique...

— Rimbaud affirmait pourtant qu'il se faisait voyant...

— Laissez Rimbaud là où il est ! Et rappelez-vous quel sort il réserva à Verlaine quand celui-ci vint le visiter à sa sortie de prison, un rosaire à la main : il lui fit saigner les plaies du Christ. »

Nusch les interrompt, son tablier noué autour de la taille, ses cheveux retenus à l'aide d'un fichu. Son livre de recettes à la main, elle joue les parfaites ménagères et propose à ces messieurs deux plats du jour : « pâté sans viande » ou « omelette restrictions ». Ils optent pour l'omelette, à sa grande joie.

« Chouette, un nouveau plat ! »

Elle s'éclipse dans la cuisine en chantonnant, suivie par le regard amoureux de Paul. Son apparition a fait retomber la tension, ce dont Max-Pol lui sait gré.

« Elle est merveilleuse », glisse-t-il à Paul.

Le poète cligne des yeux en signe d'approbation. Il poursuit :

« *Fontaine* se vend bien ?

— Plutôt. Nous augmentons sans cesse notre tirage, ce qui ne va pas sans problèmes, compte tenu de la pénurie de papier et de tous les bâtons qu'on nous met dans les roues... »

Max-Pol aurait pu ajouter que le numéro qui a tant déplu à Eluard est celui qui s'est le mieux vendu, mais il juge plus adroit d'éviter le sujet.

« Diffusez-vous à l'étranger ? demande Paul.

— Nous avons des relais en Suisse, au Maroc et au Portugal, principalement. Au-delà, c'est plus incertain. Mais notre principal débouché reste la zone libre.

— Subissez-vous des pressions des autorités “Trafapa” ?

— Trafapa ?

— “Travail, Famille, Patrie”. Vichy, quoi.

— Vous parlez de la censure ? Disons, comme je vous l'expliquais tout à l'heure, qu'il faut savoir ruser...

Au regard sourcilleux de son interlocuteur, Max-Pol croit prudent d'ajouter :

« Mais, soyons clairs, nous ne faisons aucune compromission avec le régime. »

Cette réponse satisfait Eluard, qui la salue d'un rond de fumée. L'odeur des oignons que fait frire Nusch en cuisine leur chatouille les narines. La voix grave de la jeune femme qui chantonne *Troc-Troc*, un air à la mode, donne à cette rencontre une légèreté, une douceur, un parfum d'avant-guerre, que Max-Pol avait oubliés.

« J'aimerais que vous me donniez de nouveaux poèmes pour *Fontaine*... J'ai reçu des courriers enthousiastes de nos lecteurs après la parution du numéro de janvier, où était reproduit *Sur les pentes inférieures*. Et j'ai aussi lu ce que vous avez publié dans d'autres revues. Admirable – je le dis sans jalousie... Même si je préfère les poèmes que vous nous avez confiés, “La halte des heures”, “Patience”, “Aussi bas que le silence”... »

Max-Pol se met à réciter des vers et Paul se réjouit de voir flotter ces images créées par lui dans la longue nuit de l'hiver et qui lui reviennent, des mois plus tard, dans la bouche d'un confrère, tamisées par le climat de la Méditerranée :

Le seul rêve des innocents
Un seul murmure un seul matin
Et les saisons à l'unisson
Colorant de neige et de feu
Une foule enfin réunie.

« J'ai comme projet de développer une collection, avance Max-Pol, "Les Relais de Fontaine", où nous mettrions à l'honneur des livres et des recueils. J'envisage aussi de réaliser une édition sur la poésie anglaise. Je multiplie dans ce sens les contacts avec des gens de Londres.

— Londres ? relève Paul.

— Tout est encore à l'état embryonnaire, mais c'est l'idée, oui... Il y a à Londres des revues de grande qualité, notamment une, en français, qui s'intitule *La France libre*. Un exemplaire m'est parvenu à Alger. J'aimerais monter une opération avec eux, afin qu'ils diffusent *Fontaine* chez eux et nous *La France libre* à Alger et, pourquoi pas, à Paris.

— Je me méfie d'une revue qui serait trop proche du pouvoir..., fait valoir Eluard.

— Détrompez-vous : à part son nom, *La France libre* n'a rien à voir avec de Gaulle. Elle est même très critique à son égard ! C'est une revue politique et militaire, totalement indépendante. Certains des textes que nous publions y auraient leur place, soit dit en passant... »

Tout cela semble soudain très loin à Eluard, pour qui Londres redevient, plus encore qu'Alger, une ville brumeuse, hors de portée.

« Bref, je souhaite que *Fontaine* s'engage plus fort, encore, pour défendre les valeurs auxquelles nous croyons. Paul, voulez-vous nous confier de nouveaux poèmes ?

— Les poèmes que j'écris en ce moment ne sont pas dans la même veine que ceux d'avant...

— Sont-ils dans la lignée du "Blason des arbres" ou dans celle des *Pentes inférieures* ? »

Eluard médite la question et réplique, dans un nuage de fumée :

« Ils sont sur des pentes *encore* inférieures... Avez-vous entendu parler, à Alger, de Lucien Legros, de Jacques Decour ?

— Ces noms ne me disent rien, excusez-moi...

— Legros est le fils d'un ami, élève au lycée Buffon, résistant. Il a été arrêté avec des camarades par des Français, qui les ont remis aux Allemands. Ils croupissent en prison depuis des mois. Le père de Lucien n'a pas de nouvelles. Decour, c'est un jeune homme de trente-deux ans, agrégé d'allemand, et communiste. Un ami de Jean Paulhan. »

Au nom de Paulhan, Max-Pol opine du chef. Comme tout le monde dans le métier, il connaît l'éminence grise de la maison Gallimard.

« Decour a fondé coup sur coup deux revues clandestines, *L'Université libre et La Pensée libre*. Il a été dénoncé avec ses complices et les Allemands les ont arrêtés en février. Nous sommes depuis sans nouvelles d'eux.

— Je vois...

— Rendez-vous compte : un gamin et un agrégé d'allemand - arrêtés par les Allemands. Ils risquent d'être fusillés, eux et leurs camarades. Cette histoire me hante... Je pense à ces gosses tous les jours.

— Vous avez écrit à ce sujet ?

— Pas précisément à ce sujet, mais les poèmes que je compose en ce moment, ou depuis quelques mois, sont tous teintés de sang et de larmes.

— Vous voudriez les publier ?

— Ils ne sont pas publiables. Aucune revue de zone occupée ou de zone libre ne prendrait le risque de le faire.

— Moi, je le ferai à *Fontaine*.

— Impossible ! La censure ne les laisserait pas passer...

— Nous trouverons un moyen.

— Tout est donc si tranquille à Alger ?

— Détrompez-vous ! réplique aussi sec Max-Pol. L'administrateur de la revue, Jean Roire, à l'heure où je vous parle, est en prison. Il a sans doute été donné en raison de ses liens avec le PC algérien... »

Cette information fait tressaillir Paul, dont la réinscription au parti est en cours.

« La police est venue le cueillir, il y a deux mois, au petit matin. À son domicile : on appelle cela le “coup du laitier”. Avec sa famille, ils ont été conduits le jour même, sans jugement, à la prison de Barberousse. »

Au regard rêveur de Paul, Max-Pol sent le besoin de préciser :

« Barberousse est la prison la plus dure d'Alger. Le typhus y règne en maître.

— N'y a-t-il aucun moyen de les en sortir ?

— Je suis allé plaider leur cause dans le bureau du préfet d'Alger. C'est là que j'ai compris que, à travers Jean, c'est notre revue que les autorités voulaient frapper.

— Ce n'est tout de même pas à cause de “la poésie comme exercice spirituel” ? » le coupe Paul sur le ton de la blague.

À ce trait d'humour, Max-Pol se crispe, son visage débonnaire se ferme. Paul corrige :

« Pardon, Max-Pol, veuillez excuser mon mauvais esprit. Vous parliez de “frapper la revue...” ?

— *Fontaine* n'est pas franchement dans les petits papiers de Vichy. À l'occasion, je vous enverrai l'édito que j'ai écrit en juillet 1940, au lendemain de l'armistice et de la nomination du Maréchal. Il s'intitulait : "Nous ne sommes pas vaincus." Et on ne peut pas non plus dire que l'on serve la soupe aux serviteurs du régime... Pour en revenir à l'administrateur de notre revue qui croupit en prison, j'ai demandé une audience au préfet d'Alger, qui n'a pourtant pas la réputation d'être un dur. Je me faisais fort de le convaincre ; j'ai déchanté.

— Il vous a reçu ?

— Oui, et il m'a clairement fait comprendre que, compte tenu de mes états de service, c'est moi qui aurais dû être arrêté. Le Maréchal, m'a-t-il dit, "dans sa mansuétude", a décidé de m'offrir un sursis, eu égard au drame qui m'a frappé... »

Max-Pol n'achève pas, sa voix s'étouffe.

« Je suis désolé, dit Paul, mais de quel drame parlez-vous ? »

Max-Pol lève vers lui un visage grimaçant de douleur.

« Hélas, vous ne pouviez pas deviner... Jeanne, ma femme, a disparu dans le naufrage du *Lamoricière*, le 9 janvier dernier. »

À ce mot de *Lamoricière*, Paul se souvient de ce « *Titanic* français » qui a sombré tragiquement au large des Açores alors qu'il effectuait la liaison Alger-Marseille.

« J'ignorais que votre femme comptait parmi les victimes, Max-Pol. Toutes mes condoléances. »

Nusch, de la cuisine, passe une tête pour annoncer que le dîner sera bientôt prêt. Dans un silence de mort, elle découvre leur invité, prostré, la tête rentrée dans les épaules, et son mari, hagard, comme écrasé par une terrible nouvelle. Max-Pol poursuit, la voix blanche :

« Nous nous sommes mariés à Alger le 13 juillet 1941. On aurait voulu le faire le 14, pour protester contre l'abolition de la fête nationale par Vichy, mais ça tombait un dimanche et tout était fermé. Bref, on avait un peu forcé sur le vin d'honneur, avant la cérémonie. L'adjoint n'appréciait pas de nous voir rire à toutes ses phrases... » Il réprime un sourire. « C'était un fonctionnaire très "Trafapa", comme vous dites, qui palabrait et en rajoutait dans le cérémonial. Il répétait le Maréchal par-ci, le Maréchal par-là... Ces imbéciles n'avaient même pas débarrassé la mairie de ses attributs républicains. En hauteur, il y avait encore un buste de Marianne ! À un moment, mon témoin s'est penché vers moi et m'a dit à l'oreille, en me la montrant du doigt : "Fais attention, elle s'appelle Philippe, maintenant..." Nous avons été pris d'un tel fou rire ! L'adjoint a préféré écourter la cérémonie pour se débarrasser de nous. »

Ils sourient de l'anecdote, mais Max-Pol se rembrunit.

« J'enrage de savoir que, plus que la tempête et les flots démontés, ce sont les Allemands et leurs complices qui ont envoyé par le fond ma femme et deux cent quatre-vingt-dix-neuf passagers et membres d'équipage du *Lamoricière*... Les Allemands, qui ont réquisitionné le mazout pour leur marine de guerre, et ces scélérats de Vichy, qui ont laissé ce bateau affronter une mer en furie avec des moteurs au charbon, si vulnérables en cas de tempête !

— Les salauds ! grince Nusch entre ses dents, de grosses larmes au ras des cils.

— Pire : des survivants ont raconté que l'on obligeait les enfants transbordés dans des chaloupes à chanter *Maréchal, nous voilà !* »

Paul se lève, excédé. Il tourne dans la pièce, les mains derrière le dos.

« C'est insupportable ! » crie-t-il.

Il va à la fenêtre, pose les coudes sur la balustrade et s'abîme un instant dans la contemplation de la rue en contrebas, gagnée par l'obscurité. Nusch et Max-Pol l'entendent murmurer :

Toi ma patiente ma patience ma parente
Gorge haut suspendue orgue de la nuit lente
Révérence cachant tous les ciels dans sa grâce
Prépare à la vengeance un lit d'où je naîtrai.

Propaganda-Staffel

DER MILITAERBEFEHLSHABER IN FRANKREICH
Propaganda-Abteilung
Propaganda-Staffel
Gruppe Schrifttum

La Main à plume
11 rue Dautancourt
Paris XVIIe

Paris, 11. Maerz 1942

Ci-joint un questionnaire.

Veuillez le renvoyer avec les réponses, dans un délai de quinze jours, à l'adresse de la Propaganda-Staffel Paris, Gruppe Schrifttum, 52, Champs-Élysées, Paris.

Ajoutez au questionnaire : une déclaration de chaque personne nommée aux paragraphes 3, 6, 7, 8, 11 et 12 du questionnaire, affirmant que cette personne et son conjoint sont d'origine aryenne (c'est-à-dire descendant de quatre grands-parents aryens). Envoyez-moi aussi un catalogue complet de votre maison.

Heller
Sonderfuehrer (Z)

Sur la solitude nue

Juillet 1942

Cécile Arnaud allait partir, mais Noël la rattrape sur le seuil.

« Tu n'oublies rien ? »

Cécile s'arrête, réfléchit.

« Mes papiers ! »

Elle tâte les poches de son tailleur, surprend un renflement.

« Mais si... je les ai... »

Appuyé au chambranle de la porte, Noël sourit. Il adore lui faire des frayeurs, ça marche à tous les coups. L'expression de ses yeux dans ces moments-là le ravit.

« Mais non... je te parle de ça ! dit-il en lui tendant un petit bloc-notes et un crayon. Et surtout, rappelle-toi : si jamais il t'arrive quoi que ce soit, tu ne connais que moi... »

Le visage lunaire de Noël s'efface derrière la porte, après un baiser lancé à distance. Mais, sitôt celle-ci refermée, Cécile sonne et, dans l'embrasure, elle écrase ses lèvres sur celles, surprises, de son mari. Ce geste-là, elle le fait pour lui, pour clore la scène, et parce qu'elle sait qu'il aime ce petit théâtre amoureux.

Cette matinée de juillet, claire et ensoleillée, ferait presque oublier les affres que traverse la petite troupe de La Main à plume. Depuis quelque temps, les Allemands et Vichy s'intéressent à son cas. Cela a commencé par une lettre d'une certaine Mme Schneider, préposée au secrétariat d'État à l'Information à Vichy, qui, sans doute informée du caractère frondeur de ces trublions des lettres, a demandé à être tenue au courant de toutes leurs publications, prétendument pour leur assurer la meilleure publicité possible en zone libre. Puis la *Propaganda-Staffel* s'en est mêlée, exigeant, par l'intermédiaire d'un *Sonderführer* signant Heller, de recevoir le catalogue complet des éditions et de produire, pour toutes les personnes mentionnées dans le courrier, un certificat de bonne aryanité.

Noël, qui gère le secrétariat du groupe, s'est inquiété de ces procédures et a escamoté, bien évidemment, la présence de Juifs ou de républicains espagnols dans les rangs surréalistes. Mais les choses ont empiré : les Allemands, pour une raison inconnue, ont arrêté pour les interroger trois membres du groupe, dont J. V. Manuel, ancien membre du POUM et amant de Tita.

À l'annonce de cette arrestation, Chabrun, Acker et d'autres ont fiché le camp, de peur d'être coffrés à leur tour. Manuel a été relâché – les Allemands n'ayant pas remonté le fil de son identité jusqu'à son passé de combattant antifranquiste. Avertissement sans frais. Reste à savoir les raisons de ce coup de filet, et qui l'a donné…

Depuis, Noël, Cécile et les autres cogitent pour tâcher d'identifier le traître, jusqu'à en perdre le sommeil. Et puis, comme un malheur ne vient jamais seul, les finances de La Main à plume sont au plus bas. Les publications coûtent cher et il faut faire avec toute une tripotée d'amis et d'artistes dans le besoin. La bohème s'ajoute aux restrictions. Heureusement que des copains de passage leur remontent le moral en apportant des patates et des lapins planqués dans des casseroles.

Il y a une trotte de la rue Notre-Dame-de-Lorette à la rue Campagne-Première, où Tita loue un studio. Cécile prend parfois le métro pour s'y rendre, mais pas aujourd'hui. Pas avec une publication de La Main à plume dans les mains. Elle emprunte les jardins du Palais-Royal, traverse les Tuileries, sans jeter un regard aux drapeaux nazis de la rue de Rivoli, puis la Seine, et rejoint le boulevard Saint-Germain. En remontant la rue de Tournon, elle aperçoit le drapeau de la Luftwaffe flottant sur le lanterneau du palais du Luxembourg. D'une fenêtre ouverte s'échappent les notes aiguës et le bourdon d'une cornemuse. « Qui est donc ce musicien ? se demande Cécile. Un Écossais ? Sûrement un original... »

Elle pense en marchant à cet instrument pansu, semblable à une outre perfusée. Elle voudrait là, maintenant, en posséder une et la rapporter à son amie. « Corne-muse », songe-t-elle... En voilà un instrument surréaliste. Tita saurait s'en servir, à défaut de savoir en jouer. Ça lui ferait une distraction, comme la lecture qu'elle lui apporte, la dernière mouture de La Main à plume : *La Conquête du monde par l'image*.

« Pauvre Tita », se désole Cécile. Cloîtrée chez elle, n'osant plus sortir de peur de se faire pincer. Elle a cru bon de se mettre en règle. Sur les conseils frileux d'un imbécile, elle s'est déclarée à la préfecture de police, s'est cousu sur la poitrine cette maudite étoile jaune. Depuis, elle ne veut plus mettre un pied dehors. Ça ne suffisait pas aux nazis que les Juifs soient déboutés de leurs droits, exclus de leurs professions, dépouillés de leurs biens, il faut de surcroît qu'ils se déclarent aux autorités, comme de la viande importée. À présent, Tita a peur pour sa vie. Le simple fait de marcher dans la rue l'expose au risque d'être contrôlée, interpellée, déportée.

Seuls quelques amis connaissent son adresse. Cécile lui apporte régulièrement de quoi se nourrir et de la lecture. Avec quelques compagnons tchèques, des Juifs traqués qui, comme elle, ont fui leur pays après la trahison des accords de Munich, Tita s'est fait oublier à Paris. Sous ce faux nom à la consonance universelle, elle a repris espoir, un peu, et goût à la vie. Mais les nazis la talonnent, ils ont fini par combler la distance qu'elle avait mise entre elle et eux.

Cécile passe devant la loge déserte de la concierge – tant mieux, se dit-elle, elle n'aura pas à feinter pour échapper à sa surveillance – et s'engage dans les escaliers. Elle s'apprête à toquer chez Tita, selon le signal convenu, quand des cris suspendent son geste. La voix de son amie, étouffée, étranglée par les sanglots, lui parvient. Celle d'un homme parlant un français rugueux la couvre. Cécile colle l'oreille contre la cloison. Éclats de voix, pleurs, bruits d'objets brisés au sol – une fouille, des Allemands... Elle se mord les lèvres. Que faire ? Fuir pour demander du secours, des renforts – mais où ? et à qui ?...

Pas le temps d'épiloguer. Cécile tambourine à la porte. Aussitôt, le silence se fait à l'intérieur de la pièce, les voix se taisent, les lattes du plancher craquent, une main actionne la clenche. À peine découvre-t-elle le visage de l'homme qui lui fait face que Cécile regrette aussitôt son geste. Une vraie tête de fouine, qui la toise et lance :

« Qu'est-ce que vous venez faire ici ?

— Je suis venue voir mon amie », répond-elle sans se démonter.

L'homme lui ouvre :

« Nous aussi, nous sommes venus voir votre amie... »

Il invite Cécile à entrer et la porte se referme dans son dos avec fracas. Cécile voit à sa droite, dans la minuscule salle de bains, un homme occupé à fouiller les tiroirs de l'armoire à pharmacie. Dans la chambre à coucher, un autre vide les placards. Les châssis brisés ou de guingois de plusieurs toiles de Tita jonchent le sol.

« Les tableaux... », pense Cécile, qui fait alors le rapprochement avec le trafic de copies d'œuvres d'art auquel Tita a pris part avec d'autres peintres de La Main à plume. Ce qui au départ n'était qu'un jeu pour se moquer des marchands, en leur refourguant, au milieu de toiles de maîtres, de faux Braque, Picasso, Miró, Ernst, Tanguy, etc., est devenu au fil du temps, par la facilité même que les faussaires éprouvaient à les écouler, une activité lucrative qui nourrit les nombreux artistes, amis et clandestins de la bande, vivant reclus et sans ressources, comme Tita.

Le petit salon est sens dessus dessous. Cécile aperçoit, prostrée par terre dans un coin, son amie en pleurs, secouée de tremblements. Elle se précipite vers elle et Tita, voyant surgir dans ce décor dévasté une âme secourable, esquisse un sourire et lui ouvre les bras. Mais l'homme à tête de fouine les sépare. Des mains de Cécile, il arrache la revue et le bloc-notes, les effeuille et les retourne pour s'assurer qu'ils ne contiennent pas de message glissé entre les pages. De dépit, il jette le bloc-notes vierge et enfonce la revue dans la poche de sa veste.

« Vos papiers ! »

Cécile les lui tend.

« Votre amie refuse de collaborer avec nous. Nous avons été forcés de fouiller son appartement. »

Mille questions se bousculent dans l'esprit de Cécile, mais elle se garde bien d'en formuler aucune, de peur de paraître suspecte. Elle se baisse et prend son amie par les épaules pour la relever. Tita, défigurée par la peur et les larmes, regarde Cécile avec une lueur d'espoir. Ses lèvres bredouillent des mots inintelligibles.

« *Ruhe !* Assez ! » hurle l'Allemand qui fouillait la salle de bains.

Tita le regarde sans comprendre. Il déverse sur elle un tombereau d'injures et la plaque contre le mur. Cécile cherche à s'interposer, mais le chef lui fait une clé de bras.

« Vous me faites mal !

— *Ach so* ! Maintenant, dites à votre amie de se montrer coopérante, sinon je vous brise le bras. »

La douleur prive Cécile de ses mots. Dans un souffle, elle murmure :

« Elle est sourde...

— *Was ?*

— Mon amie... elle est sourde-muette. »

L'Allemand relâche sa prise et envoie valser Cécile, qui tombe sous le regard impuissant de Tita. Celle-ci pousse un cri, qui meurt sur ses lèvres.

« Sourde, hein ? »

Et l'Allemand traduit le mot pour ses acolytes. Ils se regardent et rient aux éclats. Cécile, à terre, ramasse le bloc-notes et se redresse.

« Prenez ça ! dit-elle en s'adressant au chef. Puisque vous tenez tant à lui parler... »

Les yeux de Tita vont de Cécile à son bourreau. L'autre agent plaque sa main sur sa bouche pour la bâillonner.

« Dites à votre homme de la lâcher, crie Cécile. Elle ne tentera rien contre vous. Elle est sourde, paniquée, vous comprenez ? »

L'homme ordonne à son comparse de la laisser. La main s'efface. Tita respire un grand coup. Cécile caresse son visage et essuie ses larmes. Tita la regarde comme une enfant submergée par le chagrin. Le chef s'approche des deux femmes et crie à Tita, en détachant bien les syllabes :

« Tu es sourde, vraiment ? »

Tita opine du chef en ravalant sa frayeur.

« Et juive ? » ajoute-t-il, les yeux plantés dans ceux de sa victime.

Tita roule des yeux paniqués vers Cécile, puis hoche de nouveau la tête. Cécile comprend alors que ce n'est pas pour les tableaux, les faux tableaux, que les Allemands ont forcé la porte de son amie. Les hommes échangent quelques mots qui laissent entendre que la fouille s'arrêtera là. « Ils vont l'emmener », se dit Cécile, et elle réfléchit à une issue pour la sortir du piège qui se referme sur elle.

« Mon amie est en règle. Elle s'est déclarée à la police. »

L'argument ne porte pas. Alors elle ajoute :

« Elle porte l'étoile jaune ! »

Elle écrit les mots *Étoile jaune* sur le bloc-notes. Tita fait oui de la tête, se détache du groupe pour décrocher sa veste d'une patère. Elle la montre aux Allemands, qui lui arrachent le vêtement des mains et le lui jettent au visage. Tita étouffe un cri de douleur.

« Mais enfin ! s'emporte Cécile. Que voulez-vous de plus ? Elle est en règle... »

Le chef s'avance face à elle et lui lance d'une voix dont le calme la terrifie :

« Aucun Juif n'est jamais en règle, *verstanden* ? »

Et, ce disant, il sort de sa poche la revue prise plus tôt à Cécile, la feuillette et s'arrête sur la page où est reproduite une gravure de Tita. Cécile reconnaît le dessin des *Bâtisseurs de ruines* : une échelle composée de bras, dont les avant-bras forment les barreaux, se dresse contre le seul mur resté debout d'une maison éboulée. À l'arrière-plan, les décombres fumants s'étagent en nuages.

« La loi interdit aux Juifs de travailler. Pourtant, votre amie juive ignore la loi. Comme tous les gens de sa race. »

L'homme jette la revue au sol, avec dégoût. Tita la ramasse. Elle veut se défendre, se récrie, mais elle ne peut que bafouiller, ce qui exaspère encore davantage les policiers. Cécile lui fait signe de se taire et tente une ultime parade :

« Monsieur, cette publication date d'il y a plusieurs mois, avant la loi, vous comprenez ? C'est un numéro que l'on a préparé il y a longtemps. Ce dessin-là est très ancien... »

L'Allemand fait signe à son collègue de lui donner la revue. Il tourne les pages d'un air détaché – « Voyons voir ça... » –, puis l'ouvre à la page du sommaire où sont recensés les contributeurs du numéro.

« Un torchon expressionniste ! De tous ces noms, lesquels connaissez-vous ? »

Cécile fait mine de découvrir ces patronymes qui lui sont pourtant tous familiers. L'injonction de Noël sur le pas de la porte lui revient en mémoire : « Si jamais il t'arrive quoi que ce soit, tu ne connais que moi... »

« Lui, dit Cécile en posant son doigt sur le nom de Noël Arnaud.

— Qui est-ce ? s'enquiert l'Allemand.

— Mon mari. »

À ces mots, il lève sur Cécile des yeux surpris et traduit sa réponse pour ses comparses.

« Et “votre mari”, demande-t-il d'un ton moqueur, a-t-il pour habitude d'employer d'autres Juifs ? »

Cécile le regarde avec l'envie furieuse de lui cracher au visage, mais elle se contient et baisse le regard.

« Je vois..., dit simplement l'Allemand. Si nous allions discuter avec ce monsieur... Vous savez certainement où il habite... »

Il se délecte de la rage qu'il lit dans les yeux de Cécile et ajoute d'un ton doucereux :

« Vous ferez les présentations. »

Il se tourne vers Tita et lui crie au visage sur un ton saccadé :

« Habille-toi, Juive, tu risques d'avoir froid. »

Tita le regarde sans comprendre. Il chipe le bloc-notes des mains de Cécile et trace en lettres capitales soulignées d'un trait ce mot : *SANTÉ*.

Tita fronce d'abord les sourcils, avant d'ouvrir de grands yeux terrifiés.

Sur les merveilles des nuits

Mai 1942

Paul et Nusch ont fait l'amour ce soir-là. Ils ont rejoué dans leur lit ce que Nusch appelle leur *cœurégraphie*, puis, blottie contre lui, elle s'est endormie dans un soupir.

Dans la nuit silencieuse, Paul, lui, ne trouve pas le sommeil. Il pense à Max-Pol et à sa femme disparue, à Jacques Decour et à ses compagnons, à Lucien et à ses camarades lycéens sous les verrous. Il se demande s'ils dorment en ce moment, et combien de jours, de nuits, de rêves, il leur reste à vivre. Ses pensées tournent dans le noir. Dans ces circonstances, se dit-il, la poésie ne peut rester lettre morte ; elle doit descendre de l'Olympe pour se répandre parmi les hommes, devenir une arme au service des consciences. La discussion avec Max-Pol l'a conforté dans la nécessité d'agir de concert, de répliquer, chaque fois que le bâillon supprime une voix discordante, par des strophes de combat.

Paul repousse les draps. Il ramasse ses habits au sol, les enfile sans bruit. Le plancher craque sous ses pas. Il boit au robinet de la cuisine, s'éclabousse le visage avec le filet d'eau puis remplit un verre, qu'il dépose sur son bureau. Il s'assoit, sort les feuillets griffonnés la veille – qu'il avait rangés en prévision de la visite de Max-Pol : ne rien montrer avant d'être pleinement satisfait.

Au petit matin, Nusch ouvre un œil et s'étonne de ne pas trouver son homme ronflant à ses côtés. Enroulée dans le drap, elle traverse le salon à toutes jambes pour fermer la fenêtre – le temps a fraîchi pendant la nuit et le courant d'air lui arrache un frisson. Elle détourne les yeux du ciel gris et voit Paul, assis devant le bureau, la tête reposant sur ses feuilles, immobile, bras étendus devant lui. Le bruit rauque de sa poitrine sifflante la fait sourire. Une bouteille presque vide, un cendrier plein et un verre renversé lui indiquent que, une fois encore, il a fait une insomnie.

« Paul... Paul... », murmure-t-elle à son oreille, en le secouant doucement.

Un grognement peu aimable lui répond. Nusch soupire : si elle le laisse là, il lui en fera le reproche, mais s'il se réveille, il l'accusera d'avoir interrompu sa nuit, et ça lui gâchera sa matinée. A-t-il écrit, au moins ? Sur les feuillets épars, elle peut voir sa belle écriture remplir des pages entières. Elle en chipe un qu'elle porte à ses yeux. Un poème, évidemment, des quatrains de même longueur ou presque. Les vers commencent tous par le même mot : *Sur*, et les strophes s'achèvent toutes par la même phrase : *J'écris ton nom*. Paul n'est pas coutumier d'une telle régularité. D'ailleurs, à bien le regarder, l'ordonnancement des vers et la reprise de cette phrase à la fin de chaque strophe donnent à l'ensemble un aspect graphique assez réussi. « Cela ferait un si joli tableau de mots », se dit Nusch.

Mais Paul relève la tête. Il se mettra sûrement en colère s'il la voit folâtrer avec son texte : il déteste que l'on touche à ses affaires, et plus encore qu'on le lise avant qu'il ne l'ait autorisé. Mais il se racle la gorge, tourne la tête et se rendort. Nusch repose délicatement le feuillet sur le bureau et file dans la chambre se préparer.

Quand elle revient, fraîche et bien mise, Paul est debout, fumant à la fenêtre. Elle lui pique sa cigarette, qui se consumait à son doigt, en tire une bouffée, et lui dit :

« Tu as bien dormi ?

– J'ai fini le poème », lâche-t-il, d'une voix flottante, sans bouger d'un cil.

Nusch le regarde. Elle aime son profil, ce long front qui descend vers ses yeux, ce nez solide qui charpente son visage.

« Je vais le donner à Max-Pol pour qu'il le publie dans *Fontaine*.

– Bonne idée ! J'aime beaucoup Max-Paul et sa fontaine.

– Moi aussi. »

Il lui caresse les cheveux, la joue, les lèvres.

Sur les nids sur les genêts

Août 1942

Au lavoir, Raymonde, le père et son fils, se reconnaissent à peine. Ils ont fait ensemble le trajet en train depuis Paris et se sont séparés en gare de Tours, pour ne pas éveiller les soupçons. Le père et son fils sont allés de leur côté avec leur passeur, un vieux paysan taiseux, et Raymonde a fait de même avec le sien, vaguement plus amène. Dans un garage tenu par un complice, elle a troqué sa tenue de ville pour ce costume de fille des champs. L'homme et son fils ont revêtu des habits de fermiers. À présent, ils se regardent tous les trois, métamorphosés, et se souhaitent bonne chance. Ils attendent que le vieux paysan, parti repérer les lieux, revienne pour que chacun puisse repartir et suivre son passeur.

Même à l'ombre du lavoir, le soleil cogne en ce début d'après-midi. Le père sue à gros bouillons. Son fils demeure impassible, mais ses yeux inquiets balaient toutes les directions. À le regarder, Raymonde songe à ces petits piafs qui picorent du grain et relèvent la tête au moindre bruit. Elle se dit qu'ils ne ressemblent pas du tout à des fermiers, ni dans l'attitude ni dans l'apparence.

Pensent-ils la même chose d'elle dans sa tenue ? Son passeur scrute l'horizon : au loin, il aperçoit son complice descendre de la colline.

« Allez ! » dit-il simplement.

Le père tend à la jeune femme une main moite qu'elle serre. Puis ils partent chacun de leur côté. Raymonde se retourne deux fois dans leur direction, jusqu'à ce que les silhouettes de l'homme et de son fils disparaissent de son champ de vision.

La première heure, Raymonde peine à suivre le passeur et ses longues enjambées. À travers les herbes hautes, dans les côtes et les pentes, ses sabots la mettent au supplice. Elle s'écorche les mollets aux ronces qu'il écarte et qui se rabattent sur elle comme un fouet. Elle voudrait marquer une pause, souffler quelques minutes, mais il ne l'entend pas de cette oreille et s'engage bientôt dans une clairière trouée de soleil : il faut tenir. Une large auréole de sueur progresse dans son dos. Raymonde extrait de son corsage un mouchoir qu'elle se passe dans le cou et sur le front. L'homme la presse. Son regard dur, sa mine grave, le pli au coin de ses lèvres ne prêtent pas à la légèreté.

Au bout de deux heures de marche, l'horizon se dégage un peu. Le sous-bois, moins dense, est longé en contrebas par des champs de blé. Le passeur fait signe à Raymonde de s'arrêter. Il lui montre un hameau dans le lointain, lui explique qu'ils se séparent à cet endroit et qu'elle devra poursuivre, seule. À la ferme qu'il lui désigne du doigt, elle fera provision de lait et d'œufs, puis il lui faudra longer la rivière jusqu'à Loches. Une fois là-bas, elle sera en zone libre. « Et je pourrai envoyer un télégramme à Cícero pour qu'il vienne me chercher en gare de Vichy. Allez ! Encore quelques heures et c'est fini... », se dit-elle pour se donner du courage.

La ferme ressemble à une masure délabrée. Raymonde pénètre dans le bâtiment principal. Un homme dont elle n'aperçoit que la silhouette dans la pénombre lui ordonne d'attendre. Il s'éclipse sans un bruit et c'est une fermière, quelques minutes plus tard, qui lui tend, avec un sourire et des paroles d'encouragement, une bouteille de lait et une boîte en fer contenant six beaux œufs frais. Raymonde ressort avec ses provisions, ragaillardie par cette rencontre. Concentrée, elle se remémore les instructions du passeur : suivre le chemin de terre jusqu'au prochain village ; à la fontaine, couper à travers bois et continuer plein est jusqu'à la rivière. « Vous aurez le soleil sur votre droite, lui a-t-il indiqué. À Loches, rendez-vous à l'épicerie. On vous fournira de nouveaux vêtements pour le train. Et n'oubliez pas : si vous croisez des Allemands, vous venez de Perrusson, où vous vous êtes ravitaillée en produits de la ferme. Surtout, parlez le moins possible. »

Au moment de repartir, Raymonde, n'y tenant plus, s'accroupit derrière un mur et se soulage. La soif la tenaille. Elle rêve de boire le bon lait de ferme mais ne peut se le permettre. Armée de tout son courage, elle emprunte le sentier menant au village, et marche d'un bon pas depuis une heure quand apparaît le clocher d'une petite église. Bercé par le doux ruissellement de la fontaine, le petit bourg semble désert. Elle se passe un peu d'eau sur le visage et dans le cou, laisse tremper quelques minutes ses pieds douloureux dans la vasque puis reprend sa marche. Il lui faut encore remonter la colline, puis couper à travers bois : c'est là que passe la ligne de démarcation. Si une patrouille doit surgir, c'est ici et maintenant.

Avant son départ, Raymonde a étudié les cartes de la région avec ses sœurs et sa mère, dans leur appartement de la rue Lepic. Elle les avait épinglées au-dessus de son lit et s'endormait après avoir refait ce périple à pied, au-delà de la ligne, jusqu'à Cícero. Elle connaît les noms de tous les villages à la ronde aussi bien que si elle avait passé son enfance ici. De plus, se dit-elle pour se rassurer, elle n'est pas comme le père et le fils : elle ressemble à une vraie paysanne. Elle en a tous les attributs. Car, en bonne styliste-modéliste, Raymonde a peaufiné sa tenue pour coller au personnage : ni trop, ni trop peu.

Et dire qu'elle travaillait il y a encore quelques jours pour la maison Schiaparelli, dans les beaux quartiers de Paris... Elle rit. Elle pense à la tête que ferait Cícero s'il la voyait accoutrée ainsi. Il sortirait son carnet à dessin, la croquerait sur-le-champ. À coup sûr, il ne tarirait pas de compliments, elle sait être élégante avec un rien, et se pencherait pour cueillir une fleur à planter dans ses cheveux... Cícero trouve toujours les mots qui la touchent et lui vont droit au cœur. La première fois qu'elle l'a vu, elle lui a trouvé un charme fou. Ses manières, son sourire généreux, sa bonne humeur communicative, son accent chantant... Et le Brésil ! Raymonde n'en connaissait rien, de ce pays, hormis le nom de quelques villes qu'elle aurait été bien en peine de situer sur une carte. Alors, le Pernambouc, la région natale de Cícero, pensez ! Cela sonnait pour elle comme le Mozambique ou le Danakil, un de ces pays exotiques aux noms d'animaux. Cícero l'a bercée avec le récit de sa Jundia, l'univers de la fazenda familiale, où les champs de canne à sucre se déroulent à l'infini, comme en France les arpents de blé ou la luzerne. Il lui parla des cascades, des oiseaux au panache multicolore, des cocoteraies de bord de mer, des fruits aux sonorités étranges et de ces algues charriées par les courants qu'on appelle les doigts-de-jeunes-filles. La mer verte de Recife... Et le café ! Le café noir rapporté de là-bas, les dégustations chez lui, avenue d'Eylau, avec Paul et Nusch. Ils en buvaient jusqu'à en faire des nuits blanches...

Sur ce sentier déployé entre deux zones, il lui semble sentir le café en train de passer, cette délicieuse odeur qui emplissait la chambre sous les toits de Cícero et qui faisait oublier, il y a un an à peine, les rigueurs de la guerre.

« Mademoiselle ! »

Raymonde chemine gaiement avec ces souvenirs en tête. La rivière et Loches ne doivent plus être très loin.

« Mademoiselle, halte ! »

Ils ont surgi de nulle part. Deux Allemands, à une vingtaine de mètres devant elle, fusil à l'épaule, qui retiennent en laisse un chien prêt à lui bondir dessus. Raymonde a failli en faire tomber ses œufs.

C'est le moment de rejouer la scène qu'elle a souvent répétée, chez elle, le soir. Comme la veille de son départ, lors du dernier filage. La rejouer cette fois pour de vrai, dans cette tenue de paysanne qu'elle a pris soin de composer – ni trop, ni trop peu. Les deux soldats s'approchent d'elle, la détaillent sous toutes les coutures. Ils sont jeunes, en bras de chemise. Leur chien, s'agaçant au bout de la laisse qui l'étrangle, accroît sa nervosité. Elle tâche de n'en rien laisser paraître.

« Vous allez où ? l'interroge l'un des soldats avec des rudiments de français.

— À Loches.

— D'où venez-vous ? dit le soldat tenant le chien.

— De la ferme là-bas », dit Raymonde en indiquant de la main la direction opposée.

« *Was ist das ?* » dit l'autre en désignant la boîte métallique.

Raymonde la lui tend et prend soin de préciser :

« Attention ! Fragile... »

L'Allemand ouvre la boîte, précautionneusement. Il découvre les œufs alignés, les soulève, un à un, pour s'assurer qu'ils ne dissimulent rien, puis rend la boîte à sa propriétaire. Il exige ensuite d'inspecter la bouteille, ôte le bouchon à clapet, renifle le liquide. Et, tandis qu'il la rend à Raymonde, deux coups de feu éclatent dans le lointain. Le chien se rue en avant, l'Allemand lâche la bouteille, qui se brise au sol, mouchetant de blanc les uniformes verts et la blouse de Raymonde. Aussitôt, les soldats saisissent leur fusil : ils mettent en joue la jeune femme, qui ne bouge pas d'un cil et serre convulsivement sa boîte d'œufs. D'un mouvement du canon, un soldat lui donne l'ordre de lever les mains.

Les aboiements du chien résonnent dans le sous-bois. Ils répondent à ceux d'un autre chien en contrebas, sans doute celui d'une patrouille. Raymonde songe au père et à son fils, à leur vieux passeur bourru, à son passeur à elle : se sont-ils fait attraper ? Dans la confusion, les deux Allemands se hurlent dessus. Le chien, toutes babines dehors, tire sur la laisse. Hypnotisée par le canon du fusil, Raymonde revoit sa mère, ses sœurs, Cícero... Elle est prise d'un étourdissement, se ressaisit, rouvre les yeux. Le fusil est braqué sur son front. Elle sent deux grosses gouttes de sueur perler à ses tempes.

Pressé par son camarade, le soldat la pousse de son canon vers les sous-bois et lui crie dessus, les mâchoires serrées :

« *Du ! Los !* »

Sur le front de mes amis

Mai 1942

Hier soir, au moment de le raccompagner jusqu'à la porte, Paul a donné rendez-vous à Max-Pol dans un restaurant de la rue de Grenelle.

« Surtout, ne le faites pas attendre, lui a glissé Nusch, sur le palier. Paul se mettrait en rogne – il est terriblement soupe-au-lait ! » Il a suivi son conseil et se présente à l'entrée du restaurant avec cinq minutes d'avance.

C'est déjà le coup de feu. Presque toutes les tables sont prises, notamment par des soldats en uniforme de la Wehrmacht. Max-Pol n'en croit pas ses yeux, il a dû se tromper d'adresse. Ou bien c'est Eluard qui a confondu. Impossible autrement. Il s'apprête à faire demi-tour, quand un serveur vient au-devant de lui.

« Monsieur ?

— Je cherchais un ami, dit Max-Pol, mais il n'est pas là...

— Vous avez regardé dans la salle du fond ? »

Mince, coincé. S'il dit non et s'en va, cela paraîtra suspect. Max-Pol suit le serveur, passe devant une tablée d'officiers. Il n'y a pas d'Allemands à Alger, ou très peu. Quelques Italiens, et encore... Là, il a l'impression d'être tombé dans un piège. Il échafaude déjà un plan : jeter un coup d'œil rapide dans la salle du fond et filer dare-dare. Tant pis pour Eluard.

« C'est ici », dit le serveur en s'effaçant sur le seuil.

Max-Pol parcourt la salle du regard. À la table du fond, un grand type lève la main dans sa direction.

« Votre ami ? »

Max-Pol s'avance vers Paul, qui a les traits tirés et semble énervé. Il repense à la mise en garde de Nusch mais se dit, devançant les reproches, qu'après tout il n'est pas en retard. Ce n'est pas sa faute si Paul est arrivé en avance.

« Comment vas-tu », dit le poète en le pressant contre lui.

Le tutoiement est de rigueur depuis hier.

« Bien, ma foi. Et toi ?

— Bof, soupire Paul. Comme quelqu'un qui a poireauté des heures... »

Voyant Max-Pol prêt à se justifier sur l'horaire, Paul explique :

« Il ne s'agit pas de toi, voyons. Mais du jeune gars de La Main à plume, Noël Arnaud. Il venait tous les matins, pour discuter de la revue, et ça fait plusieurs jours qu'il m'ignore. Je t'ai parlé de lui, je crois ? C'est un anar, il a ses idées... »

Max-Pol n'ose pas l'interrompre, mais il n'a pas très envie que ces confessions se poursuivent devant des oreilles inconnues, sinon suspectes. Eluard, le poing serré, assène un petit coup sur la table.

« Mais je l'apprécie ! Lui aussi, d'ailleurs. Ce n'est pas le cas de tous les gens du groupe – et je pense aux "fox-trotskistes" purs et durs. Ils me reprochent ma rupture avec Breton pour ce poème sur la guerre d'Espagne que j'avais publié en 1936 dans *L'Humanité.* »

Paul se met à déclamer les premiers vers de « Guernica ». Max-Pol, affolé, lui lance des regards appuyés pour qu'il se taise – en vain.

« Qu'est-ce que j'ai pas entendu pour ça...

— Tout cela est passionnant, dit Max-Pol qui profite d'un silence. Mais pourquoi n'en parlerions-nous pas dans un endroit plus approprié ?

— Tu as raison ! Viens avec moi... »

Eluard se lève et fonce vers la sortie. Max-Pol pousse un soupir de soulagement. La présence de tous ces uniformes allemands le rend nerveux. Un peu hébété, il heurte Paul, qui s'est immobilisé au beau milieu de la salle principale et qui, du bras, arrête un garçon.

« Jeune homme, trouvez-nous une autre table, voulez-vous ? Cette arrière-salle est lugubre.

— Paul, non... Allons plutôt... »

Paul se tourne vers son ami et lui fait signe qu'il a la situation bien en main.

« C'est que... tout est réservé, monsieur, bafouille le serveur.

— Cette table, là, fera très bien l'affaire, dit Eluard en lui désignant un espace pour deux, retiré non loin de l'entrée.

— Mais... elle est prévue pour... le *Strum... pfu...*

— Parfait ! Vous mettrez votre *Schtrumpführer* à notre place, dans le fond. Il y sera plus à son aise pour papoter, dit Eluard en se dirigeant déjà vers sa nouvelle table. Et appelez-moi le patron, ajoute-t-il : je voudrais lui présenter un ami. »

Paul s'assoit et déplie déjà sa serviette. Très ennuyé, Max-Pol se coule sur sa chaise. Avec quelle inconséquence Eluard a délogé cet officier allemand ! À moins que ce soit de l'audace ? Paul, le voyant contrarié, lui indique :

« Ne t'inquiète pas, le patron est un ami.

— Un ami ? Tu as vu la couleur des uniformes ?

— Justement ! Quelle meilleure couverture ? dit Paul, guettant un serveur.

— Tout de même ! Prendre la place d'un Allemand – officier de surcroît !

— N'ont-ils pas pris notre place quand ils sont venus ici ? Tranquillisez-vous. Le patron lui offrira l'apéritif et tout rentrera dans l'ordre. Ces cochons d'Allemands tiennent tellement à se montrer *korrekt* ! »

Eluard a prononcé ce dernier mot en forçant sur l'accent germanique. Le brouhaha des conversations et le bruit des couverts, heureusement, le couvrent.

« Tiens ! Le voilà qui arrive », dit Eluard.

Max-Pol s'attend à voir débarquer l'officier dont ils ont pris la place, mais c'est un homme en costume, rondouillard et souriant, qui se présente à eux. Paul se lève et les deux hommes se donnent l'accolade.

« Nous nous sommes installés là..., lance Paul, comme si de rien n'était.

— Tu as bien fait.

— Permets-moi de te présenter mon ami Max-Pol, qui nous arrive tout droit d'Alger. »

Le patron lui serre énergiquement la main.

« C'est un plaisir pour moi d'accueillir un compatriote d'Afrique du Nord. J'ai moi-même longtemps habité Tunis. »

Max-Pol ouvre la bouche, sans trouver que dire. La situation lui échappe complètement.

« Bien, je vous apporte le menu », dit le patron.

À ces mots, le garçon attrape deux cartes sur la table d'entrée où elles sont disposées en éventail. Mais le patron les repousse.

« Vous prendrez comme ces messieurs ? dit-il en désignant du menton une table voisine de la leur, occupée par des soldats. Et comme apéritif ? Est-ce qu'une fine vous ferait plaisir ? »

Paul acquiesce du regard. Le patron se retire sur une courbette et fait place au garçon, qui revient avec les deux verres. Paul lève le sien et déclare :

« À la victoire ! Cul sec ! »

Sidéré, Max-Pol l'imite timidement et repose son verre. Paul claque des doigts et lance au garçon :

« Tu seras gentil de nous apporter une bouteille de rouge avec les plats... Vois-tu, mon cher Max-Pol, quand cette guerre finira, quand les Allemands auront rendu les armes, l'heure du jugement viendra pour tous les salauds qui se bâfrent... Tous les profiteurs qui ne font pas la queue devant les étals, mangent sans ticket, qui se paient de belles chemises et marchent dans des souliers de cuir aux semelles de caoutchouc. »

Max-Pol écoute la diatribe du poète. La fine lui monterait-elle déjà à la tête ? À moins qu'il ait bu avant de venir ? Cela expliquerait son comportement. Mais Paul n'a pas l'air saoul. Il demande :

« Vous en avez aussi, à Alger ?

— Quoi donc ?

— Des profiteurs, des collabos, des antisémites... toute cette cohorte de cloportes ! »

Max-Pol lance des regards à la dérobée.

« Ils ne nous entendent pas, dit Paul, qui a compris le manège de son ami. Ils sont bien trop occupés à s'en mettre plein la panse. Tous ! Allemands comme Français. Alors, vous en avez ?

— Nous avons aussi notre lot, hélas. Mais nous sommes moins touchés par les restrictions...

— Je vous envie, dit Paul. Quand je vois la pauvre Nusch sortir avec son petit fichu et son panier à provisions, et qu'elle revient, la mine déconfite...

— Ce qu'elle nous a préparé hier était d'une prodigieuse inventivité. Cette petite a de la ressource... "Le génie, c'est le sentiment de la ressource", disait André Gide », glisse Max-Pol dans l'espoir de dévier le cours de la conversation.

Paul n'écoute pas. Il poursuit :

« Quand cette guerre finira, nous ripaillerons. Nous pendrons par les pieds les porcs qui se sont engraissés et nous tuerons le cochon pour fêter ça ! »

Il regarde son verre, où restait un fond, et le porte à ses lèvres.

« À la victoire ! »

L'effet de l'alcool aidant, Max-Pol finit par se détendre. Il pose un regard amusé et détaché sur la salle, où se mélangent costumes d'aigrefins et uniformes vert-de-gris. Un sourire illumine son visage.

« Je t'ai apporté un poème, dit Paul, le tirant de sa rêverie. Pour *Fontaine* ! »

Il saisit sa sacoche, posée sur le rebord de la fenêtre, l'ouvre et en sort une chemise remplie de feuilles. Mais celle-ci lui échappe des mains et tous les poèmes, toutes les pages ronéotypées, se répandent sur le sol. Max-Pol se précipite, fébrilement, pour aider Paul à les ramasser. Le garçon, qui apportait les plats, dépose son plateau sur la table et vient à leur secours.

« Merci », lui dit Paul, serrant contre lui ses feuillets égarés. Puis, à l'adresse de Max-Pol : « Mangeons ! dit-il. Nous verrons cela après. »

Max-Pol penche le nez vers son assiette, où un filet filiforme de poisson lutte avec une poignée de légumes impossibles à identifier.

« Ma foi, ce sera l'affaire de quelques bouchées.

— C'est toujours ça de pris sur la disette », lui répond Paul.

Ils mangent d'une traite, entrecoupée de quelques verres de vin. Max-Pol ne laisse pas une miette et demande du pain pour saucer son assiette.

« Café ? » lui demande Paul.

Max-Pol s'enflamme.

« "Café national"... rectifie Paul.

— Aux graines de courge ?

— Dans ce genre-là.

— Tu me parlais d'un poème ? »

Eluard empoigne de nouveau sa serviette. Max-Pol se raidit à l'idée que se joue un nouveau drame. Paul fouille dans sa chemise, en sort plusieurs feuillets.

« Le voici », dit-il en les tendant à son ami.

Il hèle le serveur et lui demande deux cafés puis l'addition. Le garçon les débarrasse. Max-Pol regarde ces vers nouveaux, leur disposition sur la page, note d'emblée l'aspect très rectiligne de la métrique. Il remonte vers le titre, voit que l'un est barré – « Une seule pensée » –, qu'un autre le remplace – « Liberté ». Il lève les yeux vers Paul.

« Tu hésitais pour le titre ?

— J'hésite encore. Mais j'ai choisi celui qui a du sens.

— Je ne l'ai pas lu, bien sûr, et ne peux en juger, mais "Une seule pensée" garde un certain mystère, dit Max-Pol. En tout cas, si je le publie, j'aurai plus de chance de passer la censure avec celui-ci !

— Encore faut-il qu'il te plaise... »

Le garçon apporte les cafés. Max-Pol, d'un geste vif, devance Paul pour l'addition.

« Je t'invite si le poème me plaît », dit-il en sortant ses coupons de paiement.

D'un geste de la main, Eluard lui explique que cette monnaie-là n'a pas cours ici. Puis il se cale dans son fauteuil et laisse son ami prendre connaissance du texte, tranquillement, se tournant vers la fenêtre pour observer les passants de la rue de Grenelle. La rue est calme et dégagée. Le visage du poète se découpe dans le reflet de la vitre.

Max-Pol a cette capacité de concentration hors du commun, qui lui permet de s'immerger instantanément dans un texte. Sous ses yeux se déroulent les premières strophes, il se coule dans leur rythme. À chaque fin de vers, depuis les marges blanches, une image prend son envol, se déploie et rayonne dans son esprit, puis éclate comme une averse de clarté. La simplicité du vocabulaire le frappe. Max-Pol se demande d'où viennent cette lumière et cette harmonie qu'éclairent les meilleurs vers et les plus beaux sonnets. Et pourquoi des mots comme *Sur l'écho de mon enfance, Sur tous mes chiffons d'azur, Et sur le moulin des ombres* libèrent-ils en lui une telle sensation de légèreté, même d'infini ?

Il voyage à travers la page, gagné par l'impression que ce poème est un chant d'amour – et il résonne en lui d'une manière singulière. Son café refroidit. Max-Pol s'éloigne *sur les sentiers éveillés, sur les routes déployées*, il débouche *sur les places qui débordent*, dans lesquelles il entrevoit la promesse d'une fraternité retrouvée. Oubliant le *lit coquille vide*, qui tangue aussi dangereusement que la couchette de Jeanne dans le *Lamoricière*, il tend les paumes vers *le flot du feu béni* et se raccroche à *toute chair accordée*. Et il a envie d'écrire, avec le poète :

Sur les marches de la mort
J'écris ton nom

À la dernière strophe, Max-Pol ferme les yeux un instant. Les bruits de vaisselle et les conversations du restaurant ricochent à son oreille. Il rouvre les yeux sur le mot isolé qui clôt le poème, un vers à lui tout seul, ce mot qui les contient tous : *Liberté*.

Paul, qui voit que son ami a terminé la lecture, tourne vers lui son visage calme et serein. Max-Pol imagine déjà le poème ouvrant le numéro de juin de *Fontaine* : cinq pages, pan ! Il repousse sa chaise, sourit à Paul et, levant son café national, s'exclame :

« À la victoire ! Cul sec ! »

Sur le risque disparu

Juillet 1942

Paul est toujours sans nouvelles de Noël Arnaud. Depuis plusieurs semaines, il venait presque chaque matin rue de la Chapelle, accueilli à bras ouverts par Nusch qui se décarcassait pour lui préparer une collation quotidienne. Mais il ne donne plus signe de vie. Paul se sent trahi : il lui a ouvert son carnet d'adresses et sa bibliothèque. Pire, il lui a fait découvrir la poésie du Moyen Âge. Au début, Noël ne voulait pas entendre parler de cette littérature désuète. Hors de question pour lui de faire l'article de ces chantres de la France d'antan ! Il préférait laisser cela aux Déroulède du temps présent, aux versificateurs qui garnissent les revues de sonnets sentant la naphtaline. Noël se moque des traditions, il vomit d'un seul bloc ces mirlitons des lettres, les prêcheurs de l'ordre nouveau et tous les faux rebelles qui se soumettent à la censure.

Paul et Noël se sont quittés fâchés la dernière fois qu'ils se sont vus. C'était au café près du cimetière Montparnasse. Ce soir-là, en sortant de leur réunion avec les membres de La Main à plume, il a pris une saucée terrible et toussotait déjà au moment d'introduire dans la serrure la clé de son appartement. Le soir, Nusch l'a trouvé couché, en proie à des quintes de toux, sa poitrine de tubard sifflant comme au temps des sanatoriums. Pendant des jours, elle est restée auprès de lui, à le bichonner, à lui préparer des bouillons avec les conserves envoyées par leurs amis de province. Mais elle l'a aussi privé de cigarettes et rationné sur la boisson, prescription qui, si elle a amélioré l'état de Paul, a largement détérioré son humeur.

Et la patience infinie de Nusch a fini par céder. Hier, après s'être fait rabrouer pour une sotte histoire de livre introuvable que Paul l'a accusée d'avoir égaré, elle a claqué la porte. Paul n'a rien vu venir. Il s'est écrié, du fond de son lit : « Bon débarras ! », puis il a tourné en rond tout le reste de la journée, à broyer du noir. À quoi pouvait bien s'occuper sa femme – et qui allait s'occuper de lui ? Paul déteste se retrouver seul, qui plus est sans Nusch. Quand elle n'est pas là, son sang épaissi s'écoule lentement, ses rêves s'engourdissent, sa force vitale s'évapore. Le Paul des mauvais jours se rêve solitaire, mais il attend secrètement que Nusch le sorte de là, le ramène vers la vie, comme un noyé vers la rive, qu'elle fasse jaillir le soleil de sa poitrine.

Installé à son bureau, il a griffonné hier quelques feuillets, mais sans conviction. Le courrier en retard s'empilait sur un coin de la table, tandis que Paul grelottait sous la couverture qui lui tombait des épaules. À vingt heures, ronchonnant plus que jamais de se retrouver seul dans le grand lit froid, il a avalé des comprimés et sombré dans le sommeil. Au réveil, il était un homme neuf.

Nusch n'est pas rentrée. Et Noël ne viendra probablement plus. Rasé et cravaté, Paul s'installe à sa table de travail, prêt à rattraper le retard engendré par la fièvre. C'est une de ces journées maussades où le matin succède à la nuit sans que le monde en soit éclairé. Paul a les traits tirés, le teint cireux, mais le mal de crâne qui lui vrillait les tempes a enfin disparu. Il a mangé sur le pouce un morceau de pain fossilisé et deux œufs durs laissés par Nusch.

Son repos forcé l'a ramené des années en arrière, en 1916, quand il soignait les poilus évacués du front. C'était dans la Somme, peu avant son mariage avec Gala. Jamais il n'avait vu la guerre de si près. Les hommes fauchés, les gueules cassées, les corps amputés... Pourquoi ces souvenirs aujourd'hui, ces relents de soufre, de chair à l'air, de tripes mêlées à la terre ?

Paul a très envie de fumer. Il retourne les tiroirs de son bureau à la recherche d'une cigarette. Il en trouve une, en piteux état, alors que les premières gouttes d'une averse raient les carreaux. Il observe, amusé, le chassé-croisé pressé des bicyclettes et des passants surpris par la pluie, puis se rassoit et laisse sa plume glisser d'un jet sur le papier.

Premier commandement du vent
La pluie enveloppe le jour
Premier signal d'avoir à tendre
La voile claire de nos yeux

Au front d'une seule maison
Au flanc de la muraille tendre
Au sein d'une serre endormie
Nous fixons un feu velouté

Dehors la terre se dégrade
Dehors la tanière des morts
S'écroule et glisse dans la boue

La sonnerie du téléphone l'interrompt.

« Paul ? C'est moi... »

La voix chaude de Nusch au bout du fil lui redonne le sourire.

« J'ai dormi chez Reine et Jacques. Comment vas-tu aujourd'hui ? Mieux ? »

Paul explique qu'il a bien dormi et qu'il s'est remis au travail. Nusch se réjouit – elle s'empresse de transmettre cette bonne nouvelle aux gens autour d'elle, sans que le poète réussisse à identifier leurs voix.

« Je vais rentrer un peu plus tard dans la journée... Comme ça, tu peux travailler tranquillement. As-tu retrouvé le livre auquel tu tenais tant ? »

Elle a dit cette dernière phrase sur un ton de reproche. Mais les griefs de la veille se sont émoussés. Hier, raison d'aigreur ; aujourd'hui, motif de complicité. Paul avoue qu'il ne l'a même pas cherché. Éclat de rire partagé. Nusch lui envoie un baiser puis raccroche. Paul retourne à sa table de travail, les yeux pétillants de bonheur, et relit les vers couchés il y a quelques minutes. Il y ajoute celui-ci :

Une rose écorchée bleuit

Les minutes, les heures passent.

La pluie a cessé, les trottoirs commencent à sécher. La nuit tombe.

Quelqu'un monte les escaliers quatre à quatre, des talons, on tambourine à la porte. C'est Nusch, qui le presse d'ouvrir :

« Les Allemands..., crie-t-elle, la voix cassée par l'émotion. Ils ont pris Cécile et Noël ! Et emmené Tita ! »

Elle lui tombe dans les bras, s'effondre en pleurs, serre dans ses poings les mailles de son gilet. Paul, interdit, referme du pied la porte d'entrée et, tant bien que mal, soutient Nusch jusqu'au salon. Là, il l'installe sur un fauteuil, et un genou à terre, lui retire ses souliers. Peu à peu, Nusch se reprend, sort son mouchoir de sa poche, s'essuie les yeux, le nez. D'une voix blanche, elle explique à Paul, parti lui chercher un remontant en cuisine :

« *Gruüsig*... Cécile devait nous rejoindre chez Reine et Jacques. Nous l'avons attendue tout l'après-midi, puis nous sommes allés chez elle. C'est Noël qui a ouvert la porte, il avait l'air bouleversé. Cécile dormait dans leur chambre : il lui avait donné du Gardenal pour qu'elle se calme...

— Mais que s'est-il passé ?

— Hier matin, Cécile est allée voir Tita chez elle. Les Allemands y étaient déjà. Ils ont retourné son appartement. Cécile a cru qu'ils cherchaient l'argent des faux tableaux, mais ce n'était pas pour ça.

— Pourquoi, alors ? Parce qu'elle est juive ? »

Nusch fait oui de la tête.

« Ensuite ils ont trouvé la revue de La Main à plume et vu le dessin de Tita dedans, celui de ton poème, *Les Bâtisseurs de ruines*. Ils ont dit qu'elle n'avait pas le droit de publier et ont demandé à Cécile qui était ce Noël Arnaud qui emploie des Juifs dans sa revue. Ils les ont embarquées toutes les deux et ont envoyé Tita à la prison de la Santé. Puis ils sont allés chercher Noël chez lui et l'ont emmené.

— Où ça ? À la Gestapo ? »

Nusch fait non de la tête.

« Rue Lauriston. Chez Bonny et Lafont. »

Nusch serre son mouchoir contre sa bouche. Paul, les mains derrière la nuque, tournoie à grandes enjambées dans le salon. Il pousse un hurlement et jette un cendrier au sol.

« Arrête ! Ça ne changera rien. »

D'un geste las, Nusch dénoue le foulard qui lui cache le cou. Tous les deux restent dans le silence, chacun de son côté du salon, perdu dans ses pensées. Nouveau coup de sonnette.

« Tu attends quelqu'un ?

— Ça doit être Noël. Il m'a dit qu'il passerait te voir. »

Paul ouvre la porte. Un sourire malin lui barrant la bouche d'un trait, Noël s'exclame, avec une désinvolture feinte :

« Eh oui ! Un revenant ! Vous noterez que, cette fois, je suis à l'heure... »

Paul, sans un mot, lui donne l'accolade.

« Nusch vient d'arriver. Elle m'a tout raconté.

— Tant mieux ! Ça m'évitera d'avoir à me répéter.

— *Gnuë*... J'en ai assez entendu », dit Nusch, qui se lève et disparaît dans la salle de bains.

Restés seuls, les deux hommes débouchent une liqueur et s'assoient dans le salon.

« Vous étiez chez Bonny et Lafont, c'est ça ? »

Noël raconte l'arrivée rue Lauriston, les gars aux mines patibulaires sortant des bureaux en trombe ou poussant, à coups de taloches, de pauvres bougres avec le nez en chou-fleur et les yeux pochés. Il lui décrit le « Patron », le sieur Lafont, trônant derrière un bureau si large et imposant que toute la rédaction de *La Main à plume* pourrait y siéger. Sa chemise rose, des bagouses aux doigts, une gourmette en or à chaque poignet, et, accroché derrière lui, un grand tableau de Hitler en pied, de trois quarts, une main sur la hanche, le regard tourné vers l'avenir... Paul avance une main crispée vers la bouteille de liqueur, remplit les deux verres, avale le sien.

« C'est Lafont qui vous a frappé ? demande-t-il.

— Pensez donc ! Il préfère laisser la sale besogne à ses hommes de main. S'agirait pas qu'il salope sa belle chemise avec le sang d'un tocard ! C'est une petite frappe qui menait l'interrogatoire. Le gars flottait dans un costard trop grand pour lui – on aurait dit un zazou ! Il voulait savoir si on était juifs, "si on cachait des youtres"... Il a répété cinquante fois de pas jouer aux cons avec lui, sinon aller simple pour le Bocheland et *Nacht und Nebel*... À un moment, Lafont s'est levé et s'est approché de

Cécile. J'ai cru que ça allait mal tourner, qu'il allait me l'enlever pour profiter d'elle. Il a passé sa sale paluche sur ses mollets, a sifflоté comme ça entre ses dents – "Pfui..." –, admiratif, quand il a vu que Cécile se maquillait les jambes pour imiter les bas de soie. Il était scié, le Lafont ! Il a fait défiler ses gorilles devant ma femme pour qu'ils admirent le trait, puis a ordonné à un de ses gars d'aller chercher ces "dames". Quelques minutes plus tard, le type revenait, poussant dans le bureau du Patron trois greluches attifées comme des effeuilleuses de cabaret. On se serait crus chez un souteneur ! Les filles n'ont pas pipé mot, elles nous regardaient, Cécile et moi, vexées d'être prises en défaut par une pauvre cloche de détenue qui se dessine des bas avec une pointe de graphite...

— Mais comment vous vous en êtes tirés ?

— Oh, je crois surtout qu'ils voulaient "coincer du youpin". Quand ils ont compris qu'on ne l'était pas, ils ont commencé à avoir la main un peu moins lourde. Entre-temps, des clients plus intéressants sont arrivés. Ils nous ont renvoyés dans le couloir, où on a poireauté encore de longues heures. Finalement, Lafont nous a fait rappeler dans son bureau. Il nous a dit que c'était un simple avertissement. Qu'on avait intérêt à filer droit et à ne jamais remettre les pieds rue Lauriston, sans quoi on ne pourrait bénéficier de sa mansuétude...

— "Mansuétude"... » relève Paul. En écho lui reviennent les paroles de Max-Pol, à qui on avait vanté la mansuétude du Maréchal. « Et Tita ? »

Noël baisse la tête. Quand il la relève, les petits plis moqueurs au coin des yeux ont disparu.

« Les Allemands l'ont mise à la Santé... Elle est peut-être déjà partie pour l'Allemagne, à l'heure qu'il est...

— Il faut la sortir de là ! tonne Eluard, qui se lève sous l'effet de la colère.

— Vous savez bien que c'est impossible.

— Il y a forcément un moyen...

— Ah oui, et lequel ? réplique Noël, agacé par ces grands élans du cœur jamais suivis d'effet.

— Il faut écrire, il faut dénoncer !

— C'est ça ! Écrivez, dénoncez... dit Noël, qui se dresse à son tour. Écrivez à la Santé, à la Gestapo, rue Lauriston, à *Unter den Linden*, si ça vous chante ! »

En entendant des éclats de voix, Nusch extrait sa chevelure dégoulinante du tub où elle se lavait la tête.

Le silence retombe sur la scène et elle la replonge aussitôt dans l'eau.

Mains croisées dans le dos, Noël s'avance vers la fenêtre. Ces belles paroles l'exaspèrent. Tita est sous les verrous. Impossible de l'en sortir. Et elle fera bientôt partie de ces Juifs envoyés par bétaillères entières vers des camps à l'Est – dont ils ne reviennent pas... Quand ils vont découvrir qu'elle est une opposante de la première heure, les Allemands ne manqueront pas de lui réserver un traitement de faveur.

Eluard, figé, ne dit rien. Il n'a pas apprécié la sortie de son cadet, ce linge sale jeté sur sa conscience.

« Pardonnez-moi, dit Noël, je regrette. Je me suis emporté. Ce n'est pas contre vous...

— Taisez-vous ! lui ordonne Eluard. Je ne connais personne à la Gestapo, et je m'en félicite. Il faut trouver quelqu'un qui alertera la *Propaganda-Staffel*.

— Vous pensez à Drieu ? Il est votre ami, pas le mien.

— Je ne lui pas adressé la parole depuis des années...

— Vous avez pourtant publié un poème dans la *Nouvelle Revue boche* qu'il dirige...

— C'était un poème ancien, adressé avant la débâcle à Jean Paulhan. Drieu l'a pris sans me consulter. »

Noël hausse les épaules. Eluard se défend.

« Nous ne sommes pas amis, lui et moi ! Et sachez que la dernière fois que je lui ai écrit, c'était une lettre de rupture après sa dénonciation d'Aragon dans les colonnes de...

— Aragon ! Comment pouvez-vous défendre ce coco à l'eau de rose ? »

Eluard déteste qu'on lui coupe la parole, qui plus est pour se moquer de lui.

« Vous vous trompez sur Aragon... C'est un authentique patriote.

— Patriote ! Quelle injure est-ce là dans la bouche d'un poète ! D'un poète surréaliste, qui plus est ! »

Les deux hommes s'observent. Un silence lourd de non-dits les sépare. Dans la salle de bains, Nusch chantonne innocemment. Mais ce petit air joyeux et apaisant ne suffit pas à dissiper la colère de Paul, et le tremblement de ses mains.

« Vous jugez sans délai et redressez les torts, mais que faites-vous pour sauver l'une des vôtres ? Rien ! L'arrestation de Tita ne semble pas vous tourmenter plus que ça... De même que toute cette histoire avec les Allemands. Peut-être trouvez-vous que tout cela est un jeu ?

— Un jeu ?

— Vous m'avez raconté votre passage rue Lauriston comme s'il s'agissait d'une balade. Vous débarquez en paradant avec votre bosse sur le front, jouant les fiers-à-bras. Et vous osez insinuer que je connais le Tout-Paris collabo, citant Drieu, la Gestapo...

— On a les amis qu'on peut... »

Eluard l'ajuste du regard. Noël, prêt à en découdre, n'attend qu'un geste pour répliquer. Alertée par le bruit et l'éclat des voix, Nusch sort en trombe de la salle de bains, enroulée à la hâte dans une serviette. Elle s'interpose entre les deux hommes.

« Mais qu'est-ce qui vous prend ? Vous n'allez pas vous battre, non ? »

Paul et Noël s'écartent l'un de l'autre, tels deux boxeurs après le tintement de la cloche. Paul se rassoit, détournant la tête. Noël se poste à la fenêtre et observe distraitement les mouvements de la rue.

« Si vous voulez vous foutre sur les gueules, allez foutre sur les gueules des Allemands, *ganz geglitz* ! C'est pas assez pour nous de supporter tout ça ? »

Eluard baisse les yeux. Noël veut s'expliquer, mais Nusch ne lui en laisse pas le loisir.

« Vous me faites honte, tous les deux, avec vos chamailleries d'enfants gâtés. Et Tita ? Vous y pensez un peu ?... »

Elle retourne à la salle de bains en claquant la porte.

Les deux hommes s'observent en silence. Paul songe à Nusch : et si les Allemands décidaient de s'en prendre à elle aussi ? Il serait capable de tuer s'ils lui faisaient du mal. C'est alors qu'une idée se fait jour dans son esprit.

« Noël, vous savez ce qu'on va faire ? On va enfoncer le clou.

— Enfoncer le clou ? »

Paul approche sa chaise pour le mettre dans la confidence.

« Quand le recueil sera-t-il prêt ?

— Quel recueil ?

— Voyons, le mien !... Celui que je veux publier à La Main à plume, avec le poème de *Fontaine*, les nouveaux poèmes et ceux de *La Dernière Nuit*...

— Ah ? fait Noël. Je ne sais pas. Il faut d'abord que j'en parle aux autres...

— Ils sont déjà au courant, tranche Eluard.

— Comment ça ?

— Iché le sait. Rius aussi, du même coup. J'en ai parlé dernièrement chez Picasso. J. V. Manuel était là, de même que Dominguez...

— Je vois..., dit Noël, amer. Tout le monde est au courant sauf moi.

— Il faut diffuser ce recueil au plus vite, comme s'il s'agissait d'un tract, dit Eluard, qui ne relève pas. Petit format, pas trop épais, qu'il se glisse dans la poche, se fonde dans une enveloppe... Il faudra d'ailleurs prévoir des enveloppes à la bonne taille. Et qu'on arrose, qu'on le distribue à tous nos amis de zone occupée et de zone libre... »

Paul lève les bras, les paumes ouvertes.

« Je veux que ce recueil passe de main en main, de bouche à oreille, qu'il circule et devienne le livre de chevet de la Résistance. Qu'il soit lu, appris, retenu, transmis à la tombée du jour, à l'aube revenue, jusqu'à la dernière nuit... »

Noël le regarde, médusé.

« Montrez-moi les poèmes de votre recueil, voulez-vous. »

Paul se lève et fouille sur son bureau. Il rapporte plusieurs feuillets en désordre, les repique les uns dans les autres et tend le tout à Noël. Celui-ci y plonge aussitôt le nez. Paul, pour passer le temps, pique une cigarette dans le paquet sur la table. Il voit, sur le front penché de son ami, la bosse qu'y ont laissée les Allemands. Après quelques minutes, Noël lève la tête.

« C'est parfait ! Vous avez un titre ?

— Il y en a bien un qui me trotte dans la tête. Une référence, en même temps qu'un hommage, à Goethe...

— À Goethe ?

— Vous connaissez son recueil *Dichtung und Wahrheit* ?

— Ha ! ha ! Je croirais entendre Nusch quand vous dites cela... »

Paul va chercher dans sa bibliothèque le volume en question, qu'il tend à Noël.

« *Poésie et Vérité*, lit celui-ci. Et c'est ce titre que vous voulez donner à votre recueil ?

— Oui... Enfin, il faut ajouter un élément : l'année.

— *Poésie et Vérité 1942* ? »

Noël imagine le titre en page, l'ajout de l'année, le clin d'œil à Goethe.

« *Poésie et Vérité 1942*... Joli pied de nez ! Et avec quelle pièce comptez-vous ouvrir le recueil ?

— J'ai pensé à celle-ci. »

Eluard lui tend plusieurs feuillets reliés. « Un long poème », pense Noël, qui entame sa lecture. Paul se lève pour ne pas le distraire. Il n'a même pas le temps de se resservir une liqueur que son cadet lève vers lui un visage conquis.

« Grandiose. J'en parle dès demain à mon imprimeur...

— C'est un type fiable ?

— Qui ? Lucien Cario ? Je réponds de lui comme de moi-même. »

Sur chaque main qui se tend

Mai 1942

« Heureux qui, comme Ulysse, a fait un beau voyage », songe Max-Pol tandis que grandit devant lui la silhouette d'Alger, la Ville blanche. Il revient de son périple les valises et la tête pleines de promesses. Sur le quai, ses amis et collaborateurs de *Fontaine* l'attendent : Mlle Fenech, l'administratrice, Henri, le secrétaire de rédaction, et Jean Roire, sorti de la prison de Barberousse. Durant le trajet qu'ils font ensemble jusqu'aux locaux de la revue, rue Lys-du-Pac, dans la vieille guimbarde toussotante qui sert à distribuer des parutions, Max-Pol leur raconte Paris à l'heure allemande, « l'omelette-restriction » de Nusch, *Fontaine* dans la bibliothèque de Paul, l'entrevue avec Louis Aragon et Elsa Triolet, à Lyon, le rendez-vous avec René Daumal... Le temps de déposer les valises au bureau, il poursuit son récit dans leur restaurant habituel, qui sert de QG aux gens de la revue. Le groupe, enfin au complet, fête bruyamment ses retrouvailles.

Mais, à l'heure du café, Max-Pol revient sur le numéro de juin.

« Il est presque achevé, résume Henri, qui déballe le chemin de fer. Nous avons déjà envoyé trois cahiers à la censure. Il manque le dernier, avec l'article de Gide sur Verlaine, que nous avons reçu ces jours derniers, la Revue des revues et ma chronique sur la *NRF*, qui sont prêtes... Il ne manque plus que ce que vous vouliez rapporter de Paris. »

À ces mots, Max-Pol sort une trousse qu'il a gardée avec lui. Avec malice, il farfouille à l'intérieur et en retire, dissimulé sous son savon à barbe, un petit carré de papier qu'il déplie avec soin. Henri, à qui il remet ce savant pliage, ouvre de grands yeux en découvrant la signature de Paul Eluard.

« C'était donc ça, ton petit sourire depuis tout à l'heure... »

Mlle Fenech se penche pour découvrir elle aussi les feuillets en question. Henri lit à haute voix, scandant les vers avec emphase. Convaincu, il lui rend la feuille, mais son regard s'accroche au titre.

« Tu ne vas quand même pas donner ça à l'imprimeur ?

— Mais si ! Précisément...

— Voyons, Max-Pol, tu as vu le titre ?

— Tout dépend de quel titre tu parles... »

Henri voit, sous celui de « Liberté », un second, barré : « Une seule pensée ».

« Lequel a choisi Eluard ?

— Justement, il hésitait. Nous en avons discuté... Il hésite encore.

— Même intitulé "Une seule pensée", ça ne passera pas. »

D'une moue, Max-Pol laisse entendre qu'il n'est pas de cet avis.

« Mais, enfin, regarde les derniers vers ! Ils vont nous retoquer, c'est sûr... »

Devant la confiance affichée de Max-Pol, Henri lâche, goguenard :

« Tu as un plan, c'est ça ? »

Après le déjeuner, Max-Pol fait un crochet à *Fontaine* pour prendre le lot d'épreuves que lui a préparé Henri, glissé avec soin dans une pochette, et file au bureau de la censure. C'est un bel après-midi ensoleillé, il retrouve avec plaisir les rues d'Alger, désertes à cette heure-ci et écrasées par la chaleur. La pochette entre ses dents, il enfile sa veste et noue sa cravate en marchant. Il veut faire viser les pages afin qu'elles partent chez l'imprimeur, sur-le-champ. Il sait d'expérience que les censeurs ont l'esprit moins vif l'après-midi que le matin, et a fortiori le vendredi : après un copieux repas, ils ont tendance à somnoler mollement sur les pages et à expédier les affaires courantes. Plusieurs textes polémiques de *Fontaine* ont ainsi échappé à leur vigilance. Mais, à bien y repenser, jamais aucun n'a égalé « Une seule pensée », ni par sa charge polémique ni par sa force.

Alors qu'il s'approche des locaux de la censure, une seule pensée habite donc Max-Pol : que les agents aient fait un déjeuner plantureux et, surtout, qu'ils n'aient pas profité de ce bel après-midi pour partir en week-end en avance. Il frappe à la porte et entre dans le bureau, sans y avoir été invité. La pièce est silencieuse. Il reconnaît l'agent allemand habituel, assis à son bureau dans le fond de la pièce, l'oreille collée au poste de radio. L'homme le salue d'un signe de tête. Non loin, séparé par une cloison vitrée, siège l'Italien, qui, à l'arrivée de Max-Pol, lève brièvement les yeux. Un troisième homme, assis sur une chaise, se tient un peu à l'écart. Face à un ventilateur sur pied, les bras ramenés sur sa poitrine, jambes écartées, tête renversée sur le dossier, il digère.

« Veuillez m'excuser, dit Max-Pol, pour attirer son attention. Je ne voudrais pas vous interrompre... »

L'homme se passe une main sur le visage.

« C'est pour ?

— Pour les épreuves de *Fontaine*... »

L'homme voit les feuillets que Max-Pol tient contre lui. Il se rallonge sur sa chaise.

« Bien, laissez ça là. Vous pourrez le récupérer en fin d'après-midi.

— C'est que..., avance Max-Pol. Nous souhaiterions les apporter à l'imprimeur dans l'après-midi. Idéalement !

— Ça ne peut pas attendre ?

— Oh, je n'irais pas jusque-là. Tout vient à point à qui sait attendre, n'est-ce pas ? Mais, voyez-vous, l'imprimeur a prévu de faire rouler, comme ils disent dans leur jargon, et ce, dès ce soir, afin que nous ayons les premières morasses demain. Et surtout, j'imagine, afin de profiter lui aussi du beau week-end qui s'annonce. On ne saurait lui en vouloir.

— Bon, bon, le coupe le censeur. Je vais m'en occuper...

— Très aimable à vous. »

L'homme se lève de sa chaise, jette un œil à l'horloge : 14 h 30. De la fenêtre ouverte montent les bruits de la rue, qui se mêlent à la voix allemande qu'éructe le poste de radio. Aux oreilles de Max-Pol, le ventilateur vrombit fort, mais il masque à peine les battements de son cœur à l'idée que le censeur, tiré de sa sieste, soit mal disposé face aux pages qu'on lui présente. Ces pages, Max-Pol a pris grand soin de ne pas les ordonner selon le chemin de fer du numéro de juin. Dans la pile, il a placé d'abord les papiers longs, les plus corsés à comprendre mais aussi les plus inoffensifs, puis il a glissé le poème à la toute fin. Il espère, par ce stratagème, que la vigilance du censeur, émoussée par la lecture de tout ce qui l'aura précédé, glissera sur les vers. Il espère surtout que le titre, « Une seule pensée », n'éveillera pas sa méfiance professionnelle.

Paupières closes, presque implorant, il sort son mouchoir pour s'essuyer le front. Le censeur finit de mettre de l'ordre sur son bureau encombré, puis, enfin prêt, saisit de mauvaise grâce la chemise que lui tend Max-Pol.

« Restez ici, dit-il, tandis qu'il en desserre le cordon.

— Oh, je n'avais pas l'intention de partir… du moins, pas avant d'avoir récupéré ma précieuse chemise.

— Il faut toujours garder sa chemise, dit le censeur.

— Y compris par cette chaleur », acquiesce Max-Pol.

L'homme se penche sur les épreuves, les feuillette rapidement pour évaluer, à la louche, le temps qu'il lui faudra pour en venir à bout. Puis il se plonge dans la lecture des premières pages, à contrecœur. Max-Pol guette chacun de ses gestes, chacune de ses paroles, afin de deviner ce qui est de bon ou de mauvais augure pour l'objet de sa visite. Il sort son étui à cigarettes et, après en avoir tapoté une sur le dos de sa main, machinalement, il demande :

« Pardon, j'allais allumer une cigarette sans vous avoir posé la question au préalable. La fumée, en toute franchise, vous incommode-t-elle ? »

L'homme, déconcentré, lève un instant les yeux de sa copie, pose sur son interlocuteur le même regard las, proche de l'agacement, que Max-Pol a décelé à son arrivée.

« En toute franchise, non.

— À la bonne heure ! dit-il, la cigarette entre ses lèvres.

— Je suis moi-même fumeur, ajoute l'homme sans lever la tête.

— Dans ce cas…, dit Max-Pol, qui lui tend son paquet.

— Simplement, je ne fume jamais pendant le travail.

— Sage décision », dit Max-Pol, qui le range dans sa poche.

Sans doute est-il tombé sur un censeur rigoureux, qui prend son travail à cœur. Un être intraitable. Diable, la tâche s'annonce difficile.

« Je n'ai, pour ma part, pas votre force de volonté, se sent-il obligé de poursuivre. Je cède bien volontiers au plaisir de dérouler des volutes de fumée. Ou de simplement les voir tournoyer de leur langueur hypnotique. Le tabac me nourrit l'esprit autant qu'il me ruine la santé, hélas, mais, que voulez-vous, je suis prêt à sacrifier quelques-uns de mes vieux jours contre le plaisir de goûter "ce méandre bleu qui vers le ciel se tord", comme l'écrivait le poète Jules Laforgue dans… »

Le censeur regarde Max-Pol, les yeux ronds.

« Pardon, je vous dérange. »

Le censeur tasse le paquet de feuilles qu'il a devant lui, avec énergie, signe qu'il souhaite se mettre au travail en silence. Max-Pol se demande s'il n'en fait pas un peu trop, s'il n'a pas apporté trop de pages d'un coup… Et si le type lui annonçait qu'il n'a pas le temps de les lire ? S'il lui disait de repasser lundi ? « Bavard impénitent que je suis… » Il se jure de ne plus ouvrir la bouche jusqu'à ce qu'il ait récupéré sa chemise – avec au-dessus, *Inch Allah !*, le précieux tampon.

La rue s'est tue, les minutes moites s'écoulent. Le cœur de Max-Pol cogne toujours aussi fort, sa cigarette a un goût âcre. Celles qui suivent aussi. Le censeur, crayon à la main, parcourt les articles, un à un. L'Allemand, qui a éteint le poste de radio, déplie un journal. La pile des pages lues s'étoffe peu à peu. Du bureau vitré sort le fonctionnaire italien, qui s'approche de son collègue, jette un œil sur la pile, s'en désintéresse aussitôt. Il échange quelques mots avec l'Allemand et l'entraîne au-dehors, laissant le censeur, accablé, à sa besogne. Celui-ci expédie sa lecture de l'article militaire et tourne une nouvelle page.

Max-Pol reconnaît maintenant la présentation si singulière du poème d'Eluard, le découpage accidenté des vers sur la page, le titre en lettres capitales et les premiers des vingt et un quatrains de facture identique. Il aspire la dernière bouffée de sa cigarette et en écrase le mégot, fébrile. Les yeux clos, Max-Pol, comme pour conjurer le mauvais sort, se récite les premiers vers pour lui-même :

Sur mes cahiers d'écolier
Sur mon pupitre et les arbres
Sur le sable sur la neige

Bâillement du censeur. Max-Pol rouvre les yeux.

« C'est un poème d'amour ?

— Pardon ?...

— Je disais : c'est un poème d'amour ? » répète plus fort le censeur.

Amusé par la naïveté de la question, Max-Pol cherche la réplique adéquate, mais l'homme ne lui en laisse pas le temps.

« "J'écris ton nom, j'écris ton nom"... Qu'il l'écrive et qu'on en finisse ! »

Max-Pol rit de bon cœur, lui qui se délecte déjà du bon tour qu'il est en train de jouer.

« Ah, ces poètes ! se moque le censeur. Ils voient l'amour partout, même en temps de guerre...

— Remarquez que l'amour peut être aussi un champ de bataille, glisse Max-Pol.

— Et un champ de ruines ! », rétorque le censeur, qui s'est saisi de son tampon « Approuvé ».

Il appose le visa de censure sur les pages et redonne la chemise à Max-Pol.

« Allez, reprenez-moi votre chant d'amour ! »

Avertissement courtois

Ministère de l'Information
État français
Le secrétaire d'État
CABINET

Revue FONTAINE
43, rue Lys-du-Pac
ALGER

Vichy, le 24 août 1942

Monsieur le directeur,

La Censure centrale (ministère de l'Information) n'a pas été sans remarquer depuis longtemps que votre revue de caractère strictement littéraire publie des poèmes, des contes, des analyses critiques où l'on peut trouver des allusions transparentes aux événements politiques actuels, allusions nettement hostiles.

Ces allusions, pour habiles qu'elles soient, si elles échappent aux censeurs locaux, n'en sont pas moins notées à VICHY.

J'ai toujours eu le souci d'éviter des sanctions administratives. Toutefois, ces clins d'œil complices au lecteur averti tendant à se multiplier dans votre revue, je me vois dans l'obligation d'en limiter l'abus.

Je vous serai donc reconnaissant, monsieur le directeur, pour m'éviter de frapper votre publication que sa nature semble mettre à l'abri d'un contrôle politique, de bien vouloir tenir compte de l'avertissement courtois que je vous donne.

Le secrétaire d'État à l'Information,

PAUL MARION

Sur la couronne des rois

Septembre 1942

Comme il fallait s'y attendre, Martha arrive la première à la conférence de rédaction. Raymond et Staro devraient suivre, et André fermer la marche. C'est toujours pareil. À croire que ses collègues espèrent secrètement qu'elle prépare la salle, chaque fois, pour les accueillir.

Martha se recoiffe, rajuste sa barrette. Par la seule fenêtre de la pièce, elle aperçoit le Museum d'histoire naturelle, étincelant sous le soleil, et, de l'autre côté de la rue, la charpente en ruine d'un bâtiment touché par une bombe allemande. Un groupe de volontaires de la défense passive et du Home Guard en déblaient les gravats. C'est un matin bien ordinaire à Londres, dans le quartier de South Kensington.

Au sein de la revue, Martha Jansen-Lecoutre occupe un poste intermédiaire, entre l'administration et la rédaction. Elle gère les affaires courantes, établit les contrats, paie les factures, mais elle relit aussi les pages, et son œil de correctrice n'est pas superflu, tant Stanislas Syzmanczyk, alias Staro, d'origine polonaise et germanophone, s'emmêle les pinceaux avec l'orthographe et la grammaire. Raymond Aron n'a pas ce problème, mais il rédige tellement d'articles chaque mois qu'il n'est pas à l'abri d'une étourderie. Quant à André Labarthe, accaparé par tout un tas de tâches adventices, il oublie parfois de relire, voire d'écrire, les papiers qu'on lui réclame. Lors des conférences de rédaction, Martha joue ainsi le rôle d'arbitre ou de gendarme, rappelant à l'ordre du jour ses acolytes toujours prompts à se perdre en digressions.

Déjà quinze minutes de retard. Elle le savait : elle aurait dû finir son thé. Elle étale ses dossiers et entreprend de trier les papiers par ordre d'importance, en deux piles : ceux qui lui semblent dignes de figurer dans la revue, et le tout-venant. Ce mois-ci, des revues mais aussi des lettres de France ont trouvé leur chemin jusqu'à Londres. Cela fera une belle moisson de textes à présenter – pourvu qu'ils n'aient pas la langue trop pendue.

La porte s'ouvre sur Raymond, en bras de chemise, et Staro, le cou serré dans une écharpe. Ces deux-là sont aussi différents qu'inséparables. Staro est expert des questions économiques et militaires, quand Raymond fait autorité sur tout ce qui touche à la géopolitique et à la philosophie. Les deux hommes, lancés dans une discussion sur la guerre à l'Est, saluent Martha distraitement et reprennent leur joute oratoire. Au milieu des noms de généraux allemands et russes, celui de Clausewitz revient comme un leitmotiv.

« Des nouvelles de Labarthe ? demande Martha. On avait bien dit 14 heures ? »

Ils confirment. Raymond remarque la pile de revues préparée par Martha.

« Ça, c'est la dernière moisson ? Et cette autre pile ?

— Le courrier de France. »

Staro siffle entre ses dents.

« C'est là qu'on voit que les U-Boote ont relâché la pression...

— Et que les Messerschmitt ont déserté la Manche !

— Normal ! Les Allemands ont déplacé leurs meilleures escadrilles en Russie.

— Calcul risqué... »

Et les voilà repartis sur la guerre à l'Est ! Staro a gagné le fond de la salle, où les cartes des différents fronts actifs sont punaisées au mur. Face à un Raymond perplexe, il se lance dans une analyse de la campagne d'été de la Wehrmacht, en déplaçant les divisions allemandes et russes qui s'affrontent dans la région du Don et de la Volga.

Martha le connaît par cœur. En Pologne, quand ils se sont connus dans les années 1930, il noircissait des petits carnets lors des réunions du parti. Au milieu des visages sévères des autres camarades, Staro se distinguait par son enthousiasme juvénile et son ardeur intellectuelle. À l'époque, elle lui avait trouvé un air un peu bohème de poète égaré dans les rangs du Komintern, qui l'avait séduite.

Staro relève la tête et se tourne vers Raymond, mais celui-ci ne l'écoute plus que d'une oreille. Il s'est assis, a chaussé ses lunettes : il répond à son courrier. La porte s'ouvre soudain sur le visage empourpré d'André.

« Pardon pour le retard ! J'ai été retenu au ministère de l'Information. Maudit MOI ! »

Il a le souffle court de quelqu'un qui a couru, son nœud papillon est de travers. De ses doigts griffus, il recoiffe ses cheveux bruns en arrière, et poursuit :

« De Gaulle a encore fait des siennes auprès du ministère : le MOI va réduire ses achats de la revue... Je me suis entendu dire qu'ils n'avaient pas apprécié nos derniers articles. Trop critiques à l'égard de la France combattante. Mes amis, on se dirige tout droit vers un nouveau psychodrame, comme lorsque nous avions chroniqué le bouquin sur la débâcle de 1940. »

André émet un rire bref et plonge les mains dans ses poches à la recherche de sa pipe. Staro regarde Raymond – il ne se souvient plus de ce livre.

« Celui de Hans Habe, précise Raymond. Un Polonais qui a fait la campagne de France et ne s'est pas montré tendre, dans son livre, avec nos généraux...

— Notamment avec un certain colonel de Gaulle et sa théorie des chars ! tonne André, à qui cet aparté n'a pas échappé. Théorie qu'il estimait dépassée dès le début du conflit... Le ramdam que ça a provoqué ! J'ai même reçu une lettre du MOI qui me demandait expressément de ne pas dire du mal d'un allié du gouvernement de Sa Majesté. »

Il écrase sur la table sa boîte à tabac, qui produit un bruit sec.

« Lettre que vous vous êtes empressé de faire lire à tout ce beau monde, ce qui, vous en conviendrez, n'était pas des plus avisés, objecte Martha.

— Quel toupet, aussi, de m'écrire ça ! Sommes-nous une revue financée par les Anglais ou par de Gaulle ? Est-ce que moi, André Labarthe, je suis payé pour leur fournir tous les mois un outil de propagande taillé sur mesure ? Non ! Bon !

— Objection, dit Martha. Nous produisons aussi du matériel de propagande, que vous le vouliez ou non, mon cher André.

— Peut-être, mais ce n'est pas là notre vocation. Et si le MOI achète tous les mois des quantités substantielles de *La France libre* pour les distribuer à qui bon lui semble, c'est avant tout pour la pertinence de ses contenus... »

Martha voudrait lancer la réunion, mais elle voit bien qu'André n'a pas la tête à réfléchir au prochain numéro. Il repousse nerveusement des mèches de cheveux sur le sommet de son crâne, époussette les fibres de tabac éparpillées autour de sa blague. La colère lui dicte des gestes absurdes. Quand il est dans cet état, il n'y a rien à faire sinon attendre que la tension retombe.

« Ce matin encore, j'ai eu droit à des remontrances de la part du clan gaulliste. "Songez aux conséquences de ce que vous écrivez... Le Général se bat contre les Allemands, contre Vichy, les Anglais, les Américains, cela ne vous suffit pas ?" À croire tous ces caudataires, ces hagiographes stériles, nous devrions nous mettre au garde-à-vous, le petit doigt sur la couture ! Hors de question ! La Résistance n'appartient pas à de Gaulle, mais à ceux qui la font, et nous en faisons partie et ce, depuis le début ! Nous n'avons pas attendu les premiers succès du gaullisme pour prendre nos dispositions. Nous, nous sommes *La France libre* – la vraie, l'originale. Combien étions-nous en juillet 1940 ? Quelques centaines, à peine ! Une cohorte de soldats sonnés par la défaite, des naufragés de Dunkerque, des têtes brûlées qui s'étaient embarquées à la hâte, après l'armistice, pour continuer le combat – comme vous ! » ajoute-t-il en désignant d'une main tremblante Raymond et Staro. Ce dernier se tourne vers Raymond et lui glisse à voix basse :

« Quand êtes-vous arrivé à Londres ?

— J'ai embarqué le 24 juin 1940 à Saint-Jean-de-Luz...

— Presque en même temps que moi ! sourit Staro. Sur quel bateau ?

— L'*Ettrick*...

— Avec les Polonais ? *Unglaublich !* »

Raymond avait trouvé une place sur l'un des derniers bateaux à destination de l'Angleterre. Dès le lendemain, l'armée allemande occupait Saint-Jean-de-Luz, d'où ne partirait plus aucune embarcation à destination de l'Amérique ou de l'Angleterre. Raymond aurait pu se contenter d'attendre, de vivre en zone sud et d'occuper un poste à l'université de Toulouse, comme on le lui proposait. Mais il savait que tôt ou tard, parce que juif, les Allemands s'en prendraient à lui. On ne peut pactiser avec le national-socialisme ; il a vu le parti à l'œuvre durant les trois ans qu'il a passés en Allemagne jusqu'à l'arrivée au pouvoir de Hitler.

À Cologne puis à Berlin, il a assisté à l'inexorable montée de la haine raciale à l'encontre de la « vermine juive », il a vu les autodafés de livres anti-allemands, les flammes, les cris, les bris de verre, le fracas des matraques. Tout était en germe dans cet indigeste essai programmatique, *Mein Kampf*, que les libraires, de gré ou de force, exposaient en vitrine... Sur l'*Ettrick*, alors qu'il faisait route vers l'Angleterre, Raymond ne savait pas encore ce qu'il allait faire, mais il était déterminé à se battre, quitte à y laisser sa peau.

Tandis qu'André poursuit sa diatribe, Aron sent monter en lui les souvenirs de ces chaudes journées de la débâcle : le bateau saturé de soldats, les corvées de patates à la cale, la rencontre avec cet officier anglais qui était venu à une conférence qu'il avait donnée à la Sorbonne pour son *Introduction à la philosophie de l'histoire*. Puis l'arrivée à Londres, la quarantaine, les interrogatoires pour sonder les intentions des combattants et des réfugiés, pour repérer les membres de la cinquième colonne aussi, trier le bon grain de l'ivraie... Les conversations de chambrées avec des gars que la guerre disperserait ou emporterait, les démarches qu'il fit pour servir dans les chars, sa hâte d'en découdre avec l'Allemagne... Puis vint la rencontre avec André, Staro, Martha, qui le convainquirent de s'engager dans cette revue au titre prometteur, *La France libre*.

La voix d'André lui parvient, toujours remonté contre les « dégueullistes » :

« Combien étaient-ils à défiler le 14 juillet, hein ? Une poignée ! Et cette minorité inopérante voudrait aujourd'hui nous dicter la marche à suivre ? »

Raymond a fait la connaissance d'André quelques jours avant qu'il s'embarque dans les chars, en qualité de troufion, dans l'expédition de Dakar : la première manœuvre des Français libres sur un théâtre d'opérations. De Gaulle venait d'enregistrer des ralliements importants à la France libre. Il voulait frapper un grand coup en Afrique, secouer le cocotier de l'Empire et faire basculer les colonies dans son giron.

André mit en garde Raymond contre cette opération piégeuse. Selon lui, les forces loyales à Vichy, sur place, en Afrique, ne se laisseraient pas désarmer et ne rejoindraient pas si facilement la France libre. Le sang coulerait, l'affrontement tournerait à la guerre fratricide entre le maigre corps d'armée des Français libres et les régiments de l'Empire familiarisés avec le terrain. Était-ce cela que Raymond souhaitait, la raison pour laquelle il voulait s'engager : combattre contre des Français, tirer sur des compatriotes ? La suite devait lui donner raison.

André lui martela qu'un homme de sa trempe serait plus utile sur le front des idées que dans l'habitacle d'un char. Il lui fit l'article de cette revue politique et militaire qu'il s'apprêtait à lancer, en toute indépendance, et Raymond renonça aux cuirassés. Il rendit son uniforme pour reprendre son costume de civil, délaissa le canon de 75 et se mit sans délai au travail, avec André, Staro et Martha. Pour ne pas mettre en danger sa famille restée en France, Raymond Aron prit le soin de se dissimuler sous le pseudonyme de René Avord.

« Les tirages de *La France libre* augmentent, continue André. Notre revue est lue dans les états-majors. On la diffuse en Afrique, en Amérique, en Asie, dans tous les territoires libres de l'Empire britannique et de la France combattante. Nous sommes déjà l'un des mensuels à plus fort tirage d'Angleterre – rendez-vous compte : une revue française, écrite en français, en tête des ventes en Angleterre ! Il y a de quoi faire pâlir de rage les Anglais – et de Gaulle ! »

Martha profite du fait que personne ne relève le gant pour enchaîner. Elle ouvre son carnet et une chemise toilée dont elle extrait le chemin de fer de l'édition en cours, celle du numéro de septembre 1942.

« Voyons, dit-elle, soulagée de pouvoir enfin avancer : nous avions déjà statué sur un certain nombre d'articles. Il nous reste à décider pour les rubriques suivantes : Chroniques de France, Revue des livres, le papier de Staro, l'analyse de Raymond et, bien sûr, votre édito, André.

— Je vous laisse faire l'édito, Raymond...

— Pour changer... glisse Martha à voix basse.

— Allez, ne perdons pas de temps. Staro, avez-vous réfléchi à votre article ? Thème, nombre de feuillets, etc. Vous n'allez pas, encore une fois, nous seriner avec vos chars ?

— Je parle des chars car ils sont un élément clé de cette guerre ! se défend Staro.

— Ne vous fâchez pas, mon vieux. Dites-nous plutôt ce que vous avez prévu de raconter...

— La campagne à l'Est ! Décisive ! »

Martha prend des notes sur son carnet. Prévoyant un long exposé, Raymond se cale dans son fauteuil.

« La campagne d'été de la Wehrmacht a commencé par la prise de Sébastopol. Une victoire acquise de haute lutte, grâce notamment à un déploiement extraordinaire d'unités et à un déluge de feu tel que la citadelle russe a fini ensevelie sous ses propres ruines. Les Allemands ont déversé plus de soixante-quatorze mille tonnes de bombes, l'équivalent de cent trains de marchandises remplis d'obus. C'est plus que tout ce que les avions anglais ont balancé sur l'Allemagne à ce jour ! »

Labarthe lève les sourcils d'étonnement et se prépare une pipe. Martha lâche son stylo et se renverse sur sa chaise, bras croisés.

« Autre point important : les Allemands ont changé leur fusil d'épaule. L'année dernière, c'était la *Keiltaktik*, c'est-à-dire le... la... »

Il se tourne vers Raymond.

« La tactique du poing.

– *Genau.* C'est-à-dire une percée en profondeur par ligne d'attaque, impact fort et localisé. Mais les Russes, depuis, les voient venir et les attendent. Aussi les Allemands ont opté cette fois-ci pour la tactique du *Mot-Pulk*, le... »

Il se tourne vers Raymond.

« Difficile à traduire... Disons que cela consiste en une "concentration fluide". »

Staro, séduit par cette expression, la note aussitôt dans son carnet.

« *Danke.* Des unités blindées formées en carrés ou en triangles, composées d'infanterie motorisée, d'artillerie et de Flak. Très mobiles, capables de se déplacer en fonction des besoins sur le front. Le but étant de mieux résister aux attaques sur les flancs...

– Très bien, le coupe André. Ça, c'est pour les Allemands. Mais les Russes ? »

Martha intervient à son tour.

« On ne va pas détailler tout le contenu de l'article !

– Permettez, Martha. C'est un point crucial... », objecte Staro.

Il se tourne vers André pour chercher du soutien. Celui-ci a fini de curer le fourneau de sa pipe et le remplit de tabac.

« Poursuivez, Staro.

– Pour les Russes, il s'agit surtout de gagner du temps, quitte à sacrifier de l'espace. De bouleverser le calendrier de l'état-major allemand. »

Il guette sur l'assistance l'impact de sa formule.

« Ils veulent surtout éviter le scénario de l'année dernière...

– La guerre des poches et l'encerclement de grandes unités..., précise Raymond.

– Exactement. Ils préfèrent se retirer que d'être pris, sachant que, dans le pire des cas, en perdant du terrain, ils forcent les Allemands à étirer leurs lignes de communication. Et ils savent que, dans les régions qu'ils leur abandonnent, les soldats ennemis devront affronter les partisans...

– Et le front toujours imprévisible de la guérilla, ajoute Raymond.

– En somme, conclut Labarthe, plus la Wehrmacht s'enfonce, plus elle s'expose.

– Et plus elle devient vulnérable ! L'étirement de leurs lignes de communication est un autre point qu'il faut traiter. » Il note cela dans son carnet. « Songez qu'entre la Ruhr, le cœur industriel du Reich, et Rostov, qui est désormais entre les mains des Allemands, il y a plus de trois mille kilomètres. »

Staro tapote la table de l'index de sa main droite pour marteler ce fait capital.

« Effectivement... », fait André, impressionné. Il médite un instant en tirant de grandes bouffées pour ranimer sa pipe. « Cette campagne ressemble furieusement à une bataille pour les lignes et les nœuds de communication... »

Staro note cette intervention et s'enhardit :

« Et ce n'est pas tout !

– Ah, non ! C'est trop, le coupe Martha. Nous avons plein d'autres sujets à traiter !

– L'enjeu, c'est le pétrole ! lance Staro, électrisé. Si les Allemands progressent dans le Caucase, c'est pour s'emparer des puits de Bakou... Remarquez, c'est loin d'être fait : Bakou est situé à mille trois cents kilomètres de Rostov ! Mais enfin, admettons qu'ils y parviennent, les Russes seraient alors coupés de leur principale source d'approvisionnement. » Staro se penche sur ses notes. « Le pétrole est acheminé au moyen d'un pipeline entre Batoum et Touapsé, le long de la mer Noire et par voies ferrées, de Rostov et Stalingrad...

– Stalingrad..., dit André en soufflant un nuage de fumée. Nous y voilà !

— Un clou d'airain dans le cercueil de la Wehrmacht ! commente Raymond.

— Comme vous y allez, Aron !

— Vous verrez...

— Il a raison, plaide Staro.

— Et même si les Allemands prennent la ville, ce dont je doute, ce sera une victoire à la Pyrrhus. »

Les trois hommes, absorbés dans leurs réflexions, laissent planer un silence. Martha s'y engouffre.

« Puisque tout le monde est d'accord, si l'on passait au sujet suivant ?

— On en revient toujours au même problème, commente Labarthe : l'étirement des lignes de communication. »

Martha, de dépit, jette son stylo. Mais André conclut :

« La cause est entendue, mon cher Staro ! Vous nous ferez six feuillets sur l'offensive d'automne. Et pour le rendu, Martha ? »

Elle se précipite sur ses fiches.

« Début de semaine prochaine, répond-elle du tac au tac. Ensuite : Raymond ?

— Je voulais parler de la propagande allemande.

— C'est-à-dire ? demande Labarthe.

— Brièvement, si possible..., implore Martha.

— Relater son évolution depuis les débuts prétendument pacifiques du national-socialisme jusqu'à la guerre totale. Comment la propagande nazie a réussi à fédérer les opposants au capitalisme, puis à imposer comme ennemi universel le Juif, symbole du spoliateur. Raconter aussi comment les nazis ont étendu leur emprise sur un peuple entier en faisant des ennemis du national-socialisme ceux de la nation allemande... »

Labarthe relâche à chaque argument de Raymond de petits nuages de fumée approbateurs.

« On pourra faire aussi un petit détour par Athènes, au IVe siècle avant notre ère. Avec Démosthène et Philippe de Macédoine.

— Attention, mon cher Raymond : vous n'aurez que huit feuillets », prévient Martha.

Raymond sourit à cet avertissement.

« Philippe de Macédoine, comme Hitler, a commencé par conquérir, sans coup férir. Démosthène n'a cessé de mettre en garde le pouvoir d'Athènes contre ses avancées. Mais l'aveuglement des uns et la trahison des autres, ou leur complicité, ont égaré le peuple grec en lui faisant croire au pacifisme de Philippe. Hitler n'a pas procédé d'une autre manière avec les élites intellectuelles des pays qu'il voulait soumettre : en présentant le national-socialisme comme l'ultime recours des démocraties décadentes et de la civilisation européenne, il a permis à sa propagande de triompher et de ronger, de l'intérieur, le système.

— Mon cher Aron, vous êtes le Démosthène des temps modernes... »

Mais Raymond ne se laisse pas griser.

« C'est la raison pour laquelle les adversaires du national-socialisme reprennent, dans leur propagande, de nombreux textes d'intellectuels, d'artistes, d'écrivains... Bref, il s'agit pour le monde libre de reconquérir le terrain perdu dans la bataille des idées et d'opposer à la rhétorique mortifère du national-socialisme l'idéal de la liberté... »

À ce mot de *liberté*, Martha relève la tête de son carnet de notes.

« CQFD. On en revient toujours au même point », dit-elle.

Ses trois collègues la regardent sans comprendre. Sur la pile devant elle, elle attrape une revue et la brandit sous leur nez comme une évidence.

Lettre de Paul Eluard à Louis Parrot

12 octobre 1942

Mon cher Louis,

Voici la liste d'habitants de la zone non occupée pour services :

Rose Adler	Maison rose, Brive (Corrèze)
René Bertelé	103, Canebière, Marseille (Bouches-du-Rhône)
Jacques Béry	Azazga (département d'Alger), Algérie
Jean Marcenac	Office du blé, Toulouse (Haute-Garonne)
Jean Lartigue	13, rue du Docteur-Jean-Sicart, Marseille
Robert Rebufa	11, rue de Dijon, Nice (Alpes-Maritimes)
Conrad Beerly	Pension, 4, rue des Voirons, Annemasse (Haute-Savoie)
Michel Roche-Varger	67, rue de l'Hôtel-de-Ville, Lyon (Rhône)
Mlle Sorel Taube	Châlet Lafage, rue d'Alsace-Lorraine, Cauterets (Hautes-Pyrénées)
Jean François	261, rue Paradis, Marseille
Beizylenok	15, rue Marc-Antoine-Petit, Lyon

René de Berval	Grand Hôtel Magenta, Oran (Algérie)
Mme Christiane Loriot de La Salle	Sanatorium de Sancellemoz (Haute-Savoie)
Georges Auric	Saint-Bernard, Hyères (Var)
Jean Hugo	Mas de Fourques par Lunel (Hérault)
Francis Ponge, c/o Mme Southormat	19, avenue d'Alsace-Lorraine, Bourg (Ain)
Mme veuve Decaunes	115, rue Consolat, Marseille
Jacques Matarasso, c/o Mme Passerat	1a, rue des Beaux-Arts, Marseille
Gaston Massat, libraire	Saint-Girons (Ariège)
M. Mirouze	99, rue des États-Unis, Nice
Vicomte de Sugny	117, boulevard de la Corderie, Marseille
Pierre Prévert	Hôtel Vendôme, rue Pastorelli, Nice
Tzara	20, rue Granet, Aix-en-Provence (Bouches-du-Rhône)

J'espère que vous distribuez déjà largement.

Affectueusement,

Paul

Sur le pain blanc des journées

Octobre 1942

Paul et Nusch arrivent en fin d'après-midi square Delormel, chez Robert Rius et Laurence Iché. Les membres parisiens de La Main à plume ont rendez-vous pour une séance d'« emballement » collectif, car l'imprimeur Lucien Cario a fait livrer par cartons entiers les cinq mille exemplaires de *Poésie et Vérité 1942*, ainsi que les enveloppes au format, tirées sur sa presse à pédales – une astuce pour expédier plus vite et à moindres frais.

Le hall de l'immeuble est encombré de bicyclettes : entre la petite cour intérieure et l'entrée, Nusch en compte une bonne dizaine.

« Tout cela n'est pas très discret... » fait-elle remarquer à Paul.

Cette fois, les Eluard sont venus en métro. En chemin, ils se sont fait contrôler à la station Denfert-Rochereau ; la police faisait ouvrir sacs et valises et exigeait les papiers des usagers – sans doute un coup de filet pour la Relève de Laval ou bien une opération anti-marché noir. Comme ils ne transportaient rien de compromettant, Eluard et Nusch s'y sont soumis de bonne grâce : c'est toujours un plaisir de voir les policiers procéder à une fouille en pure perte.

Par le plus grand des hasards, le policier qui a contrôlé Eluard à Denfert était un ancien de la gare de triage de Mignères, où Paul fut mobilisé en 1939. Il était tout heureux de retrouver son lieutenant Grindel. Paul, lui, ne l'a pas remis. Mais combien en a-t-il vus, de ces pauvres hères croupissant d'ennui dans cette gare perdue ! « Seconde classe Jauzion ! » a dit l'agent en claquant des talons. Les deux hommes ont papoté quelques minutes pour se raconter leurs parcours respectifs, après la débâcle. L'agent les a laissés passer sans même vérifier leurs affaires.

Paul et Nusch sonnent chez Rius et Iché, et c'est Reine qui leur ouvre la porte. Les deux femmes se tombent dans les bras, comme deux amies qui se seraient perdues de vue, alors qu'elles filaient il y a quelques jours sur le boulevard des Italiens, pour aller voir *L'assassin habite au 21*. De l'intérieur, la voix forte de Rius demande aux visiteurs d'entrer et de fermer la porte, pour éviter que l'air froid des parties communes envahisse l'appartement.

Une montagne de vestes, écharpes, manteaux s'amoncelle dans le vestibule, tandis qu'un bourdonnement de voix s'échappe du salon. La grande table rectangulaire, où d'habitude les « plumiers » prennent place, est envahie par des piles de recueils. Des cartons pleins de *Poésie et Vérité 1942* s'entassent dans les coins – certains font même office de siège. Paul pose sur cette ruche un regard attendri. Nusch fait le tour de la table pour distribuer des baisers et pousse gentiment Gérard Vulliamy pour s'installer entre Cécile Arnaud et Laurence Iché. Patin menace de faire grève s'il n'obtient pas de meilleures conditions de travail, Laurence exige que l'auteur soit mis à contribution pour la séance d'emballage. Sans attendre, Nusch insère un recueil dans une enveloppe et, d'un coup de langue, en scelle le pli.

« Et c'est pour qui, ce joli volume bien emballé ?

— Par ici ! » fait Noël, qui se charge, en bout de chaîne, d'écrire les adresses des destinataires, et de barrer un à un, sur sa liste, ceux qui sont déjà servis.

À côté de lui, Boris Rybak et Maurice Blanchard font équipe pour affranchir les plis. Rybak, saisissant un timbre à l'effigie du Maréchal, décrit le mode opératoire :

« Un coup de langue derrière, et un coup de poing sur la gueule ! dit-il en abattant sa main fermée sur le profil du chef de l'État français.

— Ha ! ha ! fait Blanchard. Ça me rappelle une histoire “européenne” que j'ai entendue au café, l'autre jour : Hitler, voyant que ça tourne au vinaigre en Afrique du Nord et en Russie, vient trouver Laval, incognito, pour lui demander la nationalité française. Laval lui répond que ce n'est pas dans ses compétences et qu'il doit s'adresser au Maréchal, seul décisionnaire en la matière. Hitler y va. Pétain le fait français en un tournemain. Hitler ressort et Laval, qui l'attendait, lui demande s'il a obtenu gain de cause. Hitler le regarde en chien hargneux et lui dit : “Ta gueule, sale Boche !” »

L'assemblée se gondole. Rius, les larmes aux yeux, s'octroie une pause et bourre sa pipe. Il cède son siège à Nadine, qui, légère et fluette comme une acrobate, se contentait jusque-là d'un carton de livres.

« C'est bien la peine de s'appeler La Main à plume pour se retrouver à faire la main à charrue..., lance Patin sur le ton de la blague.

— Silence dans le rang ! hurle Noël. On a du *Brot* sur la planche... »

Dans ce cirque bon enfant, Patin se colle une enveloppe sur les lèvres et joue les détenus bâillonnés. Les yeux exorbités, il fait de grands signes pour qu'on le libère. Hélas, cette pantomime réveille le souvenir de Tita : ses pleurs étouffés, sa révolte et ses dénégations, le sadisme de ses bourreaux, qui se moquaient de son infirmité. Cécile se lève précipitamment, prise d'un sanglot, suivie de Reine. Patin, confus, s'excuse et quitte la table, en compagnie de Noël, qui lui offre de fumer une cigarette à l'écart du groupe. Un silence pesant s'abat sur la joyeuse assemblée. On plie et on colle, sans plus échanger un mot.

Rius, au côté d'Eluard, tire sur sa pipe.

« Il faut faire vite, glisse-t-il entre ses dents à Paul. Et disperser au maximum les envois, en multipliant les boîtes aux lettres d'expédition. Chacun prendra une part des recueils pour les distribuer. Noël a établi avec vous une liste de destinataires, je crois ? Et nous avons mis de côté cette pile pour vous. Il y en a cinq cents. C'est bien ce que vous vouliez ? »

Paul approuve.

« Par qui allez-vous passer pour envoyer tout ça ?

— Louis Parrot, à Clermont-Ferrand.

— Vous êtes sûr qu'il pourra écouler autant d'exemplaires ? C'est quand même un chiffre.

— Absolument certain. Il a tout un réseau de libraires et de sympathisants acquis à notre cause. Je lui fais une confiance aveugle. Et je lui ai dit, au besoin, d'en donner gracieusement à des connaissances, écrivains, journalistes de zone sud...

— Parfait ! fait Rius dans un filet de fumée. Nous allons aussi arroser en zone nord. Il faut faire vite : quand les Allemands vont découvrir le recueil, je doute qu'ils se montrent bien disposés. »

Paul acquiesce en silence. Une question lui brûle les lèvres.

« Et les absents ? Vous avez des nouvelles ? »

Rius s'offre quelques secondes de réflexion en inspirant une longue bouffée de tabac.

« Chabrun a réussi à filer en zone libre. Hérold a quitté Paris. Dominguez se planque.

— Et Manuel ? Comment a-t-il vécu l'arrestation de Tita ?

— Difficile à dire. Je ne l'ai pas beaucoup vu ces derniers

temps. Je crois qu'il se sent mal d'avoir échappé aux Allemands alors que Tita s'est fait prendre...

— Dites-lui bien que Nusch et moi pensons fort à lui – et à Tita.

— Il le sait déjà. Et Picasso ? demande Rius après une pause. Comment se porte-t-il ?

— Comme un charme ! Figurez-vous qu'il a reçu la visite des Allemands, lui aussi.

— Non ?

— Pas pour l'embarquer, je vous rassure. C'est Ernst Jünger qui est venu en personne s'entretenir avec lui, rue des Grands-Augustins. Il était avec ce type, Heller, qui travaille à la section littéraire de la Propaganda-Staffel et que connaît bien Paulhan.

— Paulhan connaît tout le monde...

— Ce Heller ne cherche qu'à se faire bien voir des gens de lettres. Paulhan lui accorde de temps à autre un déjeuner, histoire de lui soutirer quelque bénéfice pour ses protégés...

— Et donc, cette visite ?

— Picasso leur a ouvert son atelier, montré les œuvres qui traînaient. Jünger et Heller se sentaient comme des coqs en pâte. Surtout Heller, qui promenait sur ce décor un regard béat de premier communiant – dixit Picasso. Les Allemands sont si sûrs d'eux-mêmes et de leur victoire que pas un instant ils ne viendraient à songer que l'on puisse se foutre d'eux ! »

Rius se tourne vers Paul et, tirant sa pipe de sa bouche, il lui récite quelques vers tirés d'un de ses derniers recueils :

Je n'entends pas parler les monstres
Je les connais ils ont tout dit
Je ne vois que les beaux visages
Les bons visages sûrs d'eux-mêmes
Sûrs de ruiner bientôt leurs maîtres.

Paul lui passe dans le dos une main amicale et prend place à la table, son stylo-plume à la main.

Rius lui avance un paquet de livres à dédicacer. Les plis affranchis forment des piles, classées par destinataires, avec leurs noms en lettres capitales bien lisibles. Paul regarde s'affairer les petites mains qui l'entourent ; hier faiseuses de vers, elles arment aujourd'hui la poésie de combat. Personne ne parle et, dans le silence de l'atelier, seuls résonnent le bruit du papier que l'on froisse et de la main vengeresse s'abattant à intervalles réguliers sur le profil détesté du « maréchal Pétrin ».

Tant de visages jeunes et confiants, intrépides et résolus. La plupart ont vingt ans à peine. « Avoir vingt ans en quarante... », songe le poète, se réveiller adulte dans un pays en cage. Il repense à ses vingt ans à lui, qu'il fêta, en 1915, avec des rescapés du front, dans un hôpital de campagne. Un remugle d'éther et de sanies remonte à ses narines. Quelle tristesse... Quel gâchis !

« Merde ! s'écrie soudain Nadine dans un crissement de chaise. J'ai complètement oublié mon cours à la fac !

— Quel cours ? demande Blanchard.

— Celui de Bachelard, sur l'imagination !

— Tu n'as qu'à sécher..., dit Noël.

— C'est ça ! Pour qu'après vous me reprochiez de ne pas vous rapporter mes notes... »

Elle tourbillonne dans la pièce, comme ces gens pressés qui ne savent plus où donner de la tête, puis endosse son manteau, enroule son écharpe autour du cou. Laurence la rattrape par le bras.

« Pas si vite ! lui dit-elle. Tu oublies la commission. »

Elle enfourne dans son sac une dizaine d'exemplaires de *Poésie et Vérité 1942*.

« Tiens ! Tu les distribueras à la Sorbonne. »

Sur les images dorées

« On en revient toujours au même point, dit Martha. La liberté... Ces dernières semaines, des revues nous sont parvenues d'un peu partout : France, Belgique, Alger... Dans le lot, je voudrais attirer votre attention sur celle-ci. » Elle brandit *Fontaine* aux yeux de ses collègues. « Elle paraît tous les mois à Alger et publie surtout de la littérature et de la poésie. Pour le dire simplement, la Révolution nationale ne fait pas partie de ses inspirations.

— Ça nous change de la *Revue des Deux Mondes*, ricane Staro.

— D'après nos informateurs en Suisse et à Alger, poursuit Martha, et de ce qu'en disent les comptes rendus d'articles, c'est une revue littéraire de qualité, assez exigeante. *Fontaine* a ouvert ses pages à Aragon, Bernanos, Bachelard, Eluard, Supervielle, Gide... Pour n'en citer que quelques-uns. C'est un peu l'anti-*NRF*. Ils sont d'ailleurs en guerre ouverte avec Drieu la Rochelle.

— Des articles politiques aussi ? demande André, qui parcourt la revue avec intérêt.

— Pas à proprement parler. Mais certains textes ont des intentions qui ne trompent personne. Dans ce numéro, par exemple, ce sont des poèmes de combat... »

À ces mots, Staro délaisse ses notes et se penche pour lire par-dessus l'épaule d'André.

« Avec des vers signés Pierre Emmanuel, Pierre Jean Jouve, Aragon...

— Aragon ? »

C'est le poète préféré de Labarthe. Il connaît par cœur des passages du *Crève-cœur* et les cite souvent pour faire taire les contempteurs d'Aragon, qui ne voient en lui qu'un pion de Moscou. Il y a quelques jours, André s'est accroché avec Arthur Koestler à ce sujet. Au souvenir de leur échange, il fronce les sourcils et tourne frénétiquement les pages de *Fontaine* jusqu'à tomber sur un poème intitulé « Octobre ». Il le lit, croyant à tort qu'il s'agit d'une élégie à la révolution. Puis, revenant au sommaire, il note un article consacré à Péguy, Bergson et Proust.

« Tiens ! Il y a là quelque chose qui devrait vous intéresser, Raymond... »

Avant de lui tendre la revue, André découvre la signature de Paul Eluard au bas d'un poème. Il est tout d'abord frappé par la longueur du texte, qui court sur plusieurs pages, son apparence graphique, chaque strophe se terminant par le même vers : *J'écris ton nom*. Intrigué, il en lit le titre : « Une seule pensée » et reste songeur quelques instants.

« Permettez, André, dit Raymond. J'aimerais jeter un œil... »

Labarthe fait glisser la revue jusqu'à lui. Raymond, croyant lire l'article sur les philosophes, s'étonne de tomber sur un poème.

« Ah ! Ce cher Eluard..., murmure-t-il.

— Vous le connaissez, Raymond ?

— Du tout. J'ai lu de lui, comme tout le monde, *Capitale de la douleur*. »

Il fouille dans sa mémoire à la recherche d'un vers célèbre, mais Martha le devance :

Avec tes yeux je change comme avec les lunes
Et je suis tour à tour de plomb et de plume
Une eau mystérieuse et noire qui t'enserre
Ou bien dans tes cheveux ta légère victoire

André la félicite et se met lui aussi à réciter du Eluard, des vers tirés du même recueil, parlant de la Terre *bleue comme une orange* – métaphore qui laisse Staro de marbre. Ce dernier profite de cet échange impromptu pour mettre la main sur *Fontaine*. Les coudes sur la table, il fait défiler les pages en les saisissant entre pouce et index, déchiffre les titres, les premières lignes, butant sur les mots et les images. La poésie l'ennuie, il n'y comprend souvent rien.

« C'est quel type, ce Fouchet ? demande-t-il à André.

— Posez donc la question à Raymond ! » rétorque celui-ci.

Aron, surpris, ouvre de grands yeux.

« Ce n'est pas une de vos connaissances ? dit André.

— Non, pas plus qu'Eluard. Quitte à vous décevoir, je n'ai pas frayé avant-guerre avec le Tout-Paris des belles lettres !

— D'autant que Fouchet habite à Alger, où sa revue est domiciliée, fait remarquer Martha.

— Il est comment, ce Fouchet ? insiste Staro.

— Brun, rondouillard, vingt-neuf ans, veuf..., déclare Martha, qui s'attire les regards incrédules de ses collègues. Comme je le disais, il a passé toute sa vie à Alger, où il s'est lié avec Albert Camus, notamment. Il admire André Gide, qu'il tient pour le meilleur écrivain vivant. Sur le plan politique, il est proche de la SFIO. Je sais de source sûre qu'un portrait de De Gaulle est accroché dans son bureau de *Fontaine*... »

Raymond et André brûlent tous deux de la questionner pour savoir comment elle est si bien informée, mais Martha poursuit :

« Il semblerait que la censure se soit renforcée à Alger, qu'elle soit devenue plus vigilante. Là-bas aussi, la police veille. Ce sont les échos qui nous reviennent. Et, manifestement, Fouchet est dans le collimateur des autorités de Vichy. Il faut les soutenir.

– Comment ? demande Staro.

– En republiant leurs pages. Raymond, vous évoquiez la liberté comme étendard du combat contre le national-socialisme. Justement, le poème d'Eluard ne parle que de ça…

– Une seule pensée : liberté… », répète Raymond.

Il lit pour l'assemblée les premiers quatrains, s'arrête, songeur, sur ces vers :

Sur les images dorées
Sur les armes des guerriers
Sur la couronne des rois
J'écris ton nom

André rebondit. Il s'adresse à Martha :

« Avons-nous déjà fait paraître Eluard dans nos pages ?

– Je ne crois pas. À vrai dire, nous passons assez peu de poésie.

– Hum…, fait André, piqué par cette remarque. Détrompez-vous : je vous ai déjà parlé de cette collection que je veux lancer, qui ferait justement la part belle aux écrits de France. Il faut bien reconnaître que nous n'avons pas eu, jusqu'à ces derniers mois, grand-chose à nous mettre sous la dent. Mais tout ça est en train de changer. Et j'ai bien l'intention de promouvoir cette littérature de contrebande. Je suis en pourparlers avec Cyril Connolly, notre confrère de la revue *Horizon*, pour éditer Aragon, ici, à Londres, et en français…

— Mais nous avons déjà publié Aragon dans *La France libre*, intervient Martha. Voyons, ajoute-t-elle en se penchant sur ses notes, c'était dans le numéro de...

— Je sais ! la coupe André. Mais il ne s'agit plus de quelques vers, mais de rééditer un recueil entier de lui.

— Un recueil entier ? interroge Raymond.

— Parfaitement. *Le Crève-cœur*, paru l'année dernière en Suisse, chez notre ami Albert Béguin. Il est arrivé à Londres il y a quelque temps - vous en avez certainement vu passer des extraits dans les revues d'ici...

— Oui, confirme Martha. Dans le *New Statesman and Nation*...

— Exactement. Eh bien, nous allons le redonner en intégralité, ici, avec Connolly. Avant la fin de l'année. Il reste à régler la question épineuse du papier, mais c'est en bonne voie. J'ai d'ailleurs déjà rédigé l'avant-propos...

— Tiens donc ! lâche Martha sur un ton moqueur. Vous êtes en avance, pour une fois. »

André ne relève pas. Il ouvre un dossier devant lui et en tire quelques feuillets copieusement gribouillés.

« C'est un premier jet, bien entendu, mais enfin le propos est là... Bon, je vous fais grâce des premières lignes, qui présentent cette poésie nouvelle qui germe dans la France occupée. » Il se racle la gorge et entame la lecture :

« *Aux otages que l'on fusille, aux héros qui se donnent, au peuple entier qui tisse en secret sa parure, les poètes sont venus ajouter une cantate. Ils taillent, comme des statuaires, des figures immortelles dans le bloc d'une nation. Les rythmes et les cadences scandent une mélodie, les strophes s'égrènent comme un chapelet, ce sont parfois des accents qui expriment le tragique du désastre, à d'autres moments, c'est un cri qui fixe une heure de combat...* »

André relève la tête pour juger de l'impact de ces phrases sur son auditoire. Tous écoutent attentivement, y compris Staro. Martha souligne qu'elle aime particulièrement l'idée d'une « cantate ». Car la poésie, explique-t-elle, comme la musique, a cette immense vertu de donner des ailes à ce qui ne vole pas... Ce commentaire élogieux encourage André à poursuivre :

« Le Crève-cœur » vient d'où les cœurs ne crèvent pas. Il est un dédommagement, il est leur cri, à ces muets, leur puissance, à ces désarmés, l'accomplissement poétique de leur gloire. Un jour viendra où toute la lumière se lèvera sur la France et pour la France. C'est avec l'aide des poètes que nous pourrons nous initier aux amitiés plus hautes que la poésie aura créées dans l'épreuve. Car ils trouvent, dans leur solitude, les liens immatériels qui permettent de recoudre les lambeaux de nos destins.

Staro est le premier à rompre le silence qui prolonge cette lecture.

« Je préfère la poésie quand elle est dite comme ça... »

André lui sourit. Il se tourne vers Raymond qui, ému, se contente d'ajouter :

« Admirable, et ô combien juste. »

André esquisse un sourire de gratitude.

« Et pour Eluard ? demande Martha. Je tiens beaucoup à mettre en avant son poème.

— Mais bien entendu ! Nous allons lui faire une jolie publicité ! l'approuve André. Nous allons ouvrir la revue avec "J'écris ton nom, Liberté".

— "Une seule pensée", rectifie Martha.

— C'est ça ! On l'insère dans notre numéro de septembre. En avons-nous fini avec le sommaire ? Tout est en ordre ? Martha, vous avez tous les textes ?

— Je crois que nous avons tout, dit-elle. Hormis votre édito, André...

— Le meilleur pour la fin ! » clame-t-il, bombant le torse.

Grisé par l'approbation générale de son texte, il énonce avec passion les arguments qu'il compte développer dans cet édito. Martha le regarde faire, un sourire ironique au coin des lèvres.

« Et donc, je fais comme d'habitude : je demande le papier à Raymond ? »

Lettre de Gabriel Audisio à Louis Parrot

Marseille, 20 septembre 1942

Mon cher Parrot,

Je débarque de Paris. Avant de partir, j'ai vu notre Eluard, qui m'a remis pour vous son manuscrit de *Poésie et Vérité 1942* que vous trouverez ci-joint. Quelle joie pour moi d'avoir pris le risque de faire passer cet « amas de merveilles » ! Je ne me lasse pas de donner des auditions publiques de la « seule pensée », qui avait paru dans *Fontaine* et que je retrouve ici, en tête, sous son vrai titre éclatant. Quel magnifique chef-d'œuvre !

Vous savez que je ne vous oublie pas. J'aimerais que nous ayons des occasions de nous rencontrer. Je vais assez souvent à Vichy. Et vous ? Je serai à Lyon dimanche.

Je ne vous apprendrai rien sur ce qui se passe à Paris. Vous êtes toujours, je pense, à la source des informations.

À bientôt, peut-être, et à vous très cordialement.

Gabriel Audisio

Poste restante – Centrale

Lyon

Sur l'espoir sans souvenirs

Sorti du métro à la station Chambre-des-Députés, Paul se rend rue de l'Université, au numéro 88. Cela fait des années qu'il n'est pas venu dans cet immeuble. D'un pas décidé, il s'engouffre sous une porte cochère et passe devant la loge de la concierge. Personne, sinon la voix « nazillarde » du chroniqueur de Radio-Paris échappée d'un poste de radio. Il grimpe quatre à quatre les escaliers – les murs ont été repeints en gris et les marches sentent bon l'encaustique. Sur le palier du deuxième étage, il cherche dans sa poche l'anneau où sont accrochées les clés de l'appartement, étiquetées au nom de Gala. Il passe l'anneau à son doigt.

La serrure grince et, sous la poussée, la porte refoule un amas de lettres, journaux, avis tombés de la fente du courrier. Paul se baisse pour les ramasser. Dalí, Dalí, Dalí – entre ses doigts, il fait défiler ces lettres restées sans réponse, lettres mortes depuis des mois, des années même. Dalí, Dalí, Gala – une carte. Paul reconnaît l'écriture de Cécile : Paris, été 1939. « Quelles nouvelles ? » demande sa fille à sa mère. Toujours la même interrogation...

Dalí, Dalí, Gala – tiens ! une lettre de lui, postée de Mignères en octobre 1939. L'enveloppe n'est pas décachetée, Gala n'aura rien su de sa « drôle de guerre ».

Paul glisse sa lettre dans sa poche, avec la carte de Cécile, puis, ouvrant la porte qui donne sur le salon, il fait ses premiers pas dans l'appartement. À travers les volets tirés, des rais de lumière dessinent au sol deux touches de jour. La pièce est vide, à l'exception de trois fauteuils recouverts d'un drap, et d'une petite bibliothèque aux volumes épars. Sur les murs, des marques rectangulaires, de tailles inégales, signalent des toiles décrochées puis emportées. Ce décor inerte n'a plus rien à voir avec l'appartement familier de sa Galotchka. Paul se sent comme dans une pièce de musée fermée au public, une salle nue, oubliée.

De dépit, il soulève un drap et s'assoit, dans le fauteuil qu'il occupait la dernière fois qu'il est venu, avec Nusch, visiter Gala. Elle se tenait face à lui, hypnotique. « Tout son sang coulait dans son regard. » Il sort de sa poche la lettre écrite de Mignères, signée Grindel – son nom d'époux –, et hésite à la décacheter. Mais puisque Gala ne la lira jamais, il la déchire en petits morceaux qu'il met dans sa poche. Il voudrait ainsi reprendre toute sa correspondance avec elle et la brûler. « Je fis un feu, L'azur m'ayant abandonné. »

Il se tourne vers la bibliothèque et distingue certains recueils qu'il lui avait offerts, restés là, à l'abandon. Les dédicaces, qu'il déchiffre, lui rappellent l'instant propice qui dicta ses mots. « Tout ce que j'ai écrit, Gala, c'était pour que tu l'entendes. » Et tandis que la nuit s'avance, que la lumière décroît dans le vaste appartement où ses pas résonnent, Paul prolonge cet étrange moment d'intimité. Dans la pénombre, il ouvre des placards, au hasard, tombe sur une photo de lui avec Gala et Cécile, encore enfant. Les souvenirs affleurent. De longues minutes il contemple cette image, qui s'anime et ravive en lui son passé.

Cécile joyeuse et elle, Gala, insondable. Ses yeux envoûtants. Il repense aux années où, ensemble, ils ont été libres de tout, des puissances de la morale, de l'argent, du bruit du monde. Des larmes gonflent ses paupières – ses paupières closes où « elle se tient debout ». Puis, pragmatique, il se rappelle l'objet de sa visite et rassemble dans un vieux journal les livres les plus précieux, les plus cotés, qu'il pourra le mieux revendre. Elle l'y a autorisé.

Des voix.

Des voix, des pas qui montent jusqu'à lui. Un filet de lumière sous la porte. Par le judas, il voit un homme corpulent, portant manteau et chapeau, gravir les marches, précédé par la concierge, qui lui parle en se retournant. Paul se retire sur la pointe des pieds. Les voix le suivent. Un coup de sonnette le fait sursauter, puis deux coups frappés à une porte voisine. Il se fige. Une perquisition ?

Un endroit où se cacher, vite. Paul repasse dans le salon, replace à la hâte les livres sur la bibliothèque. D'instinct, il jette un œil à la fenêtre : une voiture est stationnée au pied de l'immeuble, avec un homme au volant, le moteur qui tourne. C'est une descente de la police française. Viennent-ils rafler un opposant ? un résistant ? un trafiquant ? Et s'ils en venaient à fouiller tout l'étage ? Paul se sent pris au piège. Il pénètre dans la chambre à coucher, une large pièce sans fenêtre, calfeutrée, aux murs tendus d'astrakan noir. Où se terrer, dans cette pièce aux allures de cercueil ? Sous le lit ? Paul songe à l'incongruité de la situation, si lui, le mari quitté, venait à être surpris dans la chambre de son ancienne femme et de l'homme qui partage sa vie...

Les coups redoublent à la porte de l'appartement mitoyen. Paul respire, fait le mort. Son sang bat à ses tempes. Dans la chambre de celle qui l'a si longtemps transporté de désir, entre les bras de qui il a découvert *la vérité physique*, son cœur s'affole.

Il voudrait se trouver seul avec elle dans cette chambre noire où les souvenirs l'assaillent et où la peur décuple son désir.

Après de longues minutes à guetter le moindre bruit, il entend des pas s'éloigner dans l'escalier puis, dehors, une portière qui claque et une auto qui démarre. Il attend encore longtemps, assis dans l'obscurité, à redouter une ruse des policiers, postés au coin d'une rue, prêts à l'épingler. Avec d'infinies précautions, il récupère enfin sur l'étagère sa pile de livres à monnayer, descend l'escalier sur la pointe des pieds, évite la loge éclairée de la concierge, puis gagne d'un bon pas les quais en direction du Châtelet, jetant à la dérobée des coups d'œil craintifs.

Après avoir franchi la Seine par le pont des Arts, Paul débouche bientôt sur les Grands Boulevards, où des couples sortent des salles de spectacle. Tapi dans la chambre de Gala, il n'a pas vu le temps passer, mais c'est déjà l'heure du dernier métro. Il marque un temps d'arrêt, inquiet à l'idée d'être confronté à un autre contrôle de police. Il descend pourtant avec la foule à la station Bonne-Nouvelle et saute dans une rame à quai, bondée.

Sur les banquettes en bois, les passagers se tassent et les conversations évoquent le dernier film à la mode, l'histoire d'un colonel d'Empire drapé dans l'honneur. Une femme brune rit au bras d'une de ses amies.

« Et tu as vu les applaudissements dans la salle, à la fin, quand Pontcarral décide d'embarquer pour Alger ? J'en avais la chair de poule... »

La dame brune se tourne vers Paul et son regard croise le sien. Elle lui sourit, l'incluant dans la confidence, l'air de dire : n'est-ce pas, monsieur ? Paul observe, sur les visages heureux qui l'entourent, ce sentiment de fugue qu'offre toute distraction loin de la lourde réalité du monde. Il songe à Nusch, l'expression enfantine de son visage après une séance de cinéma, quand elle retrouve la rue, plongée dans le décor inattendu de la nuit tombée. Il a le sentiment, lui aussi, d'avoir vécu une drôle de parenthèse temporelle. Un voyage aux sources de son amour et de sa peur la plus vive : finir menotté sur une chaise en attendant la question. Il pousse un soupir de soulagement, s'éponge le front et ferme les yeux. Ses poumons fragiles le brûlent encore.

Lettre de Louis Parrot à Cícero Dias

Clermont-Ferrand
1, rue de l'Ancien-Poids-de-Ville

31 octobre 1942

Monsieur Dias
c/o ambassade du Brésil
Vichy

Cher monsieur,

Notre ami Paul Eluard me prie de vous remettre un exemplaire de sa nouvelle plaquette, *Poésie et Vérité 42*, qui paraîtra de nouveau cet hiver, très augmentée, aux *Cahiers du Rhône*, à Neuchâtel. Eluard, qui m'a chargé de faire son service de presse en zone libre, me dit de vous donner dix exemplaires et vous demande s'il sera possible de les faire parvenir – tous les dix ou une partie seulement – à M. Roland PENROSE, 21 Downshire Hill, London NW3. J'ai eu voici quelque temps des nouvelles de Roland, mais ne puis lui envoyer ces petits livres. Eluard me dit qu'il vous sera plus facile de le faire que moi.

Je vous remercie par avance pour notre ami, qui serait très heureux de savoir ces livres en Angleterre, et vous demande de croire, cher monsieur, à l'expression de mes sentiments dévoués.

Louis Parrot

Sur chaque bouffée d'aurore

Novembre 1942

Louis est allongé sur le canapé du salon, les pieds engoncés dans de grosses chaussettes de laine, une main glacée qui pend dans le vide. Il s'est endormi tout habillé, encore cravaté, et pionce ferme. En ce 11 novembre, il chôme pour fêter la Victoire. Celle de 1918, quand, à l'âge de douze ans, il était descendu avec son frère cadet et leur père pour se mêler, dans la fièvre de l'armistice, à la foule joyeuse des rues de Tours. Il n'a pas pu accepter, en 1940, que le vieux maréchal se soumette aux ordres de l'occupant et raie la victoire française des commémorations nationales. Pétain, le soi-disant « vainqueur de Verdun », qui empêche les citoyens, auxquels il a pourtant « fait don de sa personne », de rendre hommage à la patrie... Une honte ! Parrot, a contrario, met un point d'honneur à célébrer le sacrifice des poilus, à sa manière : il ne travaille jamais ce jour-là.

Chômer, c'est vite dit. Car Louis trime tous les jours, même pendant ses congés. Il n'a déjà pas assez de vingt-quatre heures pour accomplir tout ce qu'il veut faire. Hier, il est passé chez le libraire Chabrillat pour échanger quelques livres et revues.

Dans l'arrière-salle, tandis qu'ils trinquaient d'un ballon de rouge, le libraire lui a raconté une anecdote qu'il tenait d'une connaissance, dont le fils est étudiant aux Beaux-Arts de Paris. Depuis deux ans, le 11 novembre, l'un de ses camarades s'amuse à déposer devant le monument aux morts une couronne de fleurs, avec pour bandeau cette inscription : « De la part du général de Gaulle, empêché » ! Chabrillat, hilare, lui a expliqué que l'auteur de ce faux a réussi à imiter l'écriture du général qui, avant-guerre, lui avait dédicacé son livre *La France et son armée*. Cette histoire, bien arrosée, leur a fait la soirée...

À son retour chez lui, Louis a trouvé la lettre de Suisse qu'il guettait au courrier depuis des jours. La réponse d'Albert Béguin, le directeur des *Cahiers du Rhône*, à son roman *Paille noire des étables*. Il l'a relue dix fois et lui a répondu une longue missive que, vaincu par la fatigue, il a repoussée pour s'écrouler au milieu de ses feuillets noircis et raturés, le visage enfoui dans son coude. Il a émergé en pleine nuit, hagard, s'est traîné jusqu'au canapé de son salon frigorifique pour s'y étendre et grappiller quelques heures de sommeil. Il a rabattu sur lui la couverture abandonnée là, et l'a doublée de son épais manteau de laine, les arpions dépassant de la couverture.

Et ce matin, dans la froidure du jour, Louis ouvre un œil d'enclume. Il a cru entendre une sonnerie et consulte la montre à son poignet : 8 heures. Il se retourne dans le canapé, bougon, et replonge dans la nuit de ses yeux clos, traversée de souvenirs flottants : les textes à relire, les commandes à livrer, les lettres aux amis, l'énorme carton de *Poésie et Vérité 1942* à distribuer... Il rajuste la couverture et le manteau, prêt à franchir de nouveau le col du sommeil. Mais une sonnerie transperce sa rêverie. Sa main décroche mollement le combiné.

« Parrot ? Ah, pas trop tôt ! Ça fait une demi-heure qu'on essaie de vous joindre...

— Roger ?

— Ça sonne dans le vide. Vous avez découché ?

— Non.

— Pris des somnifères alors ?

— Non, non.

— On n'a pas idée de pioncer autant... »

Louis se passe une main sur le visage, repousse le manteau et la couverture. Le froid qui le saisit le ramène sur terre. Pourquoi cet appel matinal, un jour de congé ? À l'autre bout du fil, Roger adresse une soufflante à l'un de ses collègues. À tous les coups, il a laissé passer une boulette énorme dans les pages, hier. À moins que ce soit une coquille, comme cette fois où un typo a changé « Pétain » en « Putain ». Louis lorgne sur son paquet de cigarettes.

« Parrot, vous êtes là ? Vous avez fini de roupiller ?

— C'est que... j'ai travaillé tard cette nuit.

— Sans blague ? Eh bien, vous allez devoir remettre ça ce matin !

— Mais je ne suis pas censé bosser ! », proteste Louis.

Tandis que Roger se met à vociférer à l'autre bout du fil, la sonnette retentit et trois coups forts sont frappés à la porte de l'appartement.

« Excusez-moi, Roger... », dit Louis en posant le combiné au sol.

Il rajuste sa chemise et son pantalon. Nouveau coup de sonnette, insistant. Louis se passe la main dans les cheveux pour se donner un temps de réflexion. Il n'attend personne. Surtout pas à cette heure-ci, et certainement pas un 11 novembre. Il fait demi-tour et se colle discrètement dans l'embrasure de la fenêtre. Pas âme qui vive dans la rue. Pas d'individu louche, pas de voiture garée avec une inquiétante silhouette au volant. Mais un mauvais pressentiment le gagne. Il pense à la porte dérobée de la cuisine, mais s'ils l'attendaient de l'autre côté ?

Il ne lui reste qu'une solution : la fenêtre sur cour. Sans bruit, il enjambe la balustrade et cherche déjà, sur le pignon de l'immeuble voisin, les prises qui faciliteront sa descente. Des bruits de pas résonnent dans l'entrée de l'immeuble. Louis se plaque contre la façade. Un couple bien mis, chacun une petite valise à la main, passe dans la cour en faisant claquer les semelles de leurs souliers. L'homme se retourne et aperçoit un homme en nage à la fenêtre, débraillé, hirsute, prêt à en finir avec la vie. Du premier étage ? se dit-il. Le suicidaire lui adresse un sourire gêné.

« Monsieur Parrot ?

— *Señor* Dias ? »

Louis rentre ouvrir la porte d'entrée. Il se prend au passage les pieds dans le fil du téléphone, d'où s'élève une voix furieuse : Roger.

« Une seconde, voulez-vous : on sonne à la porte...

— Quoi ! hurle Roger. Vous vous foutez de moi ? »

Le reste se perd dans un torrent d'imprécations.

« Entrez vite, dit Louis à ses visiteurs. Excusez le désordre, je suis à vous tout de suite... »

Il se rue sur le téléphone mais la communication a été coupée.

Cícero laisse sa valise et son chapeau à l'entrée. Raymonde pose sur le décor un œil médusé. La pièce a l'aspect d'un tripot à l'aube : la grande table ronde qui occupe la moitié du salon est envahie de documents et de livres. Au milieu, un cendrier déborde de mégots. Des piles de revues et de plaquettes, pour certaines écroulées, forment des obstacles entre lesquels circule d'un pas anxieux le propriétaire des lieux. Une table basse supportant un poste de radio et un vieux canapé composent le reste du mobilier.

Cícero a pris place et parcourt sans se gêner les feuillets griffonnés. Enroulé dans le câble du téléphone, dans le courant d'air de la fenêtre ouverte, Louis attend que l'opératrice le mette en communication avec l'OFI. Contact établi : la voix d'un de ses collègues rugit au bout du fil, faisant dresser la tête des invités.

« Ah, Parrot ! Le chef est en pétard. Ça fait une demi-heure qu'il essaie de te parler...

— Je sais. Bon, que se passe-t-il de si urgent ? Je suis censé être en congé aujourd'hui...

— Ma parole, tu débarques de la lune ! Les Allemands ont franchi la ligne de démarcation ! »

Sonné par la nouvelle, Louis fait passer le combiné d'une oreille à l'autre.

« Quand ça ?

— Cette nuit. Ils foncent sur Vichy, Clermont, Lyon, Le Puy, Toulouse... Ils sont peut-être déjà chez toi ? » ajoute son collègue sur le ton de la blague.

Louis lance un regard furtif à Cícero et Raymonde. La jeune femme dénoue le foulard qui lui enserrait les cheveux et ôte ses gants d'un geste gracieux, en tirant sur l'extrémité du tissu. Cícero a pris un recueil d'Eluard sur la pile qui s'élève sur la table et s'est plongé dans cette lecture.

« Les Allemands en zone libre ! Merde alors !

— Comme tu dis...

— Et Pétain ?

— Pas de déclaration encore. Il doit être en train de se bâfrer pour son petit déjeuner... »

Louis n'a pas encore les idées claires. Sans même dire au revoir, il repose le combiné sur sa fourche et, d'un geste lent, avale, avant de refermer la fenêtre, une grande goulée d'air frais. Puis il se tapote le visage. Le voyant abasourdi, la jeune femme se lève et lui rend sa chaise.

« Les Allemands ont envahi la zone libre..., dit-il dans un souffle, le regard vide, comme pour se pénétrer de cette nouvelle.

— Nous le savons, répond-elle. Il n'était question que de ça dans le train qui nous a conduits ici... Le train de Vichy. Cícero voulait absolument s'arrêter chez vous avant de repartir. »

Les questions se bousculent dans la tête de Louis. Il pense à Roger, à son rêve au chaud dans le canapé, à ce couple qui a fait irruption dans son salon – et lui, échevelé, au milieu du foutoir ambiant. Il se trouve soudain très imprudent avec tous ces livres, bien en évidence, ces caisses de littérature clandestine reçues de Suisse, d'Alger, de Paris. Cette pièce est un repaire de contrebande. Il avance sa main vers le paquet de cigarettes, fait jaillir une flamme de son briquet. Le téléphone sonne. Louis décroche aussi sec.

« Parrot !

— Encore là ? glapit Roger à l'autre bout du fil. Grouillez-vous, mon vieux ! Les Allemands vont rappliquer ici d'une minute à l'autre... »

Roger lui raccroche au nez. Il a parlé si fort que ses invités n'ont rien raté de la conversation.

« Cette fois-ci, je dois filer. Navré de ne pouvoir vous recevoir plus longtemps...

— Nous comprenons, dit Raymonde, qui déjà ramasse ses gants.

— Vous pouvez rester, si vous le souhaitez. Je serai de retour en fin de journée.

— C'est que... nous partons, nous aussi, lui dit gentiment Raymonde. En Espagne.

— Au Portugal, plus exactement, ajoute Cícero. L'ambassade du Brésil nous a donné des sauf-conduits pour passer en Espagne, mais notre destination finale est le Portugal.

— Ah ? fait Louis.

— Et de là..., poursuit Cícero.

— De là, nous verrons ! tranche Raymonde, qui prend son homme par le bras pour l'inciter à partir. Cícero doit exposer des œuvres à Lisbonne. Il y a aussi la possibilité de rejoindre l'Amérique ou de retourner au Brésil.

— Ou de passer en Angleterre..., dit Cícero.

— En Angleterre ? » répète Louis, en souvenir de sa tentative ratée, en juin 1940, pour rejoindre Londres.

Londres ! Il se dresse d'un bond, se rappelant soudain la lettre qu'il a envoyée à Cícero il y a quelques jours – il en a tant posté ces derniers temps qu'il l'avait oubliée. Le voilà qui se met à fouiller dans les papiers sur la table.

« Ah ! » fait-il en brandissant le carbone de la lettre.

Cícero attrape le papier et, de sa valise, sort une enveloppe brune facilement reconnaissable : c'est celle que La Main à plume a fait imprimer, pile aux dimensions du recueil *Poésie et Vérité 1942*, pour faciliter les envois. Louis sourit.

« Vous me dites, dans ce courrier, que vous m'envoyez dix livres d'Eluard pour que je les fasse parvenir en Angleterre à M. Roland Penrose, mais vous n'avez mis dans l'enveloppe qu'un seul exemplaire. Sans doute celui qui m'était destiné, à titre personnel. Nous sommes venus, avec Raymonde, chercher les autres avant de repartir. »

Le regard de Louis se pose sur les piles de recueils *Poésie et Vérité 1942* sortis de leur paquet. Combien en a-t-il déjà envoyés ? Des dizaines et des dizaines, et il lui en reste encore autant à adresser dans les enveloppes brunes.

« Servez-vous, dit Louis. Paul m'en a fait livrer cinq cents exemplaires pour que je les diffuse. Ça sera toujours ça de moins ! Mais je dois vous mettre en garde : vous courez un risque à transporter cette littérature jusqu'au Portugal. Elle fait grand bruit à Paris et je doute fort qu'elle soit du goût des autorités de Vichy – encore moins des Allemands. Si jamais vous veniez, au cours de votre périple, à être contrôlés... Voyager avec un ou deux exemplaires ne vous exposera sans doute à rien, mais une dizaine, c'est dangereux.

— Bah ! objecte Cícero, qui balaie l'air de sa main. Ce ne sont que des livres...

— Justement ! dit Louis. Aujourd'hui, on peut se retrouver en prison pour des livres !

— M. Parrot a raison. Il vaut mieux être prudents », suggère Raymonde.

Cícero repose la pile qu'il avait en main pour ne garder qu'un seul livre.

« Soit ! J'en enverrai un à Roland Penrose et je garde l'autre pour moi. Pas d'objection ? »

Louis se dirige vers la porte pour raccompagner ses invités.

« Vous avez bien l'adresse de Roland ? Pour ne pas éveiller les soupçons, dites-lui que vous êtes un ami de Paul, il comprendra... »

Cícero se récrie :

« Mais M. Penrose me connaît...

— Ah bon ?

— Et comment ! Nous nous sommes rencontrés avant-guerre, dans le Sud, à la pension que louait Pablo Picasso. Il m'avait invité... Comment s'appelait cette pension, déjà ? Bel Horizon, je crois ?

— Bel Horizon, ce ne serait pas plutôt une ville au Brésil ? rectifie Louis sur le ton de la plaisanterie. Je crois que vous confondez avec la pension Vaste Horizon. »

Raymonde sursaute en entendant ce nom.

« La pension Vaste Horizon de Mougins ? »

Les deux hommes la regardent, étonnés. Elle s'approche de son fiancé :

« Tu étais à Mougins à l'été 1937 ? Quelle coïncidence ! Je passe tous les étés avec ma mère et mes sœurs à une dizaine de kilomètres de là, à Juan-les-Pins... Oh, Cícero ! Dire que nous aurions pu nous y rencontrer ! »

Le téléphone tressaute de nouveau sur sa fourche.

« Vous ne décrochez pas ? demande Raymonde.

— Je sais déjà qui c'est..., répond Louis. Ainsi, *señor* Dias, vous étiez à la pension Vaste Horizon avec Pablo ?

— Et Nusch, et Paul, et Dora Maar, et... qui d'autre encore ? Ce que nous avons ri avec Nusch et cette merveilleuse *morena* qui venait des Antilles, la fiancée de Man Ray – on aurait dit une Brésilienne du Nordeste. Nous jouions sur la plage comme des enfants. Mince ! Comment s'appelait-elle, déjà ?

— Ady ? propose Louis.

— Ady, c'est ça. Et la ravissante fiancée américaine de Roland ? Une blonde, les cheveux ondulés, les yeux bleu clair – une beauté ! »

Raymonde fronce les sourcils à l'évocation de toutes ces figures de femmes enjôleuses.

« Vous parlez de Lee Miller ? demande Parrot.

— Lee Miller ? dit Raymonde en ouvrant de grands yeux.

— Quoi, vous la connaissez aussi ?

— Oui... Enfin, non, pas vraiment. Disons que je l'ai croisée à plusieurs reprises, à l'atelier. Elle passait quelquefois à la maison Schiaparelli pour essayer des robes. J'y travaille comme styliste-modéliste – enfin, j'y travaillais... Vous parlez bien de Lee Miller, le modèle ? demande-t-elle devant les yeux ronds des deux hommes.

— Dans mon souvenir, elle était photographe, se rappelle Cícero. Elle n'arrêtait pas de mitrailler tout le monde avec son appareil...

— Moi, quand je l'ai croisée, dit Louis, elle avait abandonné la mode et la photographie pour aller vivre en Égypte, avec son mari, un certain Aziz.

— Est-ce que nous parlons bien de la même femme ? demande Raymonde.

— Lee a eu plusieurs vies... souffle Louis. Il faut croire qu'aucune ne lui suffit.

— Une femme superbe », ponctue Cícero, qui recueille, pour cette confidence, l'œil noir de sa fiancée.

La sonnerie du téléphone sort les trois protagonistes de leur rêverie. Revenu aux priorités du moment, Louis les presse vers la porte :

« Allez ! Ne tardez pas. La route sera longue, et les Allemands se dirigent probablement déjà vers la frontière... »

Raymonde empoigne sa valise et serre la main de Louis. Cícero étreint son hôte, surpris par cette chaleureuse accolade latine, et rajuste son chapeau. Louis les regarde s'éloigner par la cour. Il trouve qu'ils forment un beau couple. Mais cette pensée heureuse se teinte d'amertume quand il songe à Denyse, restée à Paris, et à son Fran-Fran, qu'il ne reconnaîtra pas, sans doute, lors de leurs retrouvailles. Au bout de la ruelle, le couple se chamaille sur la route à suivre. Louis observe d'un œil amusé leur pantomime.

« Bon voyage ! » crie-t-il sur le pas de sa porte.

Commandes de libraires à La Main à plume

Librairie Vers & Prose
30, rue Alberti
Nice (Alpes-Maritimes)

Nice, le 5 novembre 1942

Messieurs,

Nous apprenons que vous venez d'éditer un petit livre de PAUL ELUARD : *Poésie et Vérité 1942*, au prix de Frs. 5 (cinq). Voulez-vous avoir l'obligeance de nous en faire parvenir, avec la remise d'usage, 50 ex. (cinquante), que vous pouvez nous envoyer par colis, contre remboursement ?

Voulez-vous nous faire savoir s'il a été tiré des exemplaires de luxe de cette édition, et à quel prix ? Nous aimerions également être tenus au courant de vos publications antérieures et à venir.

Veuillez agréer, Messieurs, l'expression de mes sentiments les meilleurs.

*

Librairie-galerie d'art « COLLINE »
9, bd Gallieni
M. J. Chaperon
Oran

Oran, le 2/II/42

Monsieur le directeur,

Je vous serais bien obligée de bien vouloir me faire parvenir, par colis postal, facture jointe, ou par l'intermédiaire de la Maison du livre français, à votre convenance :
30 Eluard *Poésie et Vérité 1942*.
Ainsi que votre plus récent catalogue.

Dans cette attente, et en vous remerciant à l'avance, je vous prie d'agréer, monsieur le directeur, mes salutations distinguées.

M. J. Chaperon

Immatriculation au C.O.I.A.E.C.L.
8I48I7

*

Librairie GALLIMARD
15, boulevard Raspail
Paris VIIe arr.
Tél. : Littré 24-84
Registre du commerce : Seine 35.806

Paris, le 10 octobre 1942

Monsieur,

Veuillez noter notre souscription à l'ouvrage de :
Paul ELUARD, *Poésie et Vérité 1942*.
Pour 30 exemplaires à 5 francs.

Veuillez agréer, monsieur, nos salutations distinguées.

Le Directeur,
Roland Saucier

Sur toute chair accordée

Janvier 1943

Une maille à l'endroit, une maille à l'envers : Nusch, les lèvres pincées, s'applique à son tricot. Elle s'est lancée dans la confection d'un cache-col pour mieux résister aux rigueurs de l'hiver. Commencé il y a des semaines, interrompu mille fois, son ouvrage sera prêt à l'arrivée du printemps, maintenant. Qu'importe ! Cela servira toujours.

Du temps, elle n'a que ça devant elle, dans cette librairie, chez Lucien Scheler, où elle se cache avec Paul. Ce n'est pas drôle tous les jours. Elle regrette les années d'avant-guerre, où elle était libre de ses mouvements, libre de corps et d'esprit. Elle ne se plaint pas, non, elle ne se plaint jamais. Et si c'était à refaire, elle choisirait encore de s'exposer, de lutter, et s'afficherait fièrement au bras de son mari, le poète de « Liberté ».

Ils ont vraiment eu de la chance de trouver refuge chez Lucien, se répète-t-elle souvent. C'est un ami de Paul, un surréaliste yougoslave, qui leur a refilé le tuyau. Avant cela, ils ont forcé l'hospitalité de José Corti puis de Jean Tardieu. Pour quelques jours seulement, car tout le monde surveille ses arrières. Ils ne pouvaient rester plus longtemps dans leur cocon de la rue de la Chapelle. La trouille que Paul a eue quand il a appris que les Allemands voulaient retourner l'appartement pour y débusquer la ronéo ayant servi à l'impression de la nouvelle revue clandestine, *Les Lettres françaises* – ils croyaient que Paul la planquait chez lui. Ils ont préféré décamper avant de voir débarquer, à travers le judas, les silhouettes inquiétantes de la police politique du Reich.

Après la parution de *Poésie et Vérité 1942*, et l'écho formidable rencontré par ce recueil, Paul a été pris de panique. Il vivait dans la peur, persuadé d'être sur écoute, et redoutait que les Allemands, un matin, enfoncent sa porte ou que les demi-sel de la rue Lauriston l'empoignent manu militari pour lui extorquer des aveux sur ses activités et ses complices… « Quelles activités ? demandait innocemment Nusch. Écrire *Liberté* sur une page blanche n'est pas un crime ! » Certes, mais cela suffit à vous envoyer derrière les barreaux.

Quand son recueil est sorti, Paul n'en menait pas large. Plus les lettres de félicitations s'empilaient au siège de La Main à plume, plus il se rongeait les sangs. Cette ferveur autour de sa poésie, qu'il avait pourtant souhaitée avec tant d'ardeur, lui apparut terriblement compromettante. Quelle imprudence aussi d'indiquer sur la quatrième de couverture l'adresse de Noël, rue Dautancourt – autant envoyer un pneumatique pour qu'on vienne le cueillir à domicile ! Et Paul, signant de son nom, sans même se cacher derrière un pseudonyme, des poèmes sans équivoque, alors qu'il figure dans le Bottin. Un jeu d'enfant, pour la Gestapo…

Nusch tire sur la pelote de laine pour dérouler le fil qui s'est emmêlé dans son nécessaire de tricot. Elle revoit Paul s'agitant dans l'appartement, préparant à la hâte ses valises. « Tu ne comprends donc pas : les Allemands vont débarquer ici d'un instant à l'autre. Nous allons finir déportés ! » Elle l'a aidé à plier convenablement ses vêtements et, pour lui faire plaisir, a rempli aussi un sac avec ses affaires à elle. Elle en rigole, maintenant, mais sur le moment…

Quelques jours auparavant, Paul avait adressé à Noël Arnaud une lettre de mise en garde et un pneumatique, restés sans réponse. Il alerta alors Jean Paulhan, l'éternel allié des temps difficiles, qui passa rue de la Chapelle et s'étonna du branle-bas de combat décrété par le poète. Pensant l'amuser, il raconta à Paul qu'un officier allemand avait aperçu son recueil en vitrine de la librairie Gallimard. Intrigué par le titre emprunté à Goethe, l'officier entra, demanda à feuilleter l'ouvrage, ôta respectueusement ses gants pour ce faire. Il s'attendait à un hommage au poète rhénan et trouva là des vers exaltés de partisan, de communiste. Il sortit, fou de rage. De rire, Paulhan en avait les larmes aux yeux, Nusch aussi. Paul, lui, était pâle comme un linge. Pour le rassurer, Paulhan lui promit de retrouver Noël et de toucher deux mots de tout cela à Drieu pour que le directeur de *La Nouvelle Revue française* intervienne et que Paul ne soit pas inquiété. Rien n'y fit. Paul bourra sa valise avec les feuillets compromettants bien en vue sur son bureau.

Quand ils ont franchi le seuil de la librairie de Lucien, rue de Tournon, un soir d'octobre 1942, Nusch a trouvé le lieu charmant avec ses boiseries, son plancher et tous les vieux livres dormant debout sur les étagères. Paul a d'abord fureté dans les rayonnages avant d'exposer au propriétaire des lieux l'objet de sa visite, et Lucien les a invités le soir même à rester. C'est Nusch qui a rapporté de la rue de la Chapelle, préparées à l'avance, leurs deux lourdes valises – et comment, qu'elle s'en souvient ! Paul les avait lestées de livres, glissés entre les habits…

Cette installation, elle l'a cru provisoire, mais elle dure depuis bientôt cinq mois. Les premiers temps, redoublant de prudence, ils n'ont pas mis le nez dehors et n'ont vu personne ou presque. Puis, le danger s'éloignant, ils ont fait de rapides sauts de puce chez eux, pour se ressourcer, changer de garde-robe, mais aussi pour prélever le courrier et poster les lettres de Paul dans le quartier. Important, pour ne pas éveiller les soupçons sur leur clandestinité ! La rue de la Chapelle est devenue leur boîte aux lettres et leur vestiaire. Et leur vie se passe désormais entre les quatre murs de la librairie.

La journée, la boutique remplit son office. Paul écrit ou reprend sa profuse correspondance. Nusch s'occupe : elle tient la maison, range, cuisine, tricote, sort faire les courses. Parfois, aussi, Paul l'envoie en mission pour porter un message ou récupérer une liasse de tracts chez un imprimeur. Elle s'exécute toujours de bonne grâce, trop heureuse de quitter son réduit et de renouer avec la ville au grand jour. Cette vie aventureuse la grise. C'est tellement plus passionnant que le crochet ou le point de croix.

Les nuits sont longues sans les suées de la veillée. Avant, l'amour était partout : rue de la Chapelle, chez les amis. L'amour libre. La liberté en tout. Elle regrette Man Ray, retourné chez lui en Amérique après la débâcle, elle regrette René, son robuste Char à la carrure de forçat. La guerre a tout mis à plat. Et les amis ont d'autres idées en tête désormais que de la soulever de terre et de danser.

Paul non plus n'est pas vraiment là : il passe ses journées à courir après des textes pour son recueil anthologique *L'Honneur des poètes*. Et ses soirées à relire les productions des contributeurs – pestant à haute voix sur les poèmes de certains ! Nusch adore l'entendre ronchonner. Ça lui donne l'impression que tout est comme avant. Le soir, quand le tricot la rebute, elle fait des réussites ou écoute des programmes à la radio, en rapiéçant des vêtements qu'ils ne pourront remplacer avant longtemps. Mais, tout de même, l'ennui la ronge. Et les copines se sont éloignées. Son amitié avec Reine, Cécile et les filles de La Main à plume a pâti des conflits persistants qui opposent Paul à Noël.

« Crotte ! Je me suis gourée d'une maille... »

Nusch défait son travail, avec humeur. Elle n'a pas remarqué Paul, sur le seuil de la pièce, qui l'observe à la dérobée. Il l'entend rouspéter et sourit à la vision de sa bouche se tordant sous les jurons qui fusent en alsacien. Tout va à ce visage, se dit-il, la joie qui l'irradie, le rire qui la secoue, la colère qui rosit ses joues, et le chagrin qui lui fait chercher asile au creux de son épaule.

Paul attend un coup de fil important du cofondateur des Éditions de Minuit. Il lui a dit d'appeler chez Lucien à 19 h 40 précises, dix minutes après la fermeture de la librairie, et, l'heure approchant, il semble gagné par l'impatience.

« Je m'installe ici, dit-il, les bras encombrés de papiers et de livres. »

Nusch débarrasse la table des pelotes qui l'encombrent, puis pose dessus un paquet ficelé par ses soins :

« Le courrier du jour ! »

Le tricot sur ses genoux, elle dénoue le cordon du paquet, en mettant bien de côté la ficelle, qui pourra resservir. Elle pioche une lettre au hasard.

« Paulhan !

— Ah ! C'est pour moi », dit Paul, qui lui chipe la lettre des mains.

Nusch se sert dans le lot.

« Louis ! Ce cher Louis... »

Elle décachette et entreprend de lire la lettre à haute voix, mais les pattes de mouche de Parrot la mettent au supplice. Elle transmet à Paul.

« Hum..., fait celui-ci, les sourcils froncés. C'est en rapport avec Béguin. Il m'explique que les liaisons sont difficiles avec la Suisse, le courrier se perd en chemin. Et moi, pendant ce temps-là, je n'ai toujours pas reçu son mandat, ni les exemplaires du recueil ! Mais qu'est-ce qu'il fout, bon sang ! »

Paul cède encore à l'une de ses colères. Nusch examine les lettres, tâche d'en choisir une au contenu positif. Elle se fie à une écriture noire, cubique, aux lettres bâtons, qui lui inspire confiance, et la retourne pour lire le nom de l'expéditeur au dos.

« Lescure... Je peux ?

— Lescure ? Lequel ? Pierre ou Jean ? »

Nusch ignorait qu'ils étaient deux.

« Jean. Je peux ? »

Elle se concentre pour déchiffrer l'écriture.

« Eh bien, qu'est-ce qu'il raconte ?

— Je ne comprends pas trop... C'est à propos de *Messages* et de La Main à plume. Il dit que...

— Passe ! »

Nusch s'exécute. Accoudée à la table, le menton dans sa main ouverte, elle observe le regard scrutateur de Paul. Elle suit ses yeux parcourant la feuille à toute vitesse, par petits sauts saccadés, de gauche à droite et à la ligne.

« Ah, les cons ! » crie Paul.

Paul s'est levé et tourne sur lui-même, les mains dans le dos. Il se lance dans une tirade enfiévrée contre Noël Arnaud et sa bande, qui ont envoyé un tract vengeur contre *Messages* intitulé « Nom de Dieu ! ».

« Et le pire est que je suis aussi cité dedans ! »

La sonnerie du téléphone tranche net les dernières paroles de Paul. Il jette un œil à sa montre et, satisfait par la ponctualité de son interlocuteur, décroche le combiné.

« Allô ?

— Paul ? C'est Pierre.

— Ah, Lescure. Justement, je viens de lire ta lettre et...

— Ma lettre ? Quelle lettre ? »

Paul se tape le front avec la main.

« Excuse-moi, je confonds. Alors, dis-moi... »

Pour garder sa conversation privée, Paul se tourne et chuchote dans l'appareil. Nusch lui fait les gros yeux. Il plaque le combiné contre sa poitrine pour éviter que Lescure l'entende.

« Ne le prends pas mal, ma chérie, mais si je ne veux pas que tu écoutes, c'est pour ton bien. Moins tu en sais, mieux c'est...

– Pfff ! N'importe quoi ! » rétorque Nusch en haussant les épaules.

Elle sait tout, d'abord. Comment voulez-vous garder un secret dans un garni de trente mètres carrés aux murs plus fins que du papier journal ? On entend tout ce qui se dit d'une pièce à l'autre, et Paul parle si fort au téléphone.

À couvert, Paul reprend son petit manège d'agent secret : il s'exprime par codes et périphrases, nomme les collaborateurs de la revue par leurs noms d'emprunt : Minervois, Morvan, Malo Lebleu... La blague ! Il veut paraître naturel mais prononce des phrases absurdes. On croirait entendre la radio anglaise !

« Non mais, regardez-le, avec ses airs de conspirateur... », pouffe Nusch.

Paul lui fait de grands gestes pour qu'elle lui passe ses feuilles éparpillées sur la table. Il rajuste ses lunettes et épluche ses notes. Non seulement la voix de Pierre grésille au bout du fil, mais Paul se perd dans la litanie d'alias dont l'abreuve son interlocuteur. Il écrase le combiné contre son oreille :

« Attends... Qui c'est, celui-là, déjà ? »

La réponse, chuchotée, s'éteint dans l'appareil.

« Hein ? »

Cette fois, Pierre force tant sa voix que Nusch, dans le silence religieux réclamé par la main levée de Paul, entend prononcer le nom familier de Robert Desnos.

« Mais, objecte Paul, ce n'est pas plutôt Valentin Guillois ? Ah, non ! S'ils se mettent à avoir plusieurs pseudos, on ne va pas s'en sortir ! »

Nusch a repris sa couverture de tricoteuse et ricane derrière son ouvrage.

« Et quel est son contact ? Argonne ? »

Paul se fait fort de retenir tous les noms de plume des contributeurs de *L'Honneur des poètes*, mais la vérité est qu'il se mélange les pinceaux tout le temps. Nusch lui a bien proposé de l'aider, en lui constituant un petit répertoire, mais il a récusé l'idée : trop dangereux !

« Après tout, fait-elle, si ça l'amuse...

— Pour ça, explique Paul au téléphone, il faut voir avec Auxois. Je ne m'en occupe pas. À propos, prévois aussi une page pour Jean Silence.

— Qui ça ? s'écrie Pierre au téléphone.

— Scheler ! Il ne rêve que de faire partie de *L'Honneur*. On lui doit bien ça. Il m'a déjà proposé plusieurs poèmes - bon, y a encore du boulot... »

Les deux hommes pouffent. Le rire de Paul emplit la pièce.

« Alors, ça nous fait bien une dizaine de contributions, tout ça ? D'autres doivent encore me parvenir. Je vais relancer Argonne de mon côté et je crois que nous serons prêts dans les prochaines semaines. Ah, tu dois quitter Paris... ? Et qui va prendre le relai à Minuit, en ton absence ? Desvignes ? Entendu. J'attends qu'il prenne contact avec moi. Soyez prudent, Pierre. »

Paul repose le combiné, tout heureux de ce coup de fil. La revue avance bien. Ce sera un bon numéro, avec des poètes de toute la France, signant tous sous un nom de province... Paul voit dans cet épandage un signe de ralliement de la France entière.

« Te rends-tu compte de la portée du symbole ? » insiste-t-il auprès de sa femme.

Elle comprend, elle approuve, mais avec moins d'enthousiasme que lui. C'est qu'elle a compris, surtout, que le fossé s'est creusé avec La Main à plume et que, de ce fait, elle ne verra plus ses amies. Et Nusch, pour être heureuse dans la vie, ne peut se contenter de lettres, de connaissances à distance ou de noms muets couchés sur le papier. C'est un être de chair qui a besoin de frayer avec les autres, de donner et de recevoir. Plus que les restrictions ou la peur de se faire prendre, ce qu'elle redoute le plus, c'est l'isolement d'une vie en suspens.

Sur les armes des guerriers

Printemps 1943

À l'aérodrome de Hixon, au nord de Birmingham, la nouvelle d'un départ tarde à tomber, et les heures, les jours se succèdent sans que rien ne se passe. Les aviateurs de la RAF requis par le service commencent à pester de se retrouver coincés à la base alors que leurs camarades peuvent, chaque soir, sortir s'amuser en ville. On a beau être en guerre, les jeunes recrues de la 30e escadrille des *Operational Training Units* ont du mal à se faire une raison. L'attente et le confinement au *dispersal* sont une épreuve plus débilitante que tous les exercices, toutes les manœuvres qu'ils ont déjà subis.

« Ça fait partie du jeu, les gars, explique le pilote australien Dellar à ses cinq membres d'équipage. On ne maîtrise pas tous les paramètres... »

Lui aussi trouve le temps long, mais, au pays, il travaillait dans la ferme familiale et il sait bien qu'il faut faire avec les aléas du ciel. Allez faire comprendre ça à des gamins des villes qui n'ont jamais mis les mains dans la terre... L'attente le ronge tout autant que ses camarades, mais, dans sa position de *flight sergeant*, Dellar tâche de n'en rien laisser paraître.

Le *dispersal* est le foyer des aviateurs et des mécaniciens. C'est là que les artilleurs du ciel passent le plus clair de leur temps entre deux missions. Les gars ont vite fait le tour de ce bâtiment préfabriqué, long d'une vingtaine de mètres sur dix de large, dont les fenêtres basses et carrées donnent sur la piste. Sur une aile sont regroupés les casiers des pilotes. À l'opposé, une pièce fermée, garnie de lits en fer, offre une pièce où se reposer. L'espace central est occupé par des tables et des chaises, souvent squattées par les joueurs de cartes. Plongé dans un bourdonnement perpétuel, le *dispersal* est une ruche où se croisent hommes volants et personnel rampant. On y parle anglais, avec tous les accents de l'Empire, mais aussi français, polonais, tchèque, néerlandais, norvégien... C'est un brouhaha incessant de jurons en langues étrangères, qui ne couvre toutefois pas le vrombissement des moteurs Hercules et Rolls-Royce, à l'extérieur, offerts aux bons soins des mécaniciens.

Heureusement, à la base, les gars côtoient des filles, celles de la *Women's Auxiliary Air Force*, la WAAF. Elles leur redonnent le sourire, et les plus hardis trompent les heures en mettant au point des stratagèmes pour rester le plus de temps possible auprès d'elles. À ce petit jeu, parmi les hommes de Dellar, le radio Reeves et le mitrailleur Perfect sont les premiers à échanger des bons plans pour se retrouver en charmante compagnie. On n'a jamais vu plus charitables que ces soldats désœuvrés, toujours prêts, s'il y a des WAAF dans le coin, à filer un coup de main à l'intendance, au pliage des parachutes, à la transmission des messages, à toutes ces tâches auxquelles d'ordinaire ils cherchent plutôt à se soustraire. Dellar n'est pas insensible aux charmes de ces dames, mais, avec ses oreilles en feuilles de chou et son visage en goutte d'eau, il s'est habitué à passer inaperçu auprès du beau sexe.

Ce soir, comme tous les autres soirs, les soldats se reposent sur leur couche ou lisent dans leur coin. Certains s'isolent pour écrire à leur fiancée ou à leur famille. Mais l'épicentre du foyer reste l'espace central, où aviateurs, mécaniciens et WAAF s'affrontent dans des parties de cartes endiablées, sous un épais nuage de fumée qui donne au *dispersal* des allures de tripot. Les gars se sont vite lassés du poker, du huit américain, du rami. Ils préfèrent s'adonner à un jeu de leur invention : une bataille de l'air qui se joue à deux, quatre, six, huit, autant qu'on veut. Surnommé *Air Drop*, le jeu est une variante, cartes en main, de la bataille d'Angleterre : RAF contre Luftwaffe et Regia italienne. Mêmes zincs, mêmes munitions, mêmes objectifs.

Pas de pique, cœur, carreau, trèfle. Pas non plus de valeur numéraire ni de figures. Mais des as, si, et en nombre ! Car ce sont des avions qui sont représentés sur ces cartes : treize en tout, vus sous quatre angles différents – plus un joker. Avec des paquets de différentes couleurs – rouges, bleus, orange, verts – pour les bombardiers, les chasseurs, bimoteurs, quadrimoteurs... Les gars ont reproduit au sol, à la craie, le théâtre d'opérations de cette bataille aérienne : il va de l'Irlande à l'Allemagne, et de la Norvège à la Sicile. Un tracé à l'échelle des territoires et des mers inscrit dans un damier de vingt-six lettres – pour la latitude – et dix numéros – pour la longitude. À chaque lettre et à chaque numéro correspond donc une aire géographique précise.

Dellar a défié ses équipiers dans un trois contre trois. Ensemble, les deux mitrailleurs et le bombardier ont pris sous leurs ailes deux WAAF originaires du Lincolnshire – trop heureux d'avoir à leur expliquer les règles du jeu. Dellar enrôle dans son équipe son radio, Reeves, qui a mis le grappin sur une jeune WAAF brune, et son timide navigateur canadien, Davis, lequel a vainement prétexté qu'il ne savait pas jouer. Dellar se charge des explications, et Reeves et Perfect répètent les instructions dans le creux de l'oreille des WAAF, avec des détails de leur invention qui les font rire.

« Chaque joueur a quinze cartes. Le reste, c'est la pioche : chacun notre tour, on pose une carte sur le plateau de jeu. Tu ne peux bouger tes avions que d'une case à la fois, et les cartes déjà posées doivent obligatoirement être déplacées à chaque tour. Un zinc touché te coûte une carte. Il est considéré comme abattu s'il est touché trois fois, et tu dois lâcher encore deux cartes... Pigé ? »

Davis opine sans contester.

« Juste, comment ça se termine ? demande le navigateur.

— Quand une équipe n'a plus de cartes ou n'a plus que des avions ennemis dans son jeu. »

Davis est déjà largué quand Perfect ajoute :

« Et tu as le droit de piocher, si tu n'es pas content de tes cartes... Mais ça te coûte une carte.

— Et il y a des jokers aussi, précise Reeves. Et des cartes spéciales que nous avons créées...

— Laisse tomber les cartes spéciales pour l'instant, le coupe Dellar. C'est bon, Davis ? Tu as tout saisi ? »

Celui-ci hoche la tête, histoire d'échapper à de nouvelles explications. Le jeu s'engage. Dellar a reçu une bonne main : de bons avions ennemis que l'adversaire n'aura pas, plusieurs bombardiers Lancaster, quelques Mosquito et Spitfire, et un joker. Celui de Davis aussi était bien garni, mais il s'est fait descendre deux Hurricane après d'audacieux vols en piqué de stukas, déployés par les deux mitrailleurs.

La dernière manche débute et Reeves, pour épater les filles, a versé au pot commun seize cartes customisées par ses soins : essence, réparations, empennage à l'épreuve des balles, mines... Bon stratège, Dellar a conservé ses deux Wellington, des appareils robustes mais lents, qui font route vers leur objectif : Rotterdam. Le plus avancé est pris en chasse par trois Fiat G 50 et un Macchi MC 202, qui se sont déroutés pour l'intercepter. Dellar compte sur son navigateur pour attirer une partie de cette flotte ennemie et, ainsi, que soit épargné son Wellington – ce serait bête de le perdre si près du but. Il a laissé comme appât un Lancaster touché deux fois, que convoitent deux Junkers et un Focke-Wulf sur la brèche.

C'est au tour de Davis de jouer. Il hésite à lancer son dernier atout, un Halifax, pour venir en aide au Wellington de son pilote. Avec son rayon d'action, le vieux « Welli » peut s'en sortir en épuisant les ressources en carburant des avions de la Regia qui l'ont pris en chasse. Dans les faits, avec sa structure en alvéoles, l'appareil peut essuyer quelques tirs et supporter des trous dans sa carlingue sans risquer de piquer vers le sol, la queue en feu. Mais pas dans le jeu : touché trois fois, il sera perdu. « Que faire ? » se demande Davis, pressé par ses adversaires d'abattre ses cartes.

Reeves, dans cette attente, fait des plans sur la comète à l'oreille de sa partenaire de jeu, Lucy. Davis jette un œil à l'autre bataille qui se joue plus à l'est sur la carte, à l'intersection des segments X et Y :

« Ok ! dit-il d'une voix faussement assurée. Tremblez, les gars : je sors un Mosquito... » Sa carte claque sur la table. « William 3-6, pour contrer Hostile 6. Hé, hé ! Vous ne l'aviez pas vu venir, celle-là ! »

Davis lève la tête vers son partenaire. Dellar feint la désinvolture, mais le léger pli au coin de sa bouche ne fait que le trahir – ce n'est pas là la manœuvre qu'il attendait. Les deux mitrailleurs et le bombardier échangent un regard, et Perfect, tout sourire, abat son jeu :

« Les gars, vous avez signé votre arrêt de mort : je vous mets, en plus, un Heinkel aux basques du Wellington. X-Ray 7-2, Angel 15 ! »

Davis, perdu, lève des yeux interrogateurs.

« Angel, c'est quoi déjà ?

– L'altitude en milliers de pieds, répond Dellar, le regard fixé sur le jeu.

– Et moi, lance Reeves, je vous flanque un Messerschmitt pour cajoler ton Mosquito ! William 4-7, Angel 16 ! »

Lucy apprécie la manœuvre et laisse la main hardie de Reeves lui enserrer la taille. Dellar est aux abois : il peut encore sauver son Wellington en jouant une carte blindage, mais tiendra-t-il jusqu'à l'objectif ? L'ennemi n'a pas mordu à l'appât du Lancaster en perdition. Le rerouter ? Non ! Priorité au Wellington : il faut larguer à tout prix ses bombes. Il lui reste un joker. En quoi le convertir : blindage, citerne, chasseur supersonique ? C'est alors qu'il se rappelle le U-Boot adverse, une carte spéciale qui se rapproche des côtes anglaises. L'attaquer pour détourner l'attention ? Dellar tente cette ultime manœuvre de diversion.

« *Well*..., lâche-t-il en toute décontraction. Je joue essence sur le Wellington en glissant sur William 4-6, et je balance un Torpedo sur le U-Boot. Hostile 5, Angel 1. Largage des mines ! »

Ses adversaires le regardent, soufflés.

« D'où tu sors ce Torpedo ? »

Dellar avance sa carte sur le plateau et la retourne au-dessus du sous-marin ennemi.

« Joker, mes amis... »

Une vive discussion s'engage alors sur les règles du jeu, les « Germains » considérant qu'on ne peut utiliser son joker contre un U-Boot, les Anglais faisant valoir la jurisprudence *Gardening*, à savoir, comme dans la vraie guerre, la possibilité de larguer des mines aimantées au-dessus des sous-marins – collées à leur flanc, elles explosent à retardement. Le ton monte entre les Alliés et l'Axe, et c'est l'irruption du *squadron leader* dans le *dispersal* qui met un terme à l'algarade.

« *Gentlemen, please !* »

Les gars se lèvent d'un bond, dans un vacarme de chaises, et se mettent au garde-à-vous.

« Le major Stanley est annoncé... Rompez ! »

Sur le tremplin de ma porte

Avril 1943

À l'approche de l'arrêt de Hampstead Heath, Roland Penrose salue le chauffeur du bus et saute du véhicule en marche. Il n'y tient plus. Sa valise sous le bras, son barda sur l'épaule, il file vers Downshire Hill, dans le nord de Londres. Voilà des semaines qu'il n'a plus mis les pieds chez lui, des semaines qu'il n'a pas vu, senti, touché sa chère Lee. L'armée le réclame sans cesse pour aller enseigner l'art du camouflage dans les casernes du fin fond du Royaume-Uni.

Capitaine Roland Penrose, s'il vous plaît ! Quitte à servir la patrie et à revêtir l'uniforme, autant que ce soit comme officier. En revanche, pas question de porter les armes ! Quaker défroqué, Roland n'en reste pas moins pacifiste dans l'âme. D'ailleurs, il ne sert pas comme soldat, mais comme « plasticien affecté au génie » – le génie de la mystification de l'ennemi : forgerie et dissimulation. Sa mission consiste à faire passer, d'un coup de pinceau, des bâtiments stratégiques pour de simples talus, des chars pour des fourrés.

L'état-major lui a accordé une permission après une tournée en Écosse. Roland a plaisir à retrouver son quartier. La bouche de métro et son kiosque à journaux, le fleuriste ; de l'autre côté de la rue, la jolie petite allée bordée d'arbres qui débouche sur la vaste promenade de Hampstead Heath. Il flotte dans l'air un parfum de printemps, un printemps précoce qui fait éclore les bourgeons et raccourcit les jupes. Le vent agite les branches, et à chaque souffle une brassée de pétales s'envole dans le ciel, sous les yeux émerveillés de Roland. Il pique par le parc, s'engage sous l'arche des frondaisons, cueille une bouture de lilas à une branche dépassant d'une haie. Menu larcin pour plaire à Lee. Il sautille dans les rues en pente de Hampstead. Il lui a écrit qu'il arrivait. L'attend-elle ?

La rue où ils habitent est déserte en cette heure matinale. Roland croise le livreur de journaux à vélo, qui se signale à lui d'un coup de sonnette. La berline des voisins ronchons est garée devant chez eux. Roland en tapote le capot froid et pousse le portail de sa maison, au 21, heureux de revoir, dans le jardinet côté façade, le *Second Epstein*, la statue anthropomorphe de Henry Moore, que lesdits voisins voulaient voir disparaître de leur champ visuel. « Avant d'être dans votre champ visuel, leur a rétorqué Roland, cette œuvre est dans mon jardin. Et je n'ai pas l'intention de l'en déloger. »

Home sweet home !

Lee dort-elle encore ? Probablement. Il espère la trouver au lit, se glisser incognito dans les draps, sentir sa peau, effacer de sa main la rosée du réveil, goûter la saveur poivrée de ses membres en creux... *Damn !* Une livrée de courrier bloque l'ouverture de la porte d'entrée, et il doit user de son épaule comme d'un bélier. Il ramasse à terre le tas de lettres négligé par Lee. Personne dans la cuisine. Il gagne le couloir, passe une tête dans le salon pour s'assurer qu'elle n'y est pas, endormie tout habillée sur le sofa – elle s'y abandonne parfois. Il retrouve, accrochées aux murs, les chères toiles qu'il a glanées au fil des années : le portrait de Lee par Picasso – son visage peint en jaune, son imaginaire d'espoir en vert –, la *Femme jouant de la mandoline* au-dessus de la cheminée et le petit Klee, le Ernst, le Chirico à gauche, achetés à Eluard en 1938. Paul, dont il est sans nouvelles depuis la débâcle de 40.

Roland s'engage dans l'escalier, avale les marches deux par deux, plus silencieux qu'un partisan à l'assaut d'une position ennemie au cœur d'une ville assiégée. Une voix chantonne. Il s'immobilise. La mélodie vient de l'étage. Il se rue en avant et entre sans sommation dans la chambre, pensant surprendre Lee sous les draps. Mais le lit est défait et elle n'y est pas. Il remarque, dépassant de son oreiller, un bout de pyjama qui ne lui appartient pas. David Sherman, encore lui...

Roland ressent un petit pincement au cœur, une pointe de jalousie qu'il évacue en apercevant, dans la pièce à côté, sorte d'annexe à son atelier, ses réserves de peinture, ses toiles et châssis. Il s'y trouve aussi, au milieu d'un joyeux fourre-tout, des pièces d'art océanien achetées à Londres et à Paris. Roland se choisit un masque papou et, à l'aide de chutes de tissu empruntées à Lee, il se confectionne un plastron simili-zoulou et s'attache un bâton de pluie tupi, en guise de tuba. Dans la psyché, il admire son costume puis, se frappant la poitrine, déboule comme un sauvage dans la salle de bains.

Lee pousse un cri d'effroi, envoyant de grandes giclées d'eau qui s'étoilent sur le sol. Roland s'excuse, confus, et se démasque. Alors Lee se lève et lui ouvre les bras. Roland voit glisser sur ses seins des nuages de mousse blanche, dont les plus stables finissent écrasés par sa poitrine. Ils s'enlacent. Puis, bouillant d'impatience, Roland retire avec empressement son appareillage : dansant d'un pied sur l'autre, il ôte ses rangers, qui tombent comme deux obus sur le tapis de bain immaculé. Avec uniforme et insigne, il enjambe la baignoire et rejoint Lee dans l'eau, dans le grand bain de la guerre, où le capitaine du Home Guard adresse à la reporter de l'US Army un strict salut militaire, les doigts sur la tempe, assorti de sa plus belle grimace.

« Ô ma Lee, ma vie, *my Love-Lee* ! »

Lee l'embrasse tendrement et le baptise d'un filet d'eau qui coule sur ses joues en larmes de joie. Il lui raconte la tournée en Écosse, ses innovations dans l'art du camouflage et, pour elle, il rejoue à la surface de l'eau les manœuvres mises en place avec les recrues. D'imaginaires petits fantassins, que ses doigts mettent en branle, se lancent à la conquête des cotes 392 et 427 qui défendent la fosse d'entrée d'Elizabeth Miller. Lee rit, passe ses bras autour du cou de Roland et l'attire à elle. Ils s'embrassent, glissent, basculent dans l'eau, éclaboussent copieusement la pièce. Roland, trempé des pieds à la tête, se frictionne les cheveux, puis demande à Lee :

« Et toi ?

— Oh, moi... »

Lee mouille un gant et se passe un peu d'eau sur les bras, dans un geste qui fait remonter sa poitrine et met Roland sur des charbons ardents. L'image du dos nu de Lee photographié par Man lui revient, comme un négatif oublié.

« Et Dave ? demande-t-il.

— Il est parti en reportage pour *Life*...

— Où ? Il revient quand ?

— Pas avant quelques semaines.

— J'ai bien fait de rentrer. » Mais, de peur de paraître discourtois envers Lee, Roland s'empresse d'ajouter : « Tu sais bien que je n'aime pas te savoir seule dans la maison.

— Ne t'inquiète pas. Il ne peut rien m'arriver... »

Un coup de sonnette retentit. Lee et Roland s'observent, surpris par cette visite inopinée. D'elle nue ou de lui dans son uniforme trempé, lequel est le plus présentable ?

« C'est probablement le facteur, dit Lee. Il sonne tous les jours, même quand il n'y a pas de courrier… »

À ces mots, Roland fronce les sourcils, comme un mari échaudé par les avances d'un prétendant qui profiterait de ses absences. Il se lève, dégoulinant, tandis que le postier actionne de nouveau le carillon. Lee est prise d'un fou rire : Roland remet son masque papou et son tuba tupi, descend les escaliers quatre à quatre et ouvre d'un coup sec la porte sur le visage stupéfait de son compagnon des lettres, le surréaliste belge E. L. T. Mesens.

« Édouard ?

– Roland ? Mais qu'est-ce que tu fabriques dans cette tenue ? »

Il le dévisage, interloqué, des pieds à la tête.

« Ce n'est rien. Une fuite dans la baignoire de Lee.

– Ah… Je passais récupérer le courrier de la London Gallery. Quand es-tu rentré ?

– Ce matin même.

– Ça tombe bien ! dit Édouard en pénétrant avec autorité dans l'entrée. Il faut absolument que je te parle. Une affaire de la plus haute importance !

– Concernant la galerie ?

– Pire ! Concernant l'avenir de notre mouvement… Tu as lu les nouvelles ? »

Les mains dans le dos, Édouard se met à tourner en rond dans le salon, lancé dans une explication alambiquée où il est question d'un article paru dans un hebdomadaire littéraire, signé d'un jeune écrivain portant un nom à consonance italienne, vague compagnon de route du surréalisme. L'article revient sur les vers d'Aragon publiés récemment dans des revues à Londres.

Roland écoute poliment l'exposé de son ami, très remonté par cette histoire.

« Bref, à cause de ce satané Aragon, tout le monde tire sur les surréalistes ! Et même les surréalistes anglais se déchirent ! Imagine un peu le bazar… »

Édouard fait une pause gênée en entendant, à l'étage, la baignoire se vider en des borborygmes incongrus. Puis il poursuit, sur un ton menaçant cette fois :

« Personne n'a le droit de parler du surréalisme en ces termes ! Ce serait trahir Breton. Sa mémoire et son héritage. Nous sommes les gardiens du temple, Roland, il faut réagir… »

Ruisselant, Roland ne saisit plus qu'un mot sur deux : il regarde se former une flaque d'eau à ses pieds. Il a compris qu'Édouard n'est pas près de partir et attrape son sac de voyage laissé près de la porte : il en tire une tenue civile qu'il enfile sur son corps détrempé, après avoir ôté, péniblement, son uniforme collant. Dans son monologue face à la fenêtre, Édouard ne s'est rendu compte de rien. Quand il se retourne, il a un moment d'étonnement en le découvrant en tenue de ville.

« Alors, tu comprends, reprend-il, associer Aragon au mouvement de Breton, associer au surréalisme ses chantonnements de cantonnement… » Il se bidonne tout seul à ce bon mot. « Ses "chantonnements de cantonnement", je ne sais plus où j'ai entendu ça… »

Roland non plus. Il se sèche les cheveux avec un torchon de cuisine, laissé sur la porte du four. Nouveau coup de sonnette.

« Tu attends quelqu'un ? demande Édouard.

– C'est peut-être Aragon, venu défendre son point de vue… À moins que… »

Se rappelant le facteur entreprenant, Roland remet son masque et son tuba et, sous les yeux médusés d'Édouard, il ouvre la porte en grand sur le visage épouvanté du facteur, qui manque trébucher sous le choc.

« *Sorry*…, dit Roland.

— *Never mind, Sir,* lui répond le facteur, tremblant. Le courrier… pour M. Sherman et M. Penrose. »

Roland récupère son dû et empoche celui de Dave.

« Et ce paquet-là pour les éditions London Gallery.

— London Gallery, je prends ! dit Édouard.

— Il y a aussi des lettres pour Mlle Lee Miller et Mme Eloui.

— Je lui donnerai, dit Roland.

— C'est que… je dois leur remettre en main propre. »

Roland sourit de l'équivoque.

« Mlle Miller et Mme Eloui sont une seule et même personne.

— Euh… Dans ce cas, M. Miller peut signer pour elle. Ou M. Eloui ?

— M. Miller est en Amérique, et M. Eloui au Caire…

— Ah ! » fait le facteur, confronté à un cas d'école.

Il détourne le regard et Roland le voit soudain ouvrir de grands yeux envoûtés. À cet instant, Lee fend le salon en direction des trois hommes, dans son peignoir blanc. Ses mèches blondes dépassent de la capuche et dessinent des fougères sur son front pâle et ses joues roses. Le facteur reçoit la foudre en pleine poitrine. Les pieds nus de Lee, aux ongles vernis de différentes couleurs, caressent le plancher. De ses chevilles, ses yeux remontent furtivement vers le galbe fuselé de ses mollets. Doux Jésus !

Lee, une main dans le vide, attend un stylo pour signer le reçu.

« Tout de suite, madame Ébloui ! »

Elle signe et le postier repart, comme étourdi. Roland le voit traverser la rue et entrer dans l'église St. John.

« Ma parole, il a vu la Vierge ou quoi ? » lâche-t-il avant de claquer la porte.

« Nickel » Raid

La Revue du monde libre
28, Newgate Street
London, E.C.1

....

N° 4, avril 1943 – F. 60

Une seule pensée	Paul Eluard
La RAF a vingt-cinq ans	CDT E.L. Howard Williams
Les chars d'assaut en Russie et en Afrique	Extrait de *La France libre*
Ces Français viennent de se battre en Tunisie	
La résistance en Europe	
Destin des nationalités	René Avord (*La France libre*)
L'attitude des nazis à l'égard des femmes	Rebecca West
Vers une paix durable	Th. Aghnides
La Grande-Bretagne en pleine évolution	Salvador de Madariaga
Miroir d'Angleterre	
Ce que les Alliés doivent	

« APPORTÉE PAR LA RAF »

Sur les routes déployées

Juin 1943

Les membres d'équipage entrent un à un dans la salle de briefing. Ils saluent les officiers déjà présents et prennent place sur les bancs disposés devant le tableau noir. Aux murs sont affichées des photos d'appareils ennemis, sous différents angles, avec pour chacun les corrections de visée et de collimateur signalées par un rectangle pointillé. Dellar pénètre dans la pièce parmi les derniers, suivi de Davis. Dans le fond, Reeves lève les bras pour attirer leur attention et ils s'installent aux places qu'il leur a gardées. Un officier prend la parole, debout devant le tableau, une longue règle à la main.

« Bien ! *Gentlemen*, nous allons pouvoir commencer... »

Le major ouvre son exposé par les nouvelles du front : la déroute de Rommel en Afrique du Nord, le reflux de la Wehrmacht à l'Est depuis Stalingrad, le renforcement des effectifs en prévision de l'ouverture du second front. Les hommes applaudissent avec enthousiasme, Reeves siffle pour féliciter les exploits des *boys* parvenus jusqu'à Tripoli – un de ses amis en fait partie. L'officier accueille avec un sourire ces effusions de joie, puis adopte un ton plus solennel :

« Si vous êtes ici ce soir, c'est que vous avez été retenus pour la prochaine mission, prévue dans les heures qui viennent, au-dessus de la France… Le ciel, ce soir, comme tous les soirs ou presque depuis le début de la bataille d'Angleterre, va se couvrir de bombardiers à nos couleurs. *Herr* Goering paradait il n'y a pas si longtemps, assurant à Hitler qu'aucun avion ennemi ne menacerait jamais le territoire du Reich : depuis bientôt trois ans, chaque jour et chaque nuit, à chacune de nos sorties, nous lui prouvons le contraire ! » Clameur dans la salle. « Les bombardements alliés ne cessent de prendre de l'ampleur et nous larguons aujourd'hui dix fois plus de bombes sur l'Allemagne que le contraire… Le Blitz, ce sont eux qui le subissent désormais ! » Applaudissements nourris. « Et, croyez-moi, cette tendance n'est pas près de s'inverser. Nous allons continuer à les pilonner, jusqu'à ce qu'ils rendent grâce. Et tant qu'il restera, dans le Reich, une seule raffinerie, un seul haut-fourneau au service de l'effort de guerre nazi, nous prendrons le ciel et nous déverserons l'enfer sur les villes allemandes ! Depuis des mois maintenant, l'espoir d'une victoire prochaine galvanise notre camp, et les Allemands, qui ont perdu la maîtrise des opérations, reculent face aux assauts coordonnés de nos forces. Goebbels a déclaré la guerre totale ? Il va l'avoir ! Nous allons les faire rentrer six pieds sous terre, lui et ses congénères, ne leur offrant aucun répit, aucune échappatoire… » Le major suspend son discours pour mesurer, dans le regard des soldats, le poids de ses mots. « *Gentlemen*, vous aussi faites partie de cette armée de libération, et vos noms figureront, glorieusement, demain, dans le grand livre de la victoire. Mais cette victoire, c'est à nous d'aller la chercher ! À nous tous, chacun à son poste, de la construire et de l'arracher ! »

L'officier se retire sous les applaudissements généreux des jeunes aviateurs de l'escadrille.

« Il a bien parlé, non ? » demande Reeves.

Dellar acquiesce, distraitement. Il a entendu ce genre de speech des dizaines de fois depuis son engagement dans la Royal Australian Air Force. À Victoria, déjà, les instructeurs les bassinaient pendant des heures avec cette guerre qu'ils faisaient de leur caserne. Il s'est engagé pour combattre les Japonais, pas pour écouter du bla-bla. Une année d'instruction en Australie, six mois d'entraînement sur les *link trainers*, ces simulateurs de vol d'avant-garde, et des heures passées aux commandes des vieux Wellington lui ont paru une éternité. Il y a une semaine, quand la base a été mise en état de *readiness*, Dellar a ressenti un soulagement mêlé de crainte : cette sortie inaugurale se déroulerait enfin en conditions réelles, sur le théâtre de la guerre et en territoire ennemi.

L'officier fait signe au projectionniste au fond de la salle. Les lumières s'éteignent et, sur le tableau noir, une ordonnance déroule la toile blanche. Une carte de l'Europe du Nord s'y affiche aussitôt.

« Voici notre cible, messieurs, dit un autre officier en pointant avec sa règle le quart nord-ouest de la France. Vous vous élancerez ce soir, par petits groupes, en direction de ces quatre villes : Nantes, Le Mans, Orléans et Caen. Votre chiffre porte-bonheur sera le vingt-trois : vingt-trois "Welli" décolleront d'ici à 23 heures précises, et je veux que vous soyez demain vingt-trois, à l'aube, pour votre retour en salle de petit déjeuner. »

Reeves n'a pas de chiffre porte-bonheur, mais il s'approprie ce numéro et le note dans le creux de sa main. Dellar non plus n'a pas la religion des chiffres mais, en homme de la terre, il est sensible aux augures. Depuis que, à son arrivée en Angleterre, il est tombé sur un journal de la BBC, *The Listener*, il garde sur lui, comme un talisman, une petite coupure de presse qu'il y a découpée, reproduisant un long poème en anglais. Non qu'il soit un amateur éclairé de littérature, encore moins de poésie, mais, après trois mois de traversée de Sydney à Bournemouth, de son Australie natale à l'Europe et ses champs de bataille, ces vers écrits dans une langue simple lui ont tout de suite parlé au cœur :

On the fields on the horizon
On the sea on the boats
On the wings of the birds
And on the mill of the shadows...

« Jeunes gens, des raids sont prévus ce soir sur l'Allemagne et les alliés du Reich. » L'officier allonge le bras pour localiser les villes ciblées avec sa règle. « Mais votre mission à vous ne consistera pas à larguer des bombes, mais des tracts... » Une rumeur de déception s'élève dans la salle. « Ne croyez pas que c'est là une mission de second ordre. La vie de nos hommes est trop précieuse pour en sacrifier un seul à une tâche inutile ! Depuis le débarquement allié en Afrique du Nord, toute la France est occupée par les Allemands. Mais les Français ne sont pas résignés : ils se battent à Londres, en Afrique, au Levant... Et des mouvements de résistance se développent partout dans le pays, qui nous aideront, le moment venu, à prendre les Allemands à la gorge. Notre mission est de les soutenir, de leur venir en aide en leur livrant des armes, des récepteurs radio, mais aussi, ajoute l'officier en soulevant une caisse posée à ses pieds, du chocolat et du tabac ! » Un murmure de gourmandise parcourt les travées, où plusieurs tablettes circulent déjà. « Ce soir, messieurs, vous ne larguerez pas du chocolat, mais du “nickel”... » L'officier leur présente deux tracts imprimés noir sur blanc, ainsi qu'un minuscule livret à la couverture rose dont il fait défiler les pages. Les tracts et le livret passent de main en main dans les rangées. « Les Allemands contrôlent une bonne partie de l'Europe occidentale et, dans les pays sous leur botte, ils surveillent la presse, la radio, et décident des livres autorisés à paraître. Votre mission sera d'apporter, à ces hommes privés de tout, une parole libre... Mais pas seulement ! En diffusant ces tracts, vous leur assurerez qu'ils ne sont pas seuls. Que notre combat et le leur sont les pièces détachées de la même mitraillette Sten ! »

Le paquet de tracts arrive dans les mains de Reeves. Il s'en débarrasse aussitôt, ne comprenant pas un traître mot de ce qui est écrit. Le Canadien Davis, qui a de vagues souvenirs de ses cours de français, tente d'en déchiffrer le contenu. Reeves l'entend murmurer des paroles incompréhensibles.

« Hé, Davis ! Tu lis le français, toi ?

— Un peu. J'avais un copain qui venait du Québec... »

Reeves ne sait foutrement pas où se trouve le Québec. Le Canada n'est pour lui qu'un pays de glace et de résineux.

« Tu viens d'où, le caribou ? dit-il.

— De Pembroke, Ontario, répond Davis en transmettant derrière lui le paquet de tracts. Et toi ?

— Du meilleur coin sur la terre : Sidcup, Kent ! Qu'est-ce que tu faisais dans le civil ?

— Mécanicien. Et toi ?

— Boucher... Tu peux me dire ce qu'on fout dans ces vieux coucous, à balancer du papier plutôt que des bombes ? Moi, je voulais servir dans la marine. Tu voulais entrer dans la RAF, toi ?

— Je ne sais pas trop. J'aurais préféré être dans les chars, peut-être.

— Ils n'ont besoin de personne dans les chars, mon pote ! Tout se passe dans les airs et sur les mers. En attendant l'ouverture du second front. Tu as combien d'heures de vol au compteur ?

— Une centaine avec instructeur, et une dizaine en solo.

— Ça fait pas lourd. Quelle notation tu as eue par les formateurs ?

— *Below average*..., avoue Davis.

— Bienvenue au club ! Ah, pour nous envoyer au casse-pipe, ils ne sont pas très regardants sur les notes... Et tout ça pour des papelards ! »

Dellar fronce les sourcils, perturbé par le chahut de ses hommes. Il hérite à son tour d'une pile de tracts, qu'il fait tourner aussi sec, à l'exception du petit livret rose qui attire son attention.

« "La review dou mon-di liber", prononce-t-il, phonétiquement. Dommage que ce soit en français... »

Son voisin de droite lui donne un petit coup de coude pour qu'il fasse passer. L'officier reprend son discours :

« Une pluie de deux millions de ces feuillets sera larguée par vos soins ce soir, ce qui représente un poids de mille cinq cents kilos de nickel à vous répartir entre les appareils... Huit avions feront route vers Nantes, sept vers Caen, cinq vers Orléans et trois vers Le Mans. Pour plus de sécurité, vous volerez à seize mille pieds jusqu'à ce que vous quittiez l'Angleterre, à la hauteur de Selsey Bill – pour ceux qui ne sont pas d'ici, sachez que c'est à côté de l'île de Wight. » L'officier pointe l'endroit avec sa règle. « Jusque-là, vous vous brancherez sur la fréquence D. Et ne vous avisez pas de bavasser : l'ennemi vous repérerait illico et c'est toute la flotte qui se retrouverait en danger... De même, il vous faudra survoler la mer au ras de l'eau pour échapper aux radars ennemis. Pour plus de sécurité, chaque zinc embarquera deux cents kilos de paillettes d'aluminium à balancer pour les tromper. Vous vous séparerez à l'approche de la côte française et foncerez droit sur vos objectifs respectifs. Une fois le nickel largué, vous rebroussez chemin, en évitant les tirs de la Flak. » L'officier s'arrête un instant, tandis que le projectionniste ajuste la dernière diapositive. « Si vous rencontrez un problème, n'avertissez la tour de contrôle qu'en dernier recours. Je dis bien *en dernier recours*. Signalez tout problème mécanique ou autre en battant des ailes et faites demi-tour vers la base à la moindre avarie... Des questions ? »

Dellar hoche la tête en signe de dénégation. L'idée le traverse de garder un exemplaire du livret rose, en souvenir de cette première mission, ou pour l'offrir à son père. Il l'ouvre à la première page et découvre un long poème qui lui rappelle tout de suite, par sa structure symétrique, celui qu'il a découpé dans le magazine de la BBC. Pour en avoir le cœur net, il tâte la poche intérieure de sa veste et sort un morceau de papier qu'il pose sur la double page ouverte du livret. Ses yeux vont d'un poème à l'autre. Aucun doute : ils sont identiques.

« Ça alors !... », dit-il tout haut.

Il se tourne vers Davis pour lui montrer cette extraordinaire coïncidence.

« Le poème que je trimballe depuis des mois, c'est justement celui qu'on doit larguer pour notre première sortie. C'est dingue, non ?

— *Flight sergeant* Dellar, y a-t-il un problème ? » le coupe l'officier.

Dellar se raidit, escamote derrière son dos le livret et la coupure de presse en se mettant au garde-à-vous.

« Aucun problème, *Sir*. »

L'officier s'avance vers lui dans les rangs. Dellar fait passer le livret de ses mains à celles de Davis, qui, pris de court, ne peut que le glisser discrètement sous sa ceinture. L'officier dévisage Dellar d'un œil suspicieux, puis revient sur ses pas.

« Bien ! Messieurs, il ne me reste plus qu'à vous souhaiter bonne chance. Vous savez ce qu'il vous reste à faire. Nous nous retrouvons demain matin à votre retour de mission... Et d'ici là, vingt-trois est votre chiffre porte-bonheur ! »

Lettre de Cícero Dias à Roland Penrose

Cícero Dias
Embaixada do Brasil
Lisboa, Portugal

Lisbonne, 15 mars 1943

Cher monsieur,

Arrivé de France depuis peu, mon ami Paul Eluard m'a chargé de vous envoyer quelques exemplaires de son dernier livre de poèmes. J'ai laissé notre ami à Paris en très bonne santé et très bien, de même que Picasso, qui, si vous vous souvenez, m'avait présenté à vous à Antibes le dernier été avant la guerre.

Je suis ici à Lisbonne car mon pays, le Brésil, étant en guerre avec l'Allemagne, je ne pouvais plus rester en France.

Au Portugal, je viens de faire deux expositions : une à Lisbonne et l'autre à Porto, et vous enverrai prochainement quelques reproductions de mes tableaux.

Si vous le pouvez, donnez-moi des nouvelles de vous et de votre peinture pour que je transmette à nos amis communs.

Recevez, cher monsieur, mes sincères salutations, et mes respects à Madame.

Cícero Dias

Sur la vitre des surprises

Avril 1943

Lee prépare le thé pour trois, tandis que Roland trie les lettres, face à son Picasso. Il a à peine le temps d'en décacheter une que Mesens, qui a déjà avalé son courrier, revient à la charge avec une nouvelle idée. Il parle maintenant de lancer une collection de poésie éditée par la London Gallery.

« Qu'est-ce que cela a à voir avec Aragon ? » dit Roland, qui voudrait couper court à l'explication.

« Avec Aragon, rien. Mais avec le surréalisme, tout. Des livres de France commencent à nous parvenir. Et pas seulement *Le Crève-cœur* ! Il y a aussi ce récit de l'Occupation dont tout le monde parle en ce moment : *Le Silence de la mer*. Je l'ai lu. Crois-moi : ça ne vaut pas le coup de s'y attarder. C'est l'histoire d'un officier allemand qui s'installe dans la maison où vivent un Français et sa nièce. Un officier tout ce qu'il y a de plus correct, cultivé, qui a lu tous les classiques français, de Buffon à Zola, et croit à la réconciliation franco-allemande. L'homme et la nièce ne lui adressent jamais la parole et l'officier finit muté sur le front de l'Est... Un conte de fées, ni plus ni moins ! Et tout le monde en est gaga ! Pendant ce temps-là, les gentils Allemands cultivés zigouillent par milliers des gens à l'Est... Marquer son opposition sans violence, désavouer en silence, c'est bien beau ! Comme si, dans ce monde, le silence pouvait résoudre quoi que ce soit ! Je préfère mille fois la mise en garde de Bernanos : "Garder le silence ? Mais c'est le silence qui nous garde." »

N'ayant pas lu le livre, Roland n'a pas d'opinion sur la question. Il saisit son coupe-papier et ouvre délicatement une première enveloppe. Lee le regarde faire. Elle adore ses gestes élégants, la douceur de ses mains, leur retenue – et le bruit mat du papier qu'on déchire. Elle remplit les tasses, met lait et sucre à disposition sur la table. Si seulement ce Mesens pouvait la boucler deux minutes, ou mieux, débarrasser le plancher. De guerre lasse, elle s'allume une cigarette.

« Si nous ne faisons rien, les Anglais vont mettre en avant des livres sans intérêt, laissant de côté les bons poètes, ceux que nous connaissons... En créant cette maison, on publiera les surréalistes, les vrais, pas ces écrivains falots, ces faussaires de la poésie. Les Anglais se pâment devant la littérature de résistance qui leur arrive maintenant de France. Il faut voir la soupe ! N'importe quel auteur a droit aux louanges des journaux, du moment qu'il fait vibrer la corde patriotique. Imagine un peu ce qu'ils écriront sur notre collection ! »

Lee et Roland n'écoutent que d'une oreille leur invité-surprise, intarissable.

« J'ai dressé une petite liste d'auteurs que je voulais te soumettre. Il y a Breton, Brunius, Péret... Je pensais ouvrir la collection avec des poèmes de moi : un florilège de mes poésies de guerre. Comme titre : *Poèmes de guerre d'E. L. T. Mesens*. Ou mieux : *Troisième front*. Pas mal, hein ? Bien sûr, si de ton côté tu as pensé à certains noms... »

Dans le paquet de lettres, une enveloppe gris-bleu aux timbres étrangers intrigue Roland. Il en tâte le contenu, devine qu'elle renferme un livre. Il retourne l'enveloppe pour lire au dos le nom de l'expéditeur.

« Cícero Dias... », souffle-t-il.

Ce nom latin frétille dans la mémoire de Roland sans qu'il parvienne à le rattacher à un visage. « Peut-être un républicain que j'ai connu lors de la guerre d'Espagne ? » Il a fait partie d'un comité de soutien antifasciste en 1936. L'image lui revient par bribes d'un homme long et brun, un peu dégarni, la quarantaine, une fine moustache. Il coupe avec précaution l'enveloppe et en retire un livre beige au titre écrit en rouge, *Poésie et Vérité 1942*. Au-dessus : Paul Eluard, imprimé en lettres noires capitales. Roland n'en croit pas ses yeux.

« Eluard !

— Oui, évidemment, Eluard fait déjà partie de ma liste... », rebondit Édouard.

Roland montre le recueil et la lettre qui l'accompagne. Lee s'empare aussitôt du livre, l'admirant sous tous les angles et à la lumière, comme une œuvre d'art. Roland a chaussé ses lunettes et fait la lecture de la lettre de Dias.

« Paul écrit toujours ! » jubile Lee.

Ivre de joie, elle entame la lecture du premier poème. Ses yeux impatients sautent d'un vers à l'autre et s'arrêtent sur des images, au hasard. *Sur la jungle et le désert*, et un peu de sable de ses années cairotes recouvre la page. Lee se rappelle comment, avant-guerre, elle photographiait à travers un grillage, avec son increvable Rolleiflex, une dune baignée de soleil. Les *cloches des couleurs*, les *sueurs de l'orage*... Elle tombe en arrêt sur l'*étang soleil moisi*, et son cœur se serre au souvenir de son amour de jeunesse, mort noyé sous ses yeux. Le titre du recueil, maintenant, lui apparaît si simple, si troublant, associé à l'année 1942.

Et ce nouvel éditeur de Paul qu'elle ne connaît pas : La Main à plume. Joli nom ! Il lui rappelle quelque chose, mais quoi ?

« Non mais, observez plutôt ce tampon ! » intervient Édouard, à côté d'elle.

Il brandit dans une main l'enveloppe de la lettre, et de l'autre une loupe.

« Ce tampon porte la mention du *Diário de Notícias*. Le nom d'un quotidien de Lisbonne, sans doute. Ton ami Dias n'a pas posté la lettre dans une boîte, il a choisi le service postal d'un journal... Étrange, non ? Et cette phrase, là, au dos de la lettre, en gros caractères ? »

Roland lit, avec un reste de castillan appris en Catalogne : *Este envelope pode fusilar um cachorro*... Il passe l'enveloppe à Lee. Elle s'essaie à l'accent portugais.

« Ça doit vouloir dire un truc comme : "Cette enveloppe peut fusiller un cachot", lance, sûr de lui, Édouard.

— Et pourquoi pas "un cachalot" ! le coupe Lee. Depuis quand tu parles portugais, toi ? » se moque-t-elle.

Roland examine l'enveloppe et la lettre, puis compare les deux écritures. Celle de la lettre, fine et posée, est l'œuvre d'une main féminine – aucun doute. Rien à voir avec le message en portugais, tracé hâtivement, au moyen de grandes lettres plaquées dans la hauteur et la largeur : l'écriture foutraque d'un peintre. Dias, probablement.

« Vous n'y êtes pas du tout..., intervient Lee. Levez les yeux et regardez donc autour de vous. Max Ernst ! dit-elle, le doigt tendu vers le salon. Giorgio De Chirico ! Paul Klee ! Pablo Picasso ! Surréalisme, les gars ! Une enveloppe qui voyage de nuit et nous apporte au réveil le dernier recueil d'Eluard ? Surréalisme. Des poèmes tombés du ciel, dans une enveloppe postée de Lisbonne ? Surréalisme. Une boîte aux lettres complice, un journal, un tampon, et un postier reçu par un capitaine papou ? Surréalisme. »

Roland sourit.

« Et quelle sera la prochaine étape de tout ça ? Des cargaisons de poèmes chargées dans les soutes à bombes des avions ! Des obus de sonnets, des strophes grenades, des rimes crachées par la bouche des mitraillettes ! »

Lee attrape une pomme dans la corbeille à fruits, l'envoie en l'air et la croque, bruyamment, de sa bouche pulpeuse. Roland admire cette femme si belle au débotté, cueillie au réveil par un rayon de jour. Mais ce qu'il aime par-dessus tout, c'est son esprit vif où une idée chasse l'autre, où le rêve l'emporte toujours sur la réalité. Les yeux bleu vague de Lee se posent sur lui.

« Édouard ! dit-elle en se tournant vers leur hôte. C'est l'heure de partir. » Elle fait un sort au trognon de pomme. « Maintenant ! »

Sur les ailes des oiseaux

Juin 1943

Après le briefing, les équipages requis ont regagné le mess, pour le repas chaud : soupe, patates, saucisses... Mais les gars ne desserrent pas les mâchoires. L'estomac dans les chaussettes, ils ont tous en tête cette première mission en territoire ennemi. Les compagnons d'équipage de Dellar ne finissent pas leur plat, sauf Davis, à qui ce baptême de guerre n'a pas coupé l'appétit. Il réclame même du rab à la cantinière.

« Pas la peine... », fait Reeves, qui fait glisser jusqu'à lui son assiette intacte. Il s'allume une cigarette et pompe de grandes bouffées pour se griser de tabac.

À leur sortie de table, les hommes, escortés par les *Air Girls* de la WAAF, retournent à leur casier pour trier leurs affaires. À chacun son talisman. Reeves dévore des yeux le joli minois de Lucy : elle sera son porte-bonheur pour cette mission. Il lui fait la conversation, négocie un rendez-vous galant à son retour. La belle Lucy le laisse dire, un sourire aux lèvres, mais elle surveille ses gestes, car Reeves est distrait. Vigilante, elle doit lui faire les poches, à la grande joie du radio. De fait, elle extirpe un ticket de bus de Londres, fripé, qu'elle brandit sous son nez :

« Aucun papier qui puisse renseigner les Allemands, soldat Reeves... »

Dellar, lui, ne néglige jamais la procédure du vide-poches. Il sait le danger qu'il y a à emporter des papiers compromettants – on raconte des tas d'histoires à ce sujet au *dispersal*. Sa seule entorse au règlement est de garder sur lui la coupure de presse avec le poème, conservée religieusement dans une enveloppe rembourrée. Il possède les deux versions, à présent : l'anglaise et l'originale, en français. Il voit dans cette coïncidence un signe du destin qui le rassure.

En ouvrant son casier, il tombe sur l'étui en cuir de son appareil photo, un splendide moyen format Kodak Junior 620, qui voisine avec la pochette où sont rangées ses photos de famille. Pour le plaisir, il déplie le soufflet de l'objectif et promène le viseur sur le décor du mess. À son retour de mission, Dellar se promet de prendre des photos de sa nouvelle affectation pour les envoyer à son père, là-bas, en Australie.

Sur le tarmac de l'aérodrome de Hixon, les vingt-trois Wellington Mark III de la 30ᵉ escadrille des OTU s'alignent sagement en arc de cercle, présentant leur profil caractéristique d'épagneul. Supplantés par les Lancaster et les Halifax, les « Welli » ne sont plus guère que de vieux zincs, cantonnés au largage de tracts et pilotés par de jeunes recrues tout juste formées au vol de guerre.

Dellar salue le mécano qui, juché sur un escabeau, la tête enfouie dans l'appareil, inspecte les turbines et les cylindres du moteur Hercules. Il entre le premier dans l'appareil. Davis lui emboîte le pas, suivi de Reeves, des deux mitrailleurs avant et arrière, Adams et Bartholomew, et du bombardier Perfect.

À son poste de pilotage, Dellar cale son harnais dans l'ouverture pratiquée dans le siège. Le temps du décollage, le bombardier lui tiendra compagnie, sur le fauteuil escamotable du second pilote. Une fois en l'air, Perfect rejoindra son poste, dans la partie basse du fuselage, entre la tourelle avant et le poste de pilotage, où il passera une partie du vol allongé, à lutter contre le sommeil. Derrière eux, Davis s'assoit à la table de navigation, et Reeves, son voisin le plus proche, s'échauffe les doigts sur la table des transmissions.

Les deux mitrailleurs prennent possession de leur tourelle par un autre accès, plus commode. Isolé de ses camarades de vol, tous regroupés à l'avant de l'avion, le mitrailleur arrière n'occupe pas le poste le plus prisé de la flotte. Sa tourelle de verre surplombant le vide inspire un sentiment de terreur à de nombreuses recrues, mais c'est aussi, avec le pilote, celui qui jouit de la plus belle vue sur le ciel étoilé. Un argument de poids, pour Adams, qui apprécie que la tourelle arrière pivote, pour de meilleurs angles d'attaque. Et puis, dans la queue de l'avion, on entend moins rugir les moteurs. Rapidement installé, Adams s'amuse à faire bouger sa tourelle, comme il avait coutume de le faire sur les simulateurs de vol, et dégomme des cibles imaginaires.

Le ciel, ce soir, au-dessus de l'aérodrome, est voilé par une épaisse couverture nuageuse. Lors du briefing, les prévisions météo pour la France faisaient état d'une couverture stationnaire et d'un fort vent d'ouest. « Ne jamais se fier aux nuages », leur a-t-on répété à tous : on croit traverser un agréable champ de coton, et soudain des éclairs et des obus se mettent à pleuvoir de tous côtés. Bien sûr, les nuages offrent une protection naturelle contre les colonnes lumineuses de la défense antiaérienne, mais il arrive que le ciel devienne une telle purée de pois que les équipages en formation se perdent de vue.

23 heures : décollage immédiat. Les mécanos, pouce levé en direction de la cabine de pilotage, actionnent les hélices du bimoteur, qui rugissent en un concert de pétarades. Dellar et ses hommes accrochent la lanière de leur casque en cuir et fixent sur leur bouche l'indispensable masque à oxygène. Leurs combinaisons chauffantes les font déjà transpirer et les parachutes, dans leur dos, forment une protubérance carrée. Les avions, un à un, rampent en direction de la piste, prêts à s'envoler.

Dellar relie son casque au panneau des instruments de bord. Friture sur la ligne. Un grésillement lui parvient aux oreilles – liaison établie. Il profite de ces quelques instants pour réciter à voix basse une prière et se signer. La peur le saisit : pour la première fois, il va voler loin du périmètre rassurant des bases et aérodromes alliés. Au risque d'un ennui mécanique ou d'une fausse manœuvre qui les enverrait, lui et ses gars, dans l'autre monde, s'ajoute le péril de se retrouver à la merci d'un chasseur ou sous le feu croisé de la DCA allemande. Il touche le palonnier de bois et pose la main à l'endroit où sont glissées, dans la poche intérieure de sa Mae West, ses deux coupures de presse fétiches.

C'est à lui d'y aller maintenant. Le Wellington BK559 passe devant la tour de vigie. Là-haut, en l'air, l'attendent les premiers avions de l'escadrille, qui décrivent déjà des cercles dans le ciel. Dellar met les gaz et, aussitôt, les aiguilles du tableau de bord, sous leur coupole de verre, s'agitent comme des insectes pris au piège. Sous la poussée des moteurs, les hommes se cramponnent à leur siège. Dellar presse les commandes et l'avion s'arrache du sol avec lenteur et majesté.

L'équipage voit rapetisser la base. Les lumières qui encadraient la piste dessinent une ligne de plus en plus faible. Dellar pousse un soupir de soulagement. Combien de fois l'a-t-on mis en garde contre le risque de quitter la piste trop tard, d'accrocher un arbre et de s'écraser au sol avec son chargement de bombes et les milliers de litres d'essence de son réservoir ? Dans la nuit sourde, éclairée par le phare borgne d'une demi-lune, les Wellington en formation mettent le cap au sud-est, grimpent, crèvent l'écharpe nuageuse et se stabilisent à douze mille pieds. Leurs moteurs produisent un bruit infernal, mais, les minutes passant, les gars n'y prêtent pas plus attention que s'il s'agissait de gros ventilateurs.

Minuit : selon les consignes exposées au briefing, l'escadrille doit se séparer au-dessus de la Manche, par petits groupes, et chacun suivre son objectif. L'avion piloté par Dellar fait route, avec sept autres appareils, vers Nantes, mais, trente minutes après le décollage, ils se sont perdus de vue dans les nuages. En vain, Reeves tente de rétablir le contact radio avec eux. Dellar demande à son navigateur le cap vers Selsey Bill – leur porte de sortie de l'Angleterre –, mais Davis a mille difficultés à se repérer. Dellar voudrait avertir les autres Wellington, mais le risque est trop grand que leur communication soit interceptée par une oreille ennemie et leur position découverte. Aussi décide-t-il de maintenir son cap, plein sud, cachant à ses hommes, pour ne pas les inquiéter, qu'ils naviguent désormais en solo. Cette pensée l'inquiète, mais il trouve le moyen de se rassurer : n'étant plus qu'un petit point mobile dans l'immensité du ciel vide, ils en deviennent moins détectables.

Minuit et demi : l'avion survole la mer au plus près de l'eau pour éviter les radars allemands. Dellar croise les doigts, priant pour qu'ils ne se soient pas déroutés vers Calais – ou pire, Dunkerque ! Et s'ils étaient paumés en plein océan, brûlant en pure perte des gallons de carburant, jusqu'à la panne sèche ? Cette pensée le terrifie.

2 h 30 : toujours aucune trace des autres Welli, et pas le moindre indice de lumière annonçant la côte. Davis refait ses calculs. À raison de trois cent cinquante kilomètres à l'heure, ils

devraient déjà survoler des terres. Mais la même masse noire et mouvante s'étire toujours sous leurs pieds. Il songe avec terreur au réservoir qui se vide peu à peu et à cette étendue d'eau qui semble attendre patiemment l'offrande de leur Wellington.

« Davis, position !

— Tout de suite, *Sir* ! »

Le navigateur fait mine de compulser ses notes de bord, oriente la lampe vers la carte et trace sur celle-ci un large cercle désignant leur emplacement supposé, c'est-à-dire n'importe lequel de ces petits points sur la Manche entre lesquels sa main hésite : une tête d'épingle dans le chenal qui sépare le monde libre de l'Europe occupée. Du regard, il interroge le ciel et dit pour gagner du temps :

« L'estuaire de la Loire ne devrait plus être très loin... »

Dans son uniforme, Davis sue à grosses gouttes. Il ôte un instant son serre-tête pour s'éponger le cou et le front, puis il se lève, muni de son sextant, et se positionne sous la coupole centrale de l'astrodôme pour tenter de se repérer par rapport aux étoiles.

« Mitrailleurs, annonce Dellar, ouvrez l'œil ! Et préparez-vous à larguer les tracts... On balance ce fichu nickel dès qu'on est sur l'objectif et on fout le camp !

— Et s'il y en a un, parmi vous, qui veut voir la France de plus près, il n'a qu'à sauter en parachute ! claironne Reeves dans les casques.

— Sans façon ! réplique Bartholomew.

— Moi, je veux bien être largué au-dessus du Moulin-Rouge..., annonce le mitrailleur arrière Adams.

— Bof, il paraît que c'est plein de travestis..., lui répond Reeves.

— Les travestis, c'est pour les Krauts ! » s'esclaffe Perfect.

Une cascade de rires libérateurs fait grésiller les casques et la tension de ce vol à vue, de ce grand saut dans l'inconnu, diminue un peu. Ni Dellar ni ses hommes n'ont jamais mis les pieds en France. Ironie du sort : cette nuit, ils y vont tout droit, sans rien apercevoir, et voudraient ne pas être là.

Dellar songe à sa ferme, là-bas, dans l'État de Victoria, où son paternel s'échine seul sur ses sillons. Davis revoit le garage et ses outils accrochés à leur clou, son fourgon Ford laissé à Pembroke, le capot relevé et les essieux à l'air. Reeves, lui, retrouve l'odeur de la chambre froide, sa panoplie de couteaux de boucher affûtés comme des saphirs ; il rêve des pâtés de viande que ses mains pétrissent, des fines rondelles de rosette qu'il grignote le soir à la fermeture avant d'aller pointer au pub. Son estomac se manifeste. Il n'a rien avalé ce soir, n'avale jamais rien avant de voler, de peur de tout rendre. La faim le tenaille, mais c'est la peur qui contracte ses boyaux.

3 heures : Nantes reste introuvable. Reeves épaule maintenant Davis à la navigation. Toujours aucune trace des autres OTU. Adams et Bartholomew, les deux mitrailleurs dans leur tourelle, scrutent le ciel comme deux gabiers guettant une terre ferme à l'horizon. Dellar, en désespoir de cause, veut passer sur la fréquence B pour prévenir la base. Un grésillement lui répond, une voix lointaine brouillée par les ondes, hachée par la distance... Pourvu que les Boches n'aient pas capté l'appel !

« Allô ! Allô ! »

Soudain, des éclats saturent le ciel des deux côtés de l'appareil.

« La Flak ! hurle-t-il dans le circuit de communication interne. À vos postes ! »

Dellar pousse sur le manche pour prendre de l'altitude et ordonne à ses hommes de mettre leur masque à oxygène. Le Wellington monte en quelques minutes à douze mille pieds, au milieu des champignons noirs des obus allemands. Le mitrailleur arrière suit des yeux ces points lumineux crachés par les bouches à feu de la DCA allemande, qui gravissent le ciel à toute allure et qui, en éclatant, font éclore d'inquiétantes marguerites blanches et rouges.

« Davis, position ! »

Les doigts tremblants, le navigateur rassemble son courage et se concentre sur sa table d'opération. Reeves prend les devants.

« Nous survolons la région de Nantes, *Sir* !

— Vous en êtes sûrs, cette fois ?

— Affirmatif, *Sir* !

— *OK, guys !* En place ! On balance le nickel... »

Les mitrailleurs et le bombardier ne pouvant quitter leur poste de combat, c'est à Reeves et Davis de s'y coller. Reeves dispose le petit toboggan dans l'ouverture ventrale de l'avion et commence à enfourner des paquets de tracts de la taille d'un dictionnaire, attachés par une ficelle. Mais, sous l'effet du vent d'altitude, la ficelle rompt et des centaines de feuillets papillonnants sont dispersés au hasard des courants. Reeves et Davis font de même avec les minces livrets de *La Revue du monde libre*, balancés par poignées et qui volettent dans l'atmosphère comme une nuée d'oiseaux affolés. Le largage dure de longues minutes, éprouvantes. À cette altitude où l'oxygène manque, le moindre effort requiert des forces vives, et Reeves, qui dans la panique a laissé son serre-tête à sa table de transmissions, se sent tourner de l'œil et manque de tomber en syncope.

Le danger s'éloigne, les obus éclatent derrière eux dans le ciel vide. Mais un autre péril les guette, plus grave encore : les réserves de carburant s'épuisent. Jetant un œil affolé aux aiguilles des jauges, Dellar comprend qu'ils ne pourront pas faire la route en sens inverse. Tenter de rentrer, c'est risquer de s'abîmer en pleine mer, loin, très loin des premières vedettes de sauvetage... Une sueur froide lui parcourt l'échine.

4 h 30 : les premières lueurs du jour découvrent le décor sinistre d'une forêt qui s'étend à perte de vue à la droite de

l'appareil, et, de l'autre côté, une plaine noire et macabre. Dellar, redescendu à mille pieds, distingue des chaumières plongées dans la nuit. À l'est, l'aurore s'annonce, inquiétante comme la paupière gigantesque d'une sentinelle à demi assoupie, prête à les surprendre. Après avoir fait état de la situation à l'équipage, Dellar lâche ses ordres :

« Soldats, préparez vos parachutes ! »

Adams et Bartholomew, le bombardier Perfect et Reeves s'exécutent aussitôt. Davis, qui se sent coupable d'avoir fait rater la mission, veut se racheter : il annonce qu'il reste dans l'avion pour assister son pilote dans l'atterrissage forcé. Il ne sait pas bien se repérer sur une carte, mais il ouvrira grand les yeux pour le guider. On y voit déjà presque clair...

Les quatre parachutistes se harnachent au plus vite, mais leurs mains tremblantes échouent à sangler correctement leur parachute. Ils s'adressent un petit signe d'encouragement : pouce dressé, clin d'œil, sourire crispé. Puis Reeves ouvre la trappe ventrale de l'avion. Une bourrasque le repousse. Il s'approche à tâtons de ce trou hurlant, ce puits de ténèbres où il faudra se couler, descendre, se jeter. Un puits qui conduit au décor le plus sombre, à la scène la plus périlleuse qu'il ait eu à affronter.

Assis sur la trappe, les pieds dans le vide, Reeves est terrifié. Pressé par ses acolytes et par le pilote, il expédie une prière avant de sauter dans le maelström sombre ouvert sous lui. Son cœur s'arrête de battre, un instant. Un cri d'effroi monté de ses entrailles s'éteint dans sa gorge submergée par de grandes goulées d'air qui remplissent ses poumons et le privent d'oxygène. Son cerveau semble sur le point d'éclater, sa bouche se tord en un affreux rictus découvrant largement ses dents, et ses lèvres s'écartent, déchirées par le vent. C'est alors que, dans son dos, une main puissante le tire par les lanières, puis le fait jaillir en l'air : son parachute s'ouvre, Reeves se stabilise enfin. Étourdi, se croyant mort, en transit dans cette antichambre entre ciel et terre, il cesse de se débattre et perd connaissance.

Le bruit familier du Wellington, dans sa chute, le ramène à lui. Toujours flottant, Reeves tourne la tête et aperçoit le trait de son fuselage, la croix de son empennage : le bimoteur dérive au loin, tel un esquif sur l'immensité opaque d'une mer de nuages. Dans le sillage de l'appareil, trois corolles blanches ont éclos : les parachutes d'Adams, de Batholomew et de Perfect tournoient dans le ciel, emportés par le même courant implacable qui pousse l'appareil au nord-est, vers des arpents boisés que Reeves distingue dans le jour naissant. Sous ses pieds, la masse informe et noire s'anime et gagne en clarté. Il voit des arbres, une forêt et, sur sa droite, une vaste étendue plane et rase – un champ ? Reprenant espoir, Reeves tire sur les lanières du parachute. C'est à peine s'il entend la plainte du Wellington, désormais. Au loin, les trois petits points des parachutes se pourchassent, dérivent follement, et cette image lui rappelle celle, à la foire, de ballons de baudruche enivrés d'hélium.

À bord du Wellington, Dellar et Davis se préparent à atterrir en urgence. Dellar se repasse en tête les consignes et se débat avec son harnais, coincé dans le siège. Sa main ne peut attraper le parachute de secours qu'il a lui-même rangé et attaché. Davis, debout, s'agrippe des deux mains au longeron qui court le long du zinc. Il s'est noué une corde autour de la taille et l'a reliée à la carlingue de l'appareil au moyen de mousquetons. « Pas trop se ligaturer... », se ravise-t-il, au cas où l'appareil se disloquerait lors de l'impact et qu'il lui faille se dépêtrer du piège mortel de l'avion.

Dellar vole au plus bas, si bas que ses yeux identifient maintenant le décor où il va devoir se poser. Le jour grandit et il faut atterrir au plus vite. À mesure qu'il descend, les moteurs du

Wellington gémissent comme si l'appareil regimbait à toucher terre dans cette contrée hostile. Dellar manœuvre vers l'ouest, en direction d'un foyer lumineux que ses yeux entrevoient derrière le manteau forestier. Un village, peut-être, où ils trouveront assistance ? Non, un champ ! C'est la chance qui se présente à eux, leur dernière planche de salut. Dellar pique vers le sol. L'avion suce ses dernières réserves de carburant. Le pilote ralentit, essaie de stabiliser la position : la piste qui s'ouvre devant lui est plus courte que la plus courte des pistes de l'aérodrome de Hixon. Il ne faut pas se rater. Le pilote prie pour que le champ ne soit pas bosselé.

« Davis ! Attention, impact ! »

Plus que quelques centaines de mètres et ils seront fixés. Mais, au dernier moment, une imposante masse sombre se dresse devant l'appareil. Dellar braque plein ouest dans une manœuvre désespérée qui jette Davis contre le flanc du Wellington : il heurte le longeron et tombe inanimé. Le Wellington ne vire pas assez vite pour éviter l'obstacle et percute ce mur de brique surgi de nulle part, qui arrache son aile droite, à la jointure du fuselage. L'avion, déstabilisé, bascule sur sa gauche, pique du nez, s'écrase au sol et tourneboule. La cabine se disloque, l'aile gauche se fracasse. Le fuselage râpé, écartelé, se distend puis se brise, et des fragments de l'appareil – ailerons, moteurs, turbines, tourelles – sont projetés aux alentours.

Une roue tournoie dans l'air, la cloche de l'astrodôme vole jusqu'au faîte d'un hêtre tandis que s'embrase ce qu'il restait de carburant. L'explosion catapulte un shrapnel de boulons et de vis qui mitraille l'écorce des résineux, seuls témoins du crash.

Lettre de Paul Eluard à Louis Parrot

Mercredi 26 mai 1943

Mon cher ami,

J'ai bien reçu le très beau paquet de livres. Merci mille fois. J'avais demandé à Berthelé, qui passa dernièrement par Paris, de m'acheter à Marseille ces trois exemplaires de *Poésie et Vérité 42* et le Vasto. Il y a ici quelques amateurs amis pour *P et V*. Si vous en trouvez, achetez-les-moi. Aurai-je un ou deux ex. de luxe ?

Le Poète et son image est un livre très enchanté. Nous y sommes ensemble, à nous aimer. J'en suis ému, comme de ces poèmes que vous m'envoyez, ces poèmes si beaux. Je suis fier de vous connaître depuis *Misery Farm*.

[...] Je ne saurais donner des fragments de *P et V* en Italie, mais s'ils veulent (s'ils peuvent) le publier intégralement j'en serais bien aise (la petite plaquette). Le poème « Liberté » et « Couvre-feu » me paraissent notamment indispensables à la compréhension des autres. <u>Dites-le bien à Malaparte</u>.

[...] Embrassez en attendant Fran-Fran et Denyse pour nous, comme nous vous embrassons,

Paul

Mai 1943

Chers amis,

Vos gentilles lettres m'ont fait le plus grand bien. Nous avons en vous de vrais amis et soyez toujours aussi sûrs de nous que nous sommes sûrs de vous. [...]

Il ne faut surtout pas répondre à La Main à plume. Il serait trop facile d'établir un parallèle entre les injures qu'ils m'adressent quotidiennement et les « Votre nom signe l'avenir – Vous êtes notre maître à tous – etc. » qu'ils m'adressaient hier. Bon débarras !

Entre nous, je leur ai déplu exprès. [...]

Du miroir et de ma chambre

Noël, Patin et Malet prolongent la soirée, square Delormel, chez Rius et Laurence Iché. Les propriétaires ne sont pas là. Laurence, enceinte, se repose chez ses parents, et Rius, accaparé par ses activités au sein d'un réseau secret – même de sa femme –, n'est jamais chez lui. L'appartement, dont Noël a les clés, est l'auberge espagnole de La Main à plume, avec des amis de passage venus pour un soir qu'on recroise au même endroit dix jours plus tard, en pyjama.

Patin a piqué dans les bars de son quartier des revues et journaux autorisés. Les trois amis s'amusent à y dénicher des petites phrases à déguster à l'apéritif, autour d'une bonne bouteille et de beaucoup de second degré. Les coudes sur la table, Noël décortique *L'Appel*, un hebdomadaire à la solde des Allemands.

« Eh ! eh ! Mais regardez-moi qui signe dans ce torchon cette semaine... »

Il tend le journal à Malet, qui rit jaune au nom de Léon-Paul Fargue, le vieux poète du *Piéton de Paris* – dont il possède quelques livres… Malet lit l'article à haute voix, du ton le plus pénétré qu'il puisse jouer, imitant les inflexions des actualités allemandes qu'on passe au cinéma. Avec une grimace de dégoût, il passe le journal à Patin, qui balaie le texte des yeux et froisse ces pages d'un air révolté.

« Ce salaud récidive !

— Qu'est-ce que tu proposes ? fait Malet à Noël. Il ne va quand même pas s'en tirer comme ça ?

— J'irais bien lui casser la gueule, mais je me ressens d'un point au foie…

— On peut y aller à ta place », propose Patin.

Noël fait la moue : il a une meilleure idée.

« Préparons plutôt le goudron et les plumes ! Apportez-moi de quoi écrire : on va pondre une jolie petite lettre pour lui dire tout le bien qu'on pense de lui… »

Patin s'exécute. Noël, de son écriture appliquée, inscrit sur le papier la date. Un doigt sur les lèvres, il hésite déjà sur la formule usuelle de politesse :

« Qu'est-ce que je mets ? "Cher Fargue" ? »

Les propositions fusent aussitôt.

« Cher Léopold ?

— Cher Farceur !

— Cher Fardé !

— Cher Phoque ? »

Noël éclate de rire à cette dernière suggestion.

— « "Cher Phoque", très bon ! »

Patin enchaîne.

— « "Un de nos amis a trouvé sur la banquette d'un café, abandonné, un numéro de *L'Appel* contenant un article de vous…"

— Trop informatif… tranche Malet. On croirait lire un pisse-copie.

— La banquette ne te plaît pas ? répond Patin. On n'a qu'à mettre les chiottes d'un café... D'ailleurs, c'est le meilleur endroit où lire la prose laxative du Phoque ! »

Noël tempère ces propos.

« Mes amis ! mes amis ! Laissons la vulgarité à nos adversaires de *Je chie partout*.

— Tiens, tu cites Desnos maintenant !

— Ta gueule ! Mais l'idée est bonne. Voyons... »

Ils réfléchissent chacun dans leur coin. Puis Noël s'exclame :

« Je crois que je l'ai ! "Un de nos amis a trouvé dans les water-closets du Café de la Légion d'honneur un récent numéro de *L'Appel...*" Non ! "De l'hebdomadaire *L'Ordure*, surnommé *L'Appel*". Qu'en pensez-vous ? »

Ils rient, ce qui vaut approbation : Noël couche sur le papier cette première phrase. Malet lui souffle la suite.

« "Un article signé de votre nom y figurait en lettres grasses..." »

Patin acquiesce mais modifie la fin.

« "Un article de votre nom *s'y étalait*."

— Mieux. Ensuite ?

— On lui dit qu'il ne peut s'agir que d'une méprise, d'une erreur, et que nous sommes prêts, nous, à La Main à plume, à publier un démenti pour démonter la supercherie... »

Noël aime bien l'idée de Malet et retranscrit en termes choisis ce développement :

« "Considérant comme un outrage aux bonnes mœurs la figuration en caractères gras de votre nom dans un organe..." »

Il sèche sur la suite. Malet vole à son secours.

« "Dans un organe *qu'on se garde d'ordinaire d'exhiber ou de tenir à la main en public*" !

— C'est ça ! "Nous nous associons à l'indignation que vous a causée, nous en sommes sûrs, la supercherie assez basse..." »

Patin relève le gant.

« “*par laquelle on abrite sous votre signature un papier où la médiocrité ne le partage qu’à l’incompétence*” » !

Noël se bidonne tellement qu’il ne parvient plus à tracer les lettres – c’est qu’il imagine déjà la chute.

« “Où la médiocrité ne le partage qu’à l’incompétence, *trahissant ainsi l’apocryphe à chaque ligne*” » !

Les plumiers en ont les larmes aux yeux. Noël prend en note la fin de la lettre dictée par ses amis et termine par la formule plébiscitée par tous : « Sincères condoléances. »

La feuille passe de main en main et de menues corrections y sont apportées.

« Une bonne chose de faite ! dit Noël. Ah, ces joutes me ragaillardissent ! »

Il se lève de sa chaise et inspecte l’appartement.

« Il n’y a rien à boire dans cette taule ? Ne me dites pas qu’ils ne nous ont rien laissé ! »

Sa main avide s’abat sur les placards, qu’il ouvre un à un. Cassolette famélique et garde-manger de pain noir : il finit par dégotter dans la cuisine une bouteille de Pernod.

« Des amateurs pour un petit jaune ? »

Levant leur verre au Phoque, les trois amis boivent une gorgée.

« Avons-nous une autre ordonnance à rédiger ? lâche Patin.

— Oh, ce ne sont pas les patients qui manquent..., fait Malet.

— Il y en a un en particulier, dit Noël, dont on devrait s’occuper sérieusement : Eluard.

— Encore Eluard ! plaide Patin. Ça suffit ! On lui a déjà mis une cartouche dans *Vos gueules !*.

— Objection ! rectifie Noël. Ce tract n’était pas dirigé contre lui, mais contre la poétaille qui se fait photographier dans *Toute la vie*...

— Je suis d’accord avec Patin, dit Malet. Foutons la paix à Eluard. Il ne nous intéresse plus. Il n’est plus surréaliste.

— Ah bon ? Et il est quoi alors ? proteste Patin.

— Aragonesque, hugolien, pathétique et grotesque ! » scande Noël.

C'est sorti comme une mauvaise toux, qui surprend par sa virulence Patin et Malet. Ce dernier ajoute, croyant détendre l'atmosphère :

« Eluard est avec Aragon comme Tzara et chemise ! »

Noël pose sur Malet un regard amusé : il aime chez lui ce côté décalé, farceur et ironique. Malet se marre des travers des autres, là où lui les garde toujours un peu en travers de la gorge. Patin rebondit sur *Toute la vie* :

« Pour en revenir à cette pitoyable revue, je vous ferai remarquer qu'Eluard n'y figurait pas... »

Il s'attire pour cette réflexion les reproches de Noël.

« Reconnais tout de même qu'il n'appartient pas à ces cercles... »

Noël hausse les épaules.

« Et on ne peut tout de même pas brûler ses écrits parce qu'il est devenu bourgeois !

— Qui parle de brûler ? Oublions-le, dit Malet.

— Il est bourgeois, mondain et poudré ! s'emporte Noël. Eluard est un vieil encaustiqué, qui recopie ses poèmes le matin pour les revendre l'après-midi chez Hugnet ! Je l'ai vu faire, chez lui, des dizaines de fois. Avec quoi crois-tu qu'il se paie ses toiles et ses masques ? Ce n'est pas grâce aux ventes de ses recueils... Sauf *Poésie et Vérité*, mais là... »

Patin le coupe.

« Je ne suis pas d'accord. Primo, Eluard ne paie pas ses toiles, pour la bonne et simple raison que la plupart lui ont été offertes. Ensuite, il a publié suffisamment de bons recueils de poésie pour que...

— Pour que quoi ? » le coupe Noël.

Son visage rond et débonnaire prend un air inquiétant. Il se lève et tourne dans la pièce. L'image d'Eluard à son bureau recopiant au propre ses ready-made de poèmes calligraphiés lui arrache un rictus de mépris. Malet soupire : lui aussi en veut à Eluard, mais parce qu'il est en train de gâcher leur soirée. Il se roule une cigarette.

« Tu as vraiment une dent contre lui..., dit Patin.

– Parfaitement ! » rétorque Noël.

Son poing s'abattant sur la table fait sursauter Malet et son tabac atterrit sur le tapis.

« J'ai une dent contre lui. Et contre tous ceux qui, comme lui, ne manquent jamais une occasion de se faire mousser. Sais-tu ce que me disait, il y a peu, Blanchard : "S'il continue de répondre aux acclamations de la foule, il va pourrir sur pied" ? Ah ! Je ne lui ai pas soufflé...

– Blanchard n'a pas toujours dit ça », intervient Malet en ramassant son tabac.

Noël ne l'écoute pas. Il en veut à Patin et s'approche de lui.

« Je ne comprends pas pourquoi tu cherches tant à le défendre, toi qui n'avais pas de mots assez forts pour dénoncer les textes que les "poètes" faisaient paraître dans les revues du Sud. »

Il a dit le mot *poètes* avec une grimace pleine de morgue. Patin soutient son regard.

« Je redis ici, devant témoin, que certains textes étaient de qualité...

– La bonne blague ! explose Noël. Pourtant, ces revues te semblaient autrement plus douteuses, naguère ! Curieux, comme l'on change... Peut-être même imagines-tu maintenant d'y publier, toi aussi, de t'y rendre célèbre ? »

Malet regarde tour à tour Noël et Patin. Il se demande s'ils jouent la comédie ou s'ils se disputent pour de bon. Ce serait trop bête de se mettre dessus pour Eluard. D'autant que les deux lascars ont signé le tract où il est dit que, surréalistes, ils n'attendent plus rien de lui.

« La moutarde te monte au nez, dit calmement Patin.

— Un jour tu es contre Eluard, le lendemain tu le défends. Au fond, tu es comme lui : influençable. »

Patin encaisse. Il fait de son mieux pour maîtriser ses nerfs et garder son calme.

« Ta haine t'empêche de regarder Eluard comme un très grand poète, mon cher Noël. »

Malet, renversé sur sa chaise, observe le spectacle offert par ses amis en déroulant des ronds de fumée. Il adore ces petites joutes du quotidien, qui fouettent les esprits et le sang. Un petit curetage de neurones bénin. À ses yeux, les deux hommes ont raison, mais ils ne disent pas le plus important : qu'Eluard, par son ralliement aux communistes, vient de s'attacher un boulet aux pieds qui le condamne à ne plus jamais agir en homme libre.

Resté seul après le départ de Patin et Malet, Noël rumine de sombres pensées sur les « grandes plumes » qui vendent leur soupe aux journaux autorisés. Mais, dans le lot de ces rampants des lettres, c'est Eluard qu'il trouve le plus impardonnable. C'est vrai qu'il a une dent contre lui : il le déteste et le méprise autant qu'il l'a admiré et écouté. Et parce qu'il ne possède pas un centième des richesses de la rue de la Chapelle, il l'envie également, sans oser se l'avouer. « Rius aussi est bien loti en toiles de maîtres... », se dit-il en promenant son regard envieux sur les Tanguy accrochés aux murs. « À croire que je suis le seul dans le groupe à ne pas avoir une galerie à domicile... »

Il chipe une couverture sur le lit et s'allonge dans le canapé du salon. Il n'a pas le courage de faire le chemin jusque dans le XVIIe et dormira ce soir square Delormel. C'est un peu chez lui, ici. Le siège putatif du directeur de La Main à plume, c'est lui qui l'occupe. Et si quelqu'un a son mot à dire au sujet d'Eluard, c'est lui et personne d'autre.

« Quand je pense que c'est moi qui l'ai convaincu de venir dans La Main à plume et que, grâce à moi, grogne-t-il, il a publié son *Poésie et Vérité 1942*... Je lui ai servi sur un plateau sa médaille d'honneur de la Résistance... »

Sur les cloches des couleurs

Dans un bouchon lyonnais près de la place Bellecour, Louis De Vocht hésite entre reprendre un apéritif ou empoigner son manteau et son chapeau posés sur la banquette, à côté de lui. Le directeur de la chorale d'Anvers attend depuis vingt bonnes minutes le compositeur Francis Poulenc, en tournée dans la région avec Pierre Bernac pour une série de récitals. Désœuvré, il se laisse distraire par une conversation, à la table voisine : un type d'une quarantaine d'années, le visage rond, les cheveux bruns lissés en arrière, offre un cours magistral sur la peinture romantique du XIXe à un jeune échalas au visage anguleux qui boit ses paroles. À écouter le premier, De Vocht se retrouve à déambuler dans la Grande Galerie du Louvre, au milieu des Ingres, Delacroix et Géricault, puis au Prado au temps du Siècle d'or espagnol.

« Ah oui, le Prado ! se rengorge le jeune. Là où se trouve la *Maja desnuda* de Goya !

— Vous l'avez vue ? s'étonne son aîné.

— Non... En fait, mon père était philatéliste et, en 38, il a complété sa collection avec deux timbres émis par la

République espagnole : *La Femme nue* et *La Femme habillée*, de Goya.

— Alors, reprend-il, la reproduction était certainement trop petite pour que vous constatiez que le modèle de la version habillée est l'exact pendant de la version nue. En réalité, les tableaux appartenaient au cabinet secret d'un courtisan du roi, et la version nue était cachée au moyen d'un astucieux dispositif...

— Comme quoi, intervient le directeur de la chorale, il faut, depuis toujours, dévoiler une partie de son jeu pour masquer l'essentiel ! »

Ses voisins se tournent vers lui, interdits, presque soupçonneux.

« Pardon. Louis De Vocht. Je viens d'Anvers et je m'immisce très impoliment dans votre échange passionnant. »

Puis, à l'intention de l'érudit, le directeur ajoute :

« Excusez ma curiosité, mais êtes-vous peintre, monsieur ?

— Non. Galeriste. »

Il lui tend sa carte, puis, regardant sa montre :

« J'aurais aimé poursuivre la conversation, cher monsieur, mais l'heure tourne et il se fait tard... Allons-y ! »

Le galeriste aspire bruyamment les dernières gouttes de son café, enfile son imperméable et replace son chapeau sur la tête. Le jeune garçon l'imite et ramasse son porte-documents sur la banquette. Les deux hommes saluent le directeur, qui les regarde s'éloigner en devisant vers la place Bellecour.

Sur ces entrefaites, Francis pousse la porte du restaurant. De Vocht tend vers lui une main chaleureuse.

« Mon cher Poulenc !

— Pardon pour le retard...

— Pensez-vous ! J'ai passé le temps en écoutant la discussion de mes voisins.

— C'est une habitude très répandue, de nos jours... »

Le directeur rit de bon cœur, mais se justifie :

« Ce n'est pas du tout ce que vous croyez. Figurez-vous que j'étais assis à côté de deux types, et l'un faisait un exposé brillantissime sur la peinture. L'espace d'un instant, je me serais cru, en d'autres temps, transporté au Louvre et au Prado à parcourir les salles avec un guide conférencier... Le type doit être un historien de l'art ou un conservateur de musée, il tient une galerie à Nice. Il m'a laissé sa carte. »

Il la tend à Poulenc, qui lit sur le petit rectangle de bristol :

Joseph MERCIER
Galerie Romanin
22, rue de France
Nice

Poulenc lui rend le bout de papier.

« J'irai jeter un œil, si je passe dans le coin...

— Vous êtes souvent en tournée ?

— Tout le temps ! Avec Pierre Bernac – que vous connaissez –, nous passons notre vie dans les trains.

— C'est une habitude très répandue de nos jours..., glisse, avec ironie, le directeur.

— Certes... Avez-vous assisté au concert ? demande Poulenc, revenant au sujet qui l'intéresse.

— Bien sûr : magnifique ! C'est en partie pour cela que je suis venu à Lyon. Pour le concert, et un projet en particulier dont je voulais vous faire part...

— Ah ?

— Mon cher Francis, vous êtes, de l'avis de tous, le compositeur qui sait le mieux adapter la poésie en musique, et je pense à ces œuvres que vous avez tirées d'Apollinaire, Desnos, Eluard...

— J'ai eu la chance de fréquenter les poètes très tôt : les plus grands m'ont pris sous leur aile alors que je n'avais pas vingt ans.

J'ai appris, à leur contact, à me couler dans leurs vers, à sentir leur rythme, à épouser leur imaginaire... Tenez, je viens justement de finir une pièce, *C*, sur un texte d'Aragon.

— Je vois... Et vous avez certainement dû avoir entre les mains ce poème d'Eluard dont tout le monde parle ? »

Le directeur laisse à dessein sa phrase en suspens. Poulenc se baisse vers lui et lui dit, dans un souffle :

« "Liberté" ?

— Oui, "Liberté". Vous seul sauriez l'adapter, j'en suis certain... J'ai en tête une œuvre vocale, dans la tradition de ces maîtres de la Renaissance que, vous et moi, aimons tant.

— C'est drôle que vous me parliez d'Eluard. En venant ici, j'ai justement trouvé dans une petite librairie son recueil *Poésie et Vérité 1942* – dans une édition suisse ! Je me demande comment ce livre est arrivé jusqu'à Lyon... À croire qu'il m'attendait ! Mais je vous ai coupé : vous aviez en tête une œuvre vocale ?

— En effet, répond le directeur. Une cantate, inspirée d'Eluard... Nous avons à Anvers un chœur de deux cent quarante chanteurs.

— Deux cent quarante ! reprend Poulenc, les yeux grands comme des sabords.

— Vous imaginez un peu ce chœur immense, sous les voûtes d'une cathédrale ? » demande le directeur, certain d'avoir touché une corde sensible.

Les deux hommes gardent le silence quelques secondes, avec chacun une musique en tête. C'est le directeur qui le premier décroche de sa portée :

« Bien entendu, il est impossible de jouer une œuvre parlant de liberté en ce moment, ni en France ni en Belgique. Mais la libération approche, j'en suis persuadé. »

Poulenc, les coudes sur la table pour entrer dans la confidence, tend son visage vers celui de son interlocuteur.

« Vous tenez des informations solides ? »

Le directeur pince la bouche sur le côté en signe de dénégation.

« Non, mais ça tombe sous le sens ! Les Russes contre-attaquent à l'Est. Ils vont déferler par millions sur les armées découragées de Hitler. Voyez ce qui s'est passé à Stalingrad. Les arrières de la Wehrmacht étaient assurés par des Roumains, des Hongrois ou des Italiens, je ne sais plus... Ils se sont fait balayer comme des fétus de paille dans le blizzard. Les Boches ont commis la même erreur qu'en 14 : se battre sur deux fronts. Le rouleau compresseur soviétique s'est mis en marche et rien ne pourra l'arrêter ! »

Il a dit cette dernière phrase d'une voix plus forte, et Poulenc glisse un rapide coup d'œil alentour pour s'assurer que personne ne les a entendus.

« Oui, mais nous ? demande Poulenc. À l'Ouest ?

— Comment “à l'Ouest” ? Mais les Alliés vont débarquer ! Cet été, au plus tard..., lâche, sans une once d'hésitation, le directeur.

— Vous pensez ?

— Parbleu ! Ils n'ont pas pris l'Afrique du Nord et chassé Rommel des sables pour faire bronzette ! Et puis, il y a de Gaulle, maintenant, à Alger. Ça change tout...

— Ça change tout..., répète Francis, docilement.

— L'Italie est le maillon faible, le ventre mou de l'Axe : c'est là qu'ils vont taper. L'armée italienne ne vaut pas un clou : elle s'est fait battre à plates coutures dans la Cyrénaïque, elle a été incapable de bousculer les Yougoslaves en 41, à tel point que Hitler a dû se porter au secours de Mussolini, rappelez-vous... Et même en France, dans la débâcle de juin 40, elle n'a pas été fichue de prendre un pouce de terrain ! Le seul fait de gloire de l'aviation italienne, c'est d'avoir tiré sur les civils de l'exode, lâchement mitraillés sur le bord des routes. Je le sais : mon beau-frère l'a vécu. »

Poulenc écoute le récit de cette guerre qu'il n'a pas vraiment faite, ni endurée.

« Non, croyez-moi, reprend le directeur. Si les Alliés débarquent dans la péninsule, ils vont s'enfoncer comme dans du beurre dans les flancs de l'armée du Duce ! Ils vont débarquer. En Sicile, en Calabre... À Rome, pourquoi pas ?

— Admettons, admettons, modère Poulenc. Mais après ?

— Après ? Ils remontent vers le nord, menacent l'Autriche, l'Allemagne. L'armée allemande se retrouve prise en tenaille, et crac ! »

Le directeur mime le geste d'une baguette que l'on brise. Poulenc réfléchit aux tenants et aboutissants d'un tel scénario. « Ça se tient... », se dit-il. Tout cela lui paraît trop simple, cependant.

« Vous oubliez la barrière naturelle des Alpes. »

Le directeur balaie de la main ce détail épineux.

« Et la France ? Elle ne serait libérée qu'à la fin ? Impossible : la Résistance bout. Les maquis grossissent...

— Hum..., fait le directeur. Notez : ils peuvent tout aussi bien débarquer à Marseille, ou mieux, à Toulon – il n'y a plus de flotte là-bas, elle s'est sabordée. Comme ça, ils auront le champ libre. Bref, vous comprenez comme moi qu'il y a urgence à préparer une pièce pour célébrer la victoire contre les forces de l'Axe. Et quel meilleur poème que "Liberté" pour cela ? Qu'en dites-vous ?

— L'idée me plaît, c'est un texte fort, et la structure peut se prêter à une orchestration. Je vais y réfléchir.

— Ne tardez pas trop à vous y mettre, des fois que les Alliés débarqueraient demain !

— Ne craignez rien. Je comptais justement souffler un peu et m'isoler à la campagne pour me remettre à composer.

— Chez vous, à Noizay ? Vous avez des pièces en préparation ?

— Non, je pensais passer quelques semaines en Dordogne, à

Beaulieu. J'ai promis quelque chose pour la violoniste Ginette Neveu, mais je ne suis plus aussi emballé.

— Dans ce cas, lancez-vous dans la cantate d'Eluard. Deux cent quarante choristes – avouez que c'est tentant ! »

REPORT

FROM : RAF STATION, HIXON

TO : AIR MINISTRY (P.4 Cas)

Bomber Command, HQ HG N^{O} 93 Group

DATE : 14th June 1943

REF : Circunstancial Report on missing aircraft Wellington III reported by signal FB/A.828 dated 12.6.1943 and A.830 dated 13.6.1943

Details of Aircraft Wellington III BK.559

Names of Crew

AUS/409522	Sgt. Dellar T.C.	Pilot	Missing
R.125221	" Davis M.	Nav.	"
1324555	" Perfect J.G.	A/B	"
1321751	" Reeves B.C.	WO/AG	"
1456552	" Adams H.J.D.C	Rear Gunner	"
1621796	" Bartholomew C.H.	Mid Upper Gunner	"

Date – 11/12th June 1943
Time of takeoff – 2300
Target – Nantes
Purpose – Leaflet raid

W/T silence maintained.
No further information.

Bien au-dessus du silence

12 juin 1943

Dans une symphonie de pépiements joyeux, la forêt s'éveille, caressée par les premiers rayons du jour. Reeves, pris dans les branches des arbres, s'époumone silencieusement en tirant sur les cordes de son parachute. Le vent l'a traîné sur plusieurs mètres, jusqu'à ce que les premiers buissons arrêtent sa course et lui évitent de justesse de s'échouer au cœur de la forêt. Tel un sonneur de cloches, il se suspend maintenant aux cordes et engage tout son poids pour récupérer la toile de son parachute.

Dans un énorme craquement, enfin, une branche cède : le radio se retrouve dos à terre, à se débattre sous un linceul blanc. Le bruit a-t-il alerté de lointains voisins ? un rôdeur, une patrouille ? Reeves se fige, l'oreille aux aguets, mais rien ne semble perturber le chant des oiseaux. Vite ! Il chiffonne la toile, la comprime en une boule blanche de la taille d'une pastèque qu'il emprisonne dans les lanières. Comment s'en débarrasser ? Les quatre parachutistes ont sauté du Wellington les mains vides, sans même emporter les outils de première nécessité, dont une pelle escamotable. Il renonce à creuser le sol à mains nues – cela lui prendrait du temps et déjà, le jour se lève…

À couvert, il observe les alentours : cette campagne paisible, quadrillée de champs cultivés, aperçue depuis la trappe du Wellington, le rassure. Il a une longue-vue, sa ceinture de toile contient de l'argent français et des tickets de rationnement. Sa boussole s'est brisée lors de l'impact au sol, mais il se fie au soleil et longe vers l'ouest le champ qui s'ouvre sur une autre étendue boisée, où il pourra se fondre. Après s'être assuré de n'avoir rien laissé derrière lui qui puisse trahir sa présence, Reeves se met en route, à la grâce de Dieu. Il fait de son mieux pour étouffer ses pas et se jette à terre quand résonne le bruit d'une camionnette, chargée de branchages, qui passe à environ deux cents mètres.

« Suivre la même direction que l'automobile. Avec un peu de chance, je trouverai là-bas une ferme ou un village, un endroit pour m'abriter… »

À quelques kilomètres du lieu où Reeves a atterri, ses trois camarades ayant comme lui sauté en parachute, Adams, Bartholomew et Perfect, ont été moins vernis. Alertés par le barouf du bimoteur britannique qui les narguait à basse altitude, les Allemands installés à la Kommandantur de Rambouillet ont sauté dans un camion, et deux motocyclistes partis en éclaireurs dans un side-car ont vu éclore, dans le ciel qui virait au bleu, les corolles des parachutes. En plus des tirs des mitraillettes, un hostile comité d'accueil attendait les Anglais à leur point de chute : Adams, Bartholomew et Perfect n'ont pas offert de résistance.

Or, de son côté, Reeves marche avec l'espoir de tomber sur un de ses camarades parachutés. Il ignore ce qu'il est advenu du Wellington, si Dellar et Davis ont réussi à se poser. En une nuit, toute sa vie a basculé. Hier encore au *dispersal*, il jouait à la bataille aérienne avec des cartes trafiquées, endossant pour de faux l'uniforme d'un pilote allemand, prenant en chasse un Wellington ou un Halifax. En fin de partie, il scellait la victoire d'un chaste baiser dans le cou parfumé de Lucy, « sa » WAAF. Mais ce matin, Lucy est toujours au mess, peut-être serrée de près par une autre recrue, quand lui tient dans ses bras les ailes brisées de son parachute. Il se voyait juste effectuer une croisière nocturne en territoire ennemi, puis rentrer à la base, triomphant ! À l'heure qu'il est, il devrait s'approcher de Lucy, le chiffre vingt-trois mimé de ses doigts, pour briguer la récompense d'un rendez-vous galant et fêter cette première avec Dellar, Davis et les autres, au cri de : « Vive la France ! » Au lieu de ça, tous ont quitté le monde libre pour se retrouver dans la prison à ciel ouvert de la *Neue Europa*.

« Tout ça pour des conneries de tracts ! » peste le radio.

Ce n'est que maintenant qu'il se rend compte que sa cheville le fait souffrir. Pourtant, il ne se rappelle pas s'être mal réceptionné – au contraire, il a suivi à la lettre ce qu'on lui avait enseigné, « accompagner sa chute », « l'amortir dans un roulé-boulé ». N'empêche que sa cheville en a pris un sacré coup : il ne va pas pouvoir marcher comme ça longtemps.

À l'abri d'un fourré, il fait un bandage avec la toile de son parachute et brise une branche pour s'aider dans sa marche d'un bâton. Un soleil voilé se hisse au-dessus de l'horizon. Tout semble calme dans cette campagne qui ressemble à l'arrière-pays londonien, pour ce qu'il en connaît, au Sussex, où il a fait une dernière virée entre copains avant d'être appelé sous les drapeaux. Sa montre indique 6 heures – heure française, heure de Berlin. Reeves inspecte les alentours à la longue-vue et aperçoit au sud-est de la fumée s'échapper d'une cheminée : il décide de s'y rendre. Advienne que pourra...

À une quinzaine de kilomètres de là, le chant des oiseaux s'est interrompu brusquement quand l'imposante silhouette du Wellington a foncé droit sur un mât de cheminée pour finir sa course folle dans un champ, à l'entrée de la forêt de Méridon. Des fragments de l'appareil roulaient encore quand sa carcasse disloquée s'est embrasée et qu'une boule de feu est montée jusqu'au ciel, pour s'épanouir en un admirable champignon.

Quelques minutes plus tard, dans les foyers alentour, des aboiements retentissent et se répondent, des lumières s'allument sur les façades ensommeillées des habitations. Davis écoute le léger crépitement – ce son que rend une bûche quand les flammes lèchent son écorce. Ravivée, la flamme réchauffe le corps froid et raide du navigateur.

Son monde s'éteint à petit feu. Il n'y a plus d'oiseaux dans le ciel, plus de souffle dans l'air, plus d'air dans le vent. Rien que ce doux foyer qui lui réchauffe l'âme, comme un feu de la Saint-Jean, un soir de juin, quand il était enfant. Le calme après l'accident, la fin de tout tourment, la mort sereine qui vous prend la main et vous entraîne dans le courant.

Un chien au loin aboie, un autre lui répond, puis un troisième jappe, en canon. Davis approche de la rive où officie le nautonier. Il l'attend. Des larmes gonflent ses yeux clos. Il pense à sa mère quand elle recevra le télégramme de la Royal Canadian Air Force. Il pense à ses compagnons d'infortune qui ont péri par sa faute, parce qu'il n'a pas « une bonne appréciation des distances et de la hauteur », comme l'ont noté ses instructeurs, parce qu'il est doué pour la mécanique, et non pour la navigation, parce qu'il n'aspirait qu'à mettre le nez dans les entrailles d'un moteur – fût-ce celui d'un avion – mais n'avait aucun désir de voler. Parce que, classé *below average*, il aurait dû poursuivre sa formation plutôt que de participer à cette mission.

Ci-gît le sergent Delmar Murray Davis. « Paix à mon âme et désolé, les gars... » Deux grosses larmes roulent sur ses tempes. Elles glissent, empruntent le conduit de l'oreille et s'écrasent sur le tympan dans un autre crépitement, cristallin, qui le ramène à la vie.

Davis secoue la tête, et sa main se lève et se plaque contre son oreille. Il entend les chiens aboyer au loin, il sent la chaleur du feu sur son flanc droit, il peut ouvrir les yeux – et voit tout là-haut de grandes et hautes branches balayer les cieux en silence.

« Je suis vivant... », souffle-t-il entre ses lèvres.

Il remue les doigts, étreint la terre sous lui, redresse la tête et regarde ses pieds, ses jambes. Il est entier ! Avec précaution, il bascule sur le côté, mais hurle de douleur quand son épaule touche le sol. Il se tourne de l'autre côté en grimaçant, ramène ses jambes sous lui et, les paumes appuyées au sol, se met debout, tout doucement – la tête lui tourne.

Il s'appuie à un arbre, reprend ses esprits. Son gilet et sa combinaison chauffante sont déchirés en maints endroits et il a toujours son parachute dans le dos. À son front, il constate une bosse de la taille d'un œuf et se souvient soudain de s'être cogné la tête contre le longeron, à l'impact du Wellington. Hormis cette vibrante douleur à l'épaule et une migraine de trépané, il n'a rien de cassé, rien de grave. Un miracle ! Mais Dellar ?

Davis revient en claudiquant vers le champ où s'est écrasé l'appareil. L'un des moteurs de l'avion est posé, intact, au milieu du champ, semblable à un cœur gigantesque avec ses ventricules. La partie arrière du fuselage s'est détachée et a parcouru une dizaine de mètres avant de s'échouer, entièrement cabossée. Le cockpit et le nez ont brûlé, révélant le squelette de l'avion et sa structure en alvéoles. Les flammes dévorent l'habitacle où Dellar et lui étaient assis à leur poste de commande, à un mètre de distance l'un de l'autre.

Les chiens hurlent à la mort. Davis se hâte, ses blessures se réveillent une à une. Soudain, des éclats de voix lui parviennent. Il se tapit derrière un buisson. Deux hommes s'approchent du nez de l'avion. Le plus grand, s'aidant d'un morceau du longeron, s'efforce d'éventrer la carlingue encore fumante : il ouvre une brèche de la taille d'une porte et se glisse à l'intérieur, pour en ressortir, quelques secondes plus tard, tirant le corps sans vie et calciné d'un homme. Dellar.

Davis, horrifié, se mord le poing jusqu'au sang. Il étouffe un cri de douleur. Mais d'autres silhouettes se pressent, à présent, et un homme à bicyclette s'époumone dans son sifflet sur la route toute proche. À couvert dans les fourrés, Davis distingue, à la lueur des flammes, son uniforme et son képi. La police.

Il s'éloigne dans les bois, prenant garde de ne pas écraser de branches mortes.

Sur les champs sur l'horizon

Réveillé le premier, Desvignes soulève délicatement le bras de Jeannette posé sur sa poitrine et s'extrait du lit conjugal. Sur la pointe des pieds, il descend à la cuisine et met à bouillir une casserole d'eau pour le café. Les placards sont vides. Absorbé par son travail, il n'a même pas trouvé le temps d'aller aux commissions. Après trois ans de guerre au régime sec, il a perdu dix kilos et flotte dans son pyjama et sa robe de chambre. Jeannette aussi a maigri, mais elle a retouché ses habits pour les adapter à ses nouvelles mensurations : moins de poitrine et de fesses, mais des épaulettes confectionnées dans des chutes de molleton pour maintenir sa silhouette.

Impatient de découvrir son ouvrage exécuté la veille, Desvignes retourne à sa table à dessin. Les rideaux repliés laissent entrer la lumière, qui éclaire d'un jour avare les planches sur lesquelles il a travaillé. Il a tout laissé en plan, par paresse mais aussi pour avoir le plaisir de constater, au réveil, l'ampleur du travail accompli. Alors qu'il présente ses dessins à la lumière du jour, le sourire qu'il arborait s'évanouit. Son trait, hier si précis, lui apparaît incertain, et les couleurs qu'il voyait flamboyantes et remarquablement assorties se montrent aujourd'hui ternes, délayées, mal appariées. Comble de la déception : il a passé des heures à reprendre à la mine et au pinceau les yeux de son personnage principal, mais à force d'ajouts il a abîmé et creusé le papier : son sujet a le regard éteint d'un prisonnier privé de sommeil.

Décidément, même quand il décide de se plonger dans une étude qui l'éloigne des préoccupations de la guerre, celle-ci vient tout contaminer, y compris ses carnets à dessins. Desvignes repousse ses esquisses et réprime l'envie de tout brûler. Cela fait des semaines qu'il peine à trouver le ton pour cette édition illustrée de *Hamlet*, et il a beau connaître par cœur la pièce, pour l'avoir lue et relue, ses personnages lui échappent encore. À croire qu'ils se jouent de lui et se dépouillent, à la faveur de la nuit, des attributs dont il les pare.

« Peut-être, après tout, ne suis-je plus fait pour le dessin ? se dit-il, dépité. Peut-être devrais-je maintenant me consacrer à l'écriture... » – domaine où, quoique de façon anonyme, il rencontre un indéniable succès !

Le Silence de la mer, son premier roman publié sous le manteau, a trouvé son public. On le lit jusqu'à Londres, où le porte-parole du général de Gaulle, un soir, dans l'émission *Honneur et Patrie* sur la BBC, a parlé de lui comme d'un auteur « encore inconnu et déjà célèbre ». L'écriture a toujours été son jardin secret. Avec le temps, il a rempli des carnets de réflexions, souvenirs, portraits – et prophéties, aussi, comme dans ce livre paru en 1936 où il prévoyait, sur le mode comique, le retour de la guerre, la brusque percée des Allemands sur la Meuse, les défenses françaises enfoncées à Bapaume un jour de juin 1940, la défaite irrémédiable... Troublant augure. Et après ? Après, nous y sommes. La France occupée du Nord au Sud, un régime fantoche à la solde de l'ennemi, le silence assourdissant de la population muselée, le dernier cri des « terroristes » fusillés à l'aube.

Desvignes ne crie pas. Il résiste en silence, sans céder à la résignation mais sans non plus porter les armes. Il laisse cela à d'autres et ne fait pas de vagues. Ici, à Villiers-sur-Morin, il est Jean Bruller, le mari de Jeannette, l'ébéniste doté d'un joli coup de crayon. Mais à Paris, où il se rend deux jours par semaine pour « affaires », il est Desvignes, le cofondateur et directeur technique des Éditions de Minuit. Ce sont là deux de ses multiples identités ; il en joue comme de deux masques, mais il en est une qu'il ne peut révéler à personne, pas même à sa femme, ni à sa mère. Une seule personne la connaît : son ami de vingt ans, Pierre de Lescure. Les deux hommes sont liés par un pacte du silence. Desvignes ne dira rien des activités de son ami pour l'Intelligence Service, et Lescure doit tenir sa langue à propos du « déjà célèbre » quoique « encore inconnu » auteur des Éditions de Minuit.

À l'étage, le pas léger de Jeannette fait chanter les solives et les lattes du plancher. Desvignes se sert un bol de café qu'il sirote devant la fenêtre du salon, une main enfoncée dans la poche de sa robe de chambre. Dans le jardin, des moineaux sautillent dans l'herbe en quête de grains – décidément, la faim est devenue une obsession nationale. Un rayon perçant les nues révèle la clôture de pierres qui sépare son jardin du pré. Desvignes ouvre la porte-fenêtre et, après avoir chaussé les sabots de Jeannette, s'en va fouler l'herbe humide pour se réchauffer au soleil. Une forte odeur de terre monte du sol gras où s'enfoncent ses pas.

Tous les matins, il fait le tour du propriétaire pour inspecter ses installations : le potager de Jeannette, le clapier qu'il a construit à l'hiver 40 pour avoir de la viande blanche sans se ruiner au marché noir ; ses pièges à oiseaux, où, les jours de chance, une grive au cou rompu leur apporte une ration bienvenue de protéines. Engagé au début de l'Occupation par l'ébéniste de son village, Desvignes a appris à travailler le bois. Il s'est initié à l'atelier, mais c'est chez lui qu'il s'est perfectionné, sur son temps de loisir. Son ingéniosité, sa créativité étaient avant-guerre tournées vers l'art ; elles lui servent aujourd'hui à inventer des solutions pour améliorer le quotidien.

Dans le fond du pré, près de la rivière, une demi-douzaine de vaches tendent le cou pour brouter. Desvignes enjambe la clôture pour aller leur caresser le museau. Vernis de rosée, des pissenlits, par centaines, font éclore de jolis petits soleils jaunes sur le vaste tapis vert. Dans cette constellation, un carré de couleur rose attire son regard. Desvignes fait quelques pas et ramasse, à sa grande surprise, un petit livre fin oublié dans l'herbe, aux pages gondolées par l'humidité. Il le retourne et lit sur la couverture *La Revue du monde libre*, et cette mention en lettres capitales : « APPORTÉE PAR LA RAF ». Plus surprenant encore, son propre livre figure au sommaire, avec en prime une coquille dans le titre !

« *Les Silences de la mer*... Mince, alors ! » fait Desvignes, sidéré.

Face à lui, les vaches se sont arrêtées de brouter et présentent leurs museaux intrigués. Il sursaute en entendant la voix de sa femme :

« Jean ! »

Sur le seuil du salon, Jeannette lui fait de grands signes et met les mains en porte-voix.

« Pierre de Lescure au téléphone... »

Desvignes range soigneusement le petit livre rose dans sa poche et revient sur ses pas, scrutant l'herbe autour de lui à la recherche d'autres exemplaires. Incrédule, il lève les yeux au ciel, à la recherche du messager qui a déposé dans son jardin ce cadeau tombé des nues.

Sur les objets familiers

Août 1943

En prévision de l'arrivée de Roland et d'Édouard, Lee a entièrement repensé la maison de Downshire Hill. Ils souhaitaient un espace dans le salon pour pouvoir, tous les deux, mettre au propre les poèmes d'Eluard traduits en anglais par leurs soins. Elle a poussé les meubles, rangé les bibelots, débarrassé la table du living, remisé son fauteuil fétiche, apporté sa lampe et son pot à crayons pour donner à l'ensemble l'apparence d'un bureau. Puis, satisfaite de son décor, Lee est allée chercher sa précieuse machine à écrire, sur laquelle elle tape les légendes de ses photos pour *Vogue*.

Aussi Roland n'est-il qu'à moitié étonné quand il la trouve assise à sa table de travail devant son Hermès Baby, un paquet de feuilles blanches sur le côté, des recharges de carbone à disposition. Elle arbore de grosses lunettes de soudeur, sur les verres desquelles elle a collé les mots *Type* et *Writer*.

« Qu'en penses-tu ? » demande-t-elle à Roland en tournant dans la pièce.

Celle-ci est si changée qu'il a du mal à reconnaître ce qui était leur salon et qui ressemble à présent au bureau d'un rédacteur en chef. Ça, c'est du Lee tout craché. Roland se rappelle la remarque d'un ami, un jour qu'elle rentrait d'une séance photo dans un studio de Londres : « Quand Lee s'occupe de l'éclairage, elle refait aussi l'électricité. »

Lee lui désigne des feuillets déjà dactylographiés des poèmes de Paul, punaisés au mur à la place des toiles de maîtres.

« J'ai pensé que nous serions plus à l'aise pour travailler...

– Nous ? Mais tu n'as pas besoin de... Nous allons nous débrouiller tout seuls. »

Lee lui offre un sourire plein de sous-entendus. Hors de question de prêter son Hermès Baby à ce pataud d'Édouard. Et elle connaît les difficultés de Roland à taper : ses doigts ont sur les touches l'agilité d'un échassier sur un marais glacé.

« Tu es sûre que tu veux t'en occuper pour nous ? Tu n'es pas obligée, tu sais...

– Je sais, répond-elle avec assurance. Mais j'en ai envie. Et, ajoute-t-elle avec esprit, je réclame dès à présent une avance sur les frais. »

Les bras autour de son cou, elle s'empresse de lui voler un baiser.

« Voilà ! Nous pouvons nous y mettre maintenant...

– Attends, c'est Édouard qui a les feuilles. D'ailleurs, il devrait déjà être là. »

Édouard est en retard. Il a passé la matinée à retoucher une dernière fois les traductions et, ce que Roland ignore, il a calé en début d'après-midi un rendez-vous avec John Atkins, le rédacteur en chef de *The Tribune*. Depuis des semaines, il se démène dans toute la ville pour placer les textes de la collection qu'il veut lancer. Jusqu'ici, il a fait chou blanc : aucun éditeur ne se montre emballé par les envolées surréalistes des poètes de son cru.

C'est donc un Mesens dépité qui sonne, au 21 Downshire Hill, avec une heure de retard. Rien qu'à sa mine, Roland comprend qu'il vaut mieux éviter les questions d'usage sur l'avancée de ses prospections. Édouard s'affale dans le sofa, sans même noter qu'il a changé de place, et soupire pour marquer sa déception.

« Ils n'en veulent pas..., finit-il par lâcher.

— Pas quoi ? demande Lee.

— Tout. Enfin, rien. Aucun des textes que je leur ai proposés. Ni les poèmes de Benjamin Péret, ni ceux de Brunius... » Et, avec un regard accablé. « Ni même les miens ! »

Roland compatit. Puis il demande :

« Et ceux d'Eluard ?

— Eluard, c'est différent. Tout le monde le veut ! Une revue, *The New Statesman and Nation*, ne s'est pas gênée pour publier un poème de lui sans *notre* autorisation.

— Quel poème ?

— "Bientôt". C'est celui qui est tiré du recueil *Sur les pentes inférieures*. Il commence par : "De tous les printemps du monde, Celui-ci est le plus laid".

— *Damn it !* Mais de quel droit osent-ils ? s'offusque Lee en se dressant, comme piquée aux fesses par un ressort.

— C'est ce que je leur ai dit, poliment. J'ai envoyé à Raymond Mortimer une lettre pour le rappeler à ses devoirs en matière de droit d'auteur. Je me suis permis de la signer de nos deux noms, ajoute-t-il à l'adresse de Roland.

— Tu as bien fait. Comment a-t-il réagi ?

— À l'anglaise. Il m'a pris de haut et m'a soutenu qu'il le tenait d'un numéro de *Fontaine*, daté de juin 1942 !

— *Fontaine* ? demande Lee.

— C'est une revue éditée à Alger. Mais il y a plus embêtant encore : j'ai appris qu'une autre revue, ici, à Londres, s'était procuré "Liberté" et l'avait diffusé en France.

— En France ? Comment ça ?

— Vous n'allez pas le croire : il a été largué par la RAF ! »

La mâchoire de Lee manque se décrocher. Elle met tout de suite cette histoire sur le compte de l'imagination débridée d'Édouard.

« Mais dans quelle publication ? demande Roland. Et comment se fait-il qu'on n'en ait rien su ?

— Elle s'appelle *La Revue du monde libre.*

— C'est une revue française ?

— Non, anglaise. Mais en français. »

Lee n'y comprend plus rien.

« Et c'est normal qu'on n'en ait rien su, comme tu dis, car elle n'est pas distribuée à Londres, ni dans le reste du royaume.

— Qu'est-ce que c'est que ces salades ? dit Lee.

— Je n'en sais pas plus. Seulement que cette revue rassemble des textes tirés de journaux qui publient ici, mais aussi d'œuvres parvenues de France. Elle n'est pas en vente libre, car, comme je viens de le dire, elle est seulement destinée à être lancée par les avions de la RAF au-dessus de la France...

— Ça alors ! dit Lee.

— Un tract ? demande Roland.

— Tout comme. »

Les questions se bousculent dans la tête de Roland. Au début de la bataille d'Angleterre, les Allemands arrosaient Londres et les villes côtières d'une propagande grossière qui vantait la supériorité du Reich ou dénonçait les mensonges des démocraties. C'étaient de simples feuillets mal imprimés, souvent mal composés, avec lesquels ses compatriotes allumaient leur feu de cheminée. Mais des poèmes, Eluard !

Perdu dans ses pensées, Édouard regarde d'un œil vague une toile de Chirico, décrochée du mur et posée à côté de la cheminée. Elle représente un quartier déserté, figé sous une lumière crépusculaire. Au deuxième plan, un personnage est écrasé par les ombres noires et gigantesques que projettent les constructions autour de lui.

« Je ne sais plus quoi faire, confesse Édouard à voix basse. Ça fait des années que je m'investis corps et âme pour les artistes et les écrivains, si bien que j'en néglige mes propres œuvres... Je vais avoir quarante ans et n'ai guère publié que dans des revues, ou quelques poèmes isolés. Je croyais dans l'élan que nous donnerait une collection, et j'en espérais un peu de reconnaissance pour moi, c'est vrai. Mais je me rends compte que, aux yeux des éditeurs, ici, seuls comptent les grands noms, les Breton, les Eluard, les Aragon... Et maintenant ce nouveau venu, Vercors, "la légende vivante de la Résistance" – tu parles ! Il n'y a pas de place pour qui que ce soit d'autre. Et les jeunes surréalistes se retrouvent comme le personnage de ce tableau : ensevelis sous l'ombre immense de leur ambition. »

Lee, touchée par le voile de tristesse qui fait chevroter la voix d'Édouard, s'est approchée de lui et tend son paquet de cigarettes. D'un regard reconnaissant, il approche son visage abattu de la flamme jaillissant de son briquet.

« Le surréalisme a toujours eu mauvaise presse à Londres, reprend-il. Rappelle-toi, Roland, cette première exposition que nous avons lancée en 1936, les critiques de la presse... À l'époque, on n'avait peur de rien, on s'en fichait. Je croyais qu'avec la guerre nos idées triompheraient, et c'est le contraire qui se produit. Nous avons toujours été suspects sur le plan artistique et, à présent, nous le sommes aussi sur le plan politique. Je sais bien que c'est le lot des artistes de se heurter à des conservateurs. Je sais bien que le surréalisme est l'avenir de l'art, mais... »

Édouard ne détache pas les yeux de la toile de Chirico.

« Je suis comme le petit personnage dans le décor muet de ce tableau. Je m'agite en pure perte... »

Roland s'est levé pour partir à la recherche de sa réserve d'alcools forts, que Lee a changée de place, comme tout le reste. Elle l'aide à la débusquer, puis verse trois petits verres de cognac – de la réserve d'avant-guerre, spéciale coup dur.

« *Cheers !* dit-elle d'une voix douce en présentant un verre à Édouard.

— Je comprends ta déception, Édouard, lui dit Roland, avec tact. Mais nous n'avons pas travaillé pour rien. Les éditeurs ne veulent pas des écrits surréalistes de nos amis. Ils sont embarrassés par les provocations de Péret, de Brunius et de toi... Cela n'a pas d'importance. Nous les imprimerons quand même, à la London Gallery. Ils veulent tous Eluard, ils veulent avoir le privilège d'éditer *Poésie et Vérité 1942* en premier. Mais c'est à nous que Paul a envoyé son recueil, c'est à nous de le championner. »

Édouard lève un sourcil.

« Championner ? Tu veux dire : le mettre en avant ?

— C'est ça : le mettre à l'avant. Qu'ils publient des poésies de lui, tant mieux ! Tout ce qui sert notre cause est bénéficiel. Nous avons fait ce travail de traduction du recueil pour le faire connaître, ce n'est pas pour tout abandonner maintenant. Laissons de côté Atkins, Routledge et les autres ! Qu'ils publient ce qu'ils veulent ! Qu'ils fabriquent leurs tracts ! Nous, nous ferons à Paul l'hommage qu'il mérite pour son combat. Nous ferons un livre plus beau encore que celui que nous avons reçu de lui. »

Édouard sourit à ces bonnes paroles. Le cognac lui remonte aussi le moral. Lee le ressert.

Elle a gardé le silence jusqu'ici. La déception d'Édouard lui rappelle sa propre situation, à *Vogue*, où on ne lui confie que des reportages sur la mode, alors qu'elle voudrait raconter la guerre de l'intérieur et se retrouver en première ligne avec les combattants, comme Dave. Mais on lui a fait comprendre qu'une femme ne porte pas la culotte, ni des rangers. « Pas question de leur laisser le dernier mot... », se dit-elle.

La voilà qui pique le porte-documents de Mesens et retourne à son bureau improvisé. Son verre de cognac à portée de main, elle s'installe derrière sa machine, s'allume une cigarette, tire trois, quatre bouffées et la pose dans le cendrier.

« Ne faites cette tête, tous les deux ! Allez vous saouler un bon coup au pub et laissez-moi bosser ! Je vais vous taper ces poèmes et vous les aurez à votre retour. Allez, du vent ! » dit-elle avec un mouvement de la main.

Enfin seule, Lee pose les feuilles des poèmes traduits bien en évidence à côté de sa machine et tombe sur le titre calque : *Poetry and Truth 1942*. Le premier poème de la pile est celui, identifiable entre tous, de « Liberty ». Celui-là, elle le connaît par cœur maintenant, dans les deux langues – ou presque. Elle fait craquer ses doigts au-dessus des touches et s'envoie une bonne rasade de cognac. C'est parti. Ses doigts virevoltent sur le clavier.

On my exercice book
On my desk and the trees
On the sand on the snow
I write your name

On all the pages read
On all the white pages
Stone blood paper or ash
I write your name

Lee s'interrompt quand tinte la cloche de fin de ligne. « Curieux, se dit-elle, comme chaque fois que j'écris le refrain *I write your name*, une image différente se présente à mon esprit... » Elle tire sur sa cigarette, en s'interrogeant sur le pouvoir de l'écriture, puis reprend son travail et frappe les touches de son clavier avec toute la force de sa conviction. Son Hermès Baby gémit sous les assauts de ses doigts graciles et Lee repense à la Remington déglinguée, réduite au silence, qu'elle a photographiée lors du Blitz dans les ruines d'une rue de Londres.

Et sur le moulin des ombres

Juin 1943

Clopin-clopant, Reeves a réussi à marcher quelques kilomètres, jusqu'au village de Vieille-Église. Après une nuit sans sommeil, il est à bout de forces quand il se présente devant un corps de ferme, un peu isolé, et toque à la fenêtre éclairée d'une cuisine. Une femme âgée, les cheveux gris retenus en chignon, colle son front au carreau. À la vue de l'Anglais dans son uniforme sale et déchiré, de son parachute roulé en boule dans ses bras, elle comprend aussitôt, le fait entrer et appelle son mari, qui, levé avec les bêtes, travaille à l'arrière de la grange. Celui-ci sursaute en entrant dans la pièce et échange avec sa femme un regard incrédule.

« Fais-moi vite disparaître tout ça... », dit-il.

Il l'envoie à l'étage chercher des vêtements puis empoigne le parachute pour l'enterrer dans le champ – après avoir récupéré tout ce qui peut resservir : les lanières, comme colliers de serrage, et la toile, comme tissu.

Reeves a eu le bref espoir que ses camarades se trouveraient eux aussi dans cette maison, accueillis par ces fermiers aux visages sévères. Mais il est seul. Sa bienfaitrice ne lui pose aucune question – qu'il ne comprendrait d'ailleurs pas. Elle tourne autour de lui dans la cuisine, en proie à la plus vive agitation, et marmonne contre ces maudits avions qui traversent la nuit en faisant hurler leurs moteurs. Les journaux ne les mentionnent jamais dans leurs colonnes mais, entre voisins, les langues se délient et, dans chaque village, il y a une histoire de parachuté, de type planqué quelque part qui attend de trouver une filière pour retourner chez lui.

« Il fallait bien qu'il en tombe un par ici, de ces gros machins-là... », râle-t-elle en avançant vers Reeves deux tartines au beurre. Affamé, il mord dedans aussi sec.

Elle lui sert ensuite une solide omelette au lard accompagnée de légumes qu'il n'identifie pas, le tout arrosé d'une mélasse brune au vague goût de café. Pour la première fois, son palais découvre une cuisine étrangère, et celle-ci lui paraît bien fade. Il n'en laisse pourtant pas une miette. Une grande fatigue le gagne peu après. Il se souviendra juste d'avoir posé la tête dans son coude, sur la table, quand il émergera le soir d'un profond sommeil, dans le décor nouveau d'un grenier.

Dans les jours qui suivent, Reeves n'a rien d'autre à faire qu'attendre, bien caché. Attendre que se présente l'occasion de filer. Cette attente se prolonge, se calcule en jours puis en semaines. Il prend son mal en patience. Ses hôtes l'ont installé dans le grenier familial. Au-dessus de son lit-cage, une lucarne s'ouvre sur le ciel. Chaque fois qu'il s'allonge et que ses yeux se posent sur ce rectangle de jour, il repense à ses compagnons d'armes, au bruit décroissant du Wellington condamné et à ses camarades ballottés dans les airs comme des ballons de baudruche. Il joint les mains et prie pour qu'eux aussi aient trouvé une main secourable.

*

Après avoir vu le corps sans vie de Dellar, tiré de la carcasse fumante du Wellington, Davis s'est terré dans les bois où, terrassé par la fatigue d'une nuit blanche, il s'est endormi. Il se réveille dans ce décor inconnu, ne sachant que faire ni quelle direction prendre. À l'abri de la végétation, il marche droit devant lui, en lisière du bois, quand un village se dessine à l'horizon.

Davis s'imaginait être tombé en pleine campagne, loin de toute terre habitée, au milieu des champs et des forêts. Or il constate que, à quelques encablures près, le Wellington aurait pu s'écraser sur les maisons qu'il entrevoit. Il entre dans la première cour qui s'offre à lui et frappe à la porte d'une maison basse en pierre. L'homme qui lui ouvre, stupéfait, le fait entrer sans tarder, de peur que des curieux ne repèrent ce soldat sanglé dans un uniforme allié. Il écoute ses explications en franglais sans bien comprendre.

« Montrez-moi vos papiers militaires », exige-t-il.

Davis s'en est débarrassé avant de quitter le *dispersal*, comme le préconisent les consignes d'usage, au cas où il tomberait sur une patrouille allemande. Son hôte se méfie, craint un piège, une manœuvre insidieuse des Boches, qui auraient déguisé l'un des leurs en aviateur allié pour démasquer des sympathisants, des « partisans », comme ils les appellent. Il circule tant d'histoires sur leurs pratiques. Pour le mettre en confiance, Davis lui relate le vol, la panne sèche et le recours à un atterrissage forcé. Il tend le bras pour désigner le champ tout proche où le Wellington s'est écrasé, expose ses contusions, sa blessure à la tête... L'homme trouve son récit plausible, d'autant qu'il ne dormait plus que d'un œil quand il a entendu le hurlement de l'avion dans sa chute.

« Vous avez faim ? » finit-il par demander.

Davis se jette avidement sur un reste de pot-au-feu, il avale de solides tartines de pain trempées de sauce. L'homme le ressert et le regarde manger avec attendrissement : sa solide carrure, son visage carré et dur, aux sourcils épais, lui rappellent son fils, tombé en juin 1940. Assailli par les souvenirs, il chancelle et doit s'asseoir.

« Ça va, monsieur ? » demande Davis.

Il lui tend le verre d'eau que l'homme lui a servi.

« Merci... », fait celui-ci. Il lève vers le navigateur ses yeux lourds de chagrin. « J'ai un fils qui a combattu à Dunkerque, en 1940. Ça vous dit quelque chose, Dunkerque ?

— *Sure !* Tout le monde connaît Dunkerque, répond Davis.

— Juste avant que les Allemands prennent le port, il a réussi à monter sur l'un de ces bateaux de pêche réquisitionnés par la Navy pour secourir les soldats piégés dans la poche. Il a été réexpédié en France deux jours plus tard pour reprendre le combat. Il est mort en défendant Nantes.

— *Sorry...* »

« Nantes, *once again...* », songe Davis. Il évoque avec force mimes la mission qu'ils viennent d'accomplir, lui et ses camarades, justement au-dessus de cette ville : les tirs de la Flak, les largages de tracts, les centaines de milliers de papiers jetés du ventre du Wellington et qui emplissaient le ciel comme des nuées d'oiseaux migrateurs. À écouter son récit, l'homme sent se rouvrir la faille toujours béante en lui de la perte de son fils.

« Je ne peux pas vous garder plus longtemps », annonce-t-il soudain.

Il en sait déjà trop, il s'est déjà compromis en ouvrant sa porte. Surtout, il ne veut plus entendre parler de la guerre, d'aucune façon ; aider cet aviateur ne lui rendra pas son fils. Sa présence même lui est devenue insupportable.

Il note pour Davis, sur un bout de papier, le nom et l'adresse d'un cousin, à Étampes, qui pourra peut-être l'aider. Puis il racle ses économies pour lui remettre cinq cents francs et lui confectionne un baluchon rempli de vivres, d'une gourde et d'un peu d'eau-de-vie. Davis repart dans la nuit déjà presque noire, avec sur le dos une tenue ayant appartenu au fils de son hôte : un chandail marron de laine épaisse, un pantalon de grosse toile trop large pour lui, retenu par une corde passée entre les cordons de la ceinture, des brodequins aux semelles élimées.

L'homme, lui, ne fermera pas l'œil de la nuit. En larmes devant sa cheminée, il s'en veut d'avoir renvoyé cet aviateur, sorti du néant, après l'avoir revêtu des habits du mort.

Un tract

Paris, le 14 juillet 1943

Vieille canaille,

Nous mettions jusqu'à maintenant sur le compte de votre gâtisme les nombreuses saloperies dont vous vous êtes rendu coupable ces temps derniers. Nous nous trompions : vous n'êtes pas qu'un vieillard imbécile ; vous êtes une inqualifiable crapule.

Nous avions pu croire que votre collaboration à *La NRF* de Drieu avait été une erreur. Votre participation en page 5 (Les spectacles !) de *L'Écho des étudiants*, journal récemment autorisé à paraître en zone occupée et qui publie en page 9 de judicieux conseils destinés à faciliter les départs en Allemagne, nous prouve suffisamment aujourd'hui que ce besoin de collaborer avec les gens de *La Gerbe* et *Je suis partout* correspond chez vous à une tendance essentielle. Vous trouverez donc naturel que nous vous assimilions dès maintenant à ceux avec qui vous avez cru opportun de vous manifester et d'affirmer ainsi votre solidarité. Vous dépendez désormais de la juridiction dont ils relèvent.

Le comité directeur de La Main à plume,
Marc Patin, Noël Arnaud, J.-F. Chabrun

Sur la vérité physique

En passant devant le Louvre pour se rendre à son rendez-vous, quai de Conti, Paul a une pensée pour Jacques Jaujard, le directeur des Musées nationaux, et son complice des *Lettres françaises*, Claude Morgan. La dernière fois que ces trois-là se sont vus, dans le bureau de Jaujard, il n'a été question que du front de l'art. Toujours passionnant, Jaujard leur a raconté comment, à l'Orangerie, une femme recense les œuvres pillées par les nazis, et comment, dans le Lot, des directeurs de musée et des conservateurs se battent pour soustraire à la voracité des dignitaires du Reich les chefs-d'œuvre que Vichy est prêt à leur céder. Jaujard a des oreilles partout : il a rapporté à Eluard que le peintre communiste Jean Lurçat prépare, à Lauzac, une tapisserie inspirée de « Liberté », tissée au nez et à la barbe des miliciens d'Aubusson.

Paul traverse la Cour carrée et s'engage sur le pont des Arts. Devant lui, le dôme doré de l'Académie l'éclabousse d'un trait de lumière aveuglant. Il aperçoit, au milieu du gué, un homme assis sur un banc, un journal plié à la main : Desvignes. L'individu se lève, visse son couvre-chef sur la tête et, du pas lent d'un homme absorbé par ses pensées, il remonte la Seine en direction de l'île de la Cité.

Paul le suit depuis la rue, à bonne distance, pendant quelques minutes, jusqu'aux jardins de Notre-Dame. Après s'être assuré qu'il n'est pas filé, Desvignes remonte vers le métro Saint-Michel. Il fait mine de fouiller dans les bacs des bouquinistes quand Paul vient à sa hauteur. C'est la première fois que Desvignes rencontre Eluard. Il s'imaginait un homme poli par la célébrité, distant et souverain, mais c'est un être bien vivant qu'il a devant lui, grand, le front haut, le regard clair.

« Il est des nôtres, lui dit-il, en désignant le bouquiniste. Venez, je vais vous présenter. »

Le type, un certain Raoul Chapoutot, n'en revient pas de serrer la main du poète de « Liberté » : il lui montre le « bac spécial » où il range la presse clandestine et les bouquins de Minuit. Paul lui serre la main chaleureusement, avant que Desvignes et lui reprennent leur chemin d'un pas énergique.

« Vous avez des nouvelles de Lescure ? lance-t-il.

— Il se cache dans le Jura : un opérateur radio de son réseau a été arrêté. Je le remplace jusqu'à son retour.

— Vous avez les textes sur vous ? demande Eluard.

— Non, ils sont en lieu sûr. Où voulez-vous qu'on se retrouve pour la sélection ?

— Dans un café ?

— Trop dangereux. Chez Lucien ?

— Non, il y a trop de passage à la librairie. Je ne vois guère que chez moi, mais il faudra faire vite. Nous ne sommes pas censés y être...

— Vers quelle heure ?

— J'y serai dans deux heures.

— Entendu. »

Deux heures plus tard, Desvignes sonne au 35, rue de la Chapelle. La porte s'ouvre sur une belle femme brune aux cheveux crêpelés, qui tient d'une main un plumeau, de l'autre un long fume-cigarette.

« Desvignes ? » fait-elle, dans un trait de fumée.

Elle l'invite à entrer et, sans un mot, le précède dans le vestibule où s'alignent dans la pénombre des toiles signées de grands maîtres. Desvignes se laisse guider, le nez en l'air. Sa surprise s'accroît encore une fois arrivé dans le salon, garni presque du sol au plafond de gouaches modernes, de sculptures des arts premiers et d'étranges pièces surréalistes. Il a beau avoir été prévenu par Pierre de Lescure, à la vision de cette galerie d'art, Desvignes n'ose plus faire un pas.

Nusch s'amuse de cet émerveillement qui saisit les nouveaux venus, rue de la Chapelle. Elle laisse son invité s'imprégner des lieux et poursuit son ménage. Son pantalon blanc rayé et son chemisier de soie légère, négligemment boutonné jusqu'au jour de sa poitrine, lui donnent un air de garçonne des Années folles. Desvignes est troublé par son audace vestimentaire et la sensualité qu'elle dégage. Surtout, il trouve qu'elle vient parfaire le décor de toiles et de statues dont ils sont entourés.

Dans la pièce voisine résonnent les voix en sourdine d'Eluard et d'un autre type que Desvignes n'identifie pas. Paul passe une tête dans le salon et adresse à son visiteur un petit signe, avant de retourner à sa conversation. Nusch, devant la mine empruntée de Desvignes, se sent le devoir d'intervenir :

« Mettez-vous à votre aise, Paul ne va plus tarder. Un petit verre de blanc, peut-être ? »

Elle pose son fume-cigarette dans un cendrier et part en cuisine. Sur le cendrier, la fumée monte en dansant le long d'une statue primitive, telle une offrande d'encens à une divinité orientale.

La porte de la pièce voisine s'ouvre sur Paul, qui raccompagne son visiteur. Lui et Desvignes échangent un rapide coup d'œil. Revenu au salon, Paul se charge enfin des présentations.

« Nusch, je te présente mon ami Desvignes, directeur littéraire des Éditions de Minuit. Il nous est envoyé, en son absence, par Pierre de Lescure. »

Elle lui tend une main douce mais osseuse, que Desvignes ne sait s'il doit serrer ou baiser.

« Ravie ! Et voici le vin blanc promis...

— Très bien, très bien, ma chérie, dit Eluard, pressé. C'est bon, vous avez les poèmes ? »

Délaissant son verre, Desvignes tapote la poche intérieure de sa veste. Les deux hommes s'installent à la table du salon.

« Voyons voir... », fait Paul.

Il fait défiler entre ses doigts les contributions de *L'Honneur des poètes*, pour les compter. Puis les deux hommes se lancent dans un échange technique sur l'édition à venir : nombre de pages, présentation, police de caractères, interlignage... Nusch écrase un bâillement et les laisse vaquer à leurs occupations. Paul écoute les explications précises de son cadet – de toute évidence, celui-ci connaît le métier.

« L'avant-propos sera rédigé par vous, m'a dit Pierre...

— Absolument, répond Paul. Il est prêt, d'ailleurs. Voulez-vous y jeter un œil ? »

Desvignes saisit avec émotion les feuilles que Paul lui tend : c'est le premier manuscrit du poète qu'il tient entre ses mains, et il se dit – non sans fierté – qu'il est sans doute le premier à le lire. De son côté, Eluard se plonge dans les textes apportés par son invité. Bien peu sont signés, et il songe à tous ces anonymes qu'il va falloir doter d'une identité clandestine.

« Alors ? fait Eluard, impatient de connaître l'avis de Desvignes sur sa préface.

— Parfait ! répond celui-ci. Vous avez noté que la plupart des poèmes que je vous ai apportés sont courts.

— Oui, moi qui craignais que nous ne puissions garder tous ceux qui nous ont été remis, je constate qu'au contraire le recueil pourrait en contenir davantage.

— Dans ce cas, je vous propose, avec votre accord, ces deux pièces », dit Desvignes en sortant de son portefeuille des feuilles de papier savamment pliées.

Paul les parcourt d'un œil aiguisé. À son tour, Desvignes attend le verdict d'Eluard.

« Très bien ! Surtout celui-là, “La patience”. »

La poitrine de Desvignes se gonfle d'orgueil, car il en est l'auteur.

« Donc, nous avons tout ce qu'il nous faut. Il ne reste plus qu'à créer les pseudos. Vous y avez réfléchi, déjà ? »

Desvignes fait signe que non : il n'y a même pas pensé pour son poème à lui. Mais Eluard sort d'une chemise une feuille remplie d'identités remarquables.

« Pour l'auteur de “La patience”, j'aurais Roland Dolée. Qu'est-ce que vous en dites ? »

Desvignes acquiesce. Voilà un nouveau pseudonyme, lui qui répond déjà aux noms de Bruller, Drieu, Desvignes – sans compter cet autre pseudo qu'il doit garder secret.

« Je vois que vous êtes rompu à l'exercice, Paul..., dit-il.

— On peut même dire que c'est mon jeu préféré.

— Sous quel nom publierez-vous votre poème ?

— Maurice Hervent. Mais j'en ai d'autres sur le bout de la langue. Je m'endors, non pas en comptant les moutons, mais en inventant des noms de plume ! Bref, nous verrons cela plus tard. J'aimerais d'abord que vous satisfassiez ma curiosité... »

Paul met les papiers de côté, comme s'ils n'avaient plus aucun intérêt, et observe longuement son visiteur.

« Ce nom, Éditions de Minuit. Qui l'a trouvé ? Lescure ?

— Non, c'est moi, rectifie aussitôt Desvignes. Oh ! bien impunément, je le concède... »

Le regard de Paul le passe au détecteur de mensonges. Lescure lui a soutenu que l'idée venait de lui.

« J'avais d'abord pensé à Éditions Souterraines, poursuit Desvignes. Ou Éditions des Catacombes, Éditions de la Liberté, du Refus... Je tournais autour de la nuit, de l'obscurité. Puis, un jour que je me promenais sur les quais, je suis tombé sur ce livre, *La Confession de minuit*, de Georges Duhamel. Cela a été comme une révélation. Je ne voyais plus que ce mot, *minuit*, synonyme d'obscurité, de couvre-feu, mais aussi d'un temps légendaire suspendu entre aujourd'hui et demain.

— Il y avait aussi *La Tradition de minuit*, de Mac Orlan », fait remarquer Eluard.

Celui-là, il ne l'a pas lu, mais le Duhamel, si. C'était à Vézelay, se rappelle Paul, à l'hiver dernier. Il passait du temps à lire le soir, après le dîner, bien au chaud dans la salle du restaurant, et *La Confession de minuit* est depuis à jamais associée, dans son esprit, au décor feutré et chaleureux de l'auberge du Cheval blanc et à ces heures de quiétude.

« Une autre question me brûle les lèvres : ce *Silence de la mer*, le premier récit des Éditions de Minuit, qui en est l'auteur ? Qui se cache derrière ce Vercors ?

— Oh, je le connais très peu, répond Desvignes, toujours prudent sur le sujet. C'est un monsieur qui vit seul, à la campagne, et qui n'aime pas trop la compagnie. Un ours, si vous préférez... »

Paul est déçu de ce portrait peu flatteur. Il s'attendait à autre chose, pour l'auteur d'un récit qu'il porte à un haut degré d'estime.

« Mais qui le connaît, à part vous ?

— Personne. Je suis le seul à savoir son identité. »

Desvignes croise les doigts pour que Lescure n'ait pas vendu la mèche.

« C'est amusant, tout de même, poursuit Eluard. Tout le monde se demande qui a bien pu écrire ce livre et les noms les plus divers circulent : Martin du Gard, Gide – Duhamel, justement, vous en parliez tout à l'heure... »

Il voit dans l'allusion qu'a faite Desvignes à *La Confession de minuit* un aveu de paternité de l'œuvre.

« On parle aussi de Schlumberger ou de Marcel Arland... », répond Desvignes sans sourciller.

Paul n'accorde que peu de crédit à ces hypothèses. Il revient à la charge :

« Pour Paulhan, Vercors, c'est Maurice Bedel ! »

Desvignes rit de l'assurance qu'a mise le poète.

« Un de plus sur la liste des prétendants ! »

Desvignes ne connaît pas et ne doit en aucun cas connaître Paulhan, sauf de nom. Ainsi le veulent les consignes. Eluard le cuisine de longues minutes encore, par amitié autant que par curiosité, ignorant ces mêmes règles de confidentialité qui s'imposent dans la Résistance, ou considérant peut-être qu'entre gens de lettres on doit se tenir au courant des rumeurs du milieu.

« Quand même, quel succès ! On ne parle partout que du *Silence de la mer*.

— Et de votre poème, "Liberté" ! » dit Desvignes, pour dévier la conversation.

L'image lui revient alors du petit livre rose trouvé dans le pré derrière sa maison, il y a quelque temps. Un fascicule avec le poème d'Eluard, et son récit. Il meurt d'envie de lui raconter les pages gondolées de rosée, la mention « Apportée par la RAF », afin qu'Eluard sache que ses œuvres à lui aussi ont atteint l'Angleterre – et de là leur reviennent, de la plus étonnante des façons... Mais se laisser aller à ses confidences, ce serait ruiner sa couverture et les mettre tous les deux en danger.

« Si “Liberté” s’est si bien diffusé, dit Paul, c’est surtout grâce à *Fontaine* et aux cinq mille exemplaires de *Poésie et Vérité 1942*... Mais *Le Silence de la mer*, à combien l’avez-vous tiré ?

— Trois cent cinquante exemplaires.

— Seulement ?

— Et encore ! Près de deux cents exemplaires ont été saisis par les Allemands... »

Paul tombe de sa chaise. C’est moins qu’une brochure de La Main à plume, et très loin des standards des journaux résistants. Quel écho, pourtant !

« Nous avons fait en sorte que le livre tombe entre de bonnes mains. Nous en avons confié un certain nombre à des sympathisants haut placés dans le milieu de la finance, des lettres, de l’Université, de la magistrature et même du corps médical. »

Nusch revient dans le salon, avec une petite assiette de biscuits dans laquelle Paul pioche avidement. Desvignes avance une main timide et effleure de ses doigts la peau de Nusch – contact qui l’électrise.

« En avez-vous eu un exemplaire ?

— Quoi ? Du *Silence* ? Naturellement ! »

Paul semble vexé que son invité pense qu’il ait pu être oublié dans la distribution. Desvignes, voyant le cou raide d’Eluard, tente de se racheter :

« Je dis cela car de nombreux écrivains se sont sentis lésés de ne pas l’avoir reçu... Heureusement, nous le réimprimons bientôt, en même temps que *L’Honneur des poètes*, d’ailleurs.

— Racontez-moi comment s’est déroulée la publication... »

Desvignes préférerait ne pas s’étendre sur le sujet, mais il ne peut décemment pas éconduire Eluard.

« Eh bien, le texte était destiné à l’origine à une publication clandestine...

— *La Pensée libre ?*

— Exactement. Mais la Gestapo s'en est mêlée... Vous connaissez la suite. Il a été question de le publier dans *Les Lettres françaises*, mais cela s'est révélé impossible : le texte était trop long pour un journal. Alors nous avons pris la décision, avec Pierre de Lescure, de fonder une maison d'édition. »

Nusch s'est assise pour écouter.

« Je passe sur les péripéties pour trouver un imprimeur discret, et les problèmes de papier, d'encre, de brochage des pages... Bref, l'achevé d'imprimer date du 20 février 1942.

— Trois jours après l'arrestation des fondateurs de *La Pensée libre...* », fait remarquer Eluard.

Un voile de tristesse passe dans son regard, au souvenir de Jacques Decour et de Lucien Legros. Il se revoit un an plus tôt, dans ce même salon, en train de débattre avec Max-Pol de la nécessité de riposter avec de la poésie de combat.

« Trop de monde était impliqué dans *La Pensée libre*, explique Desvignes. Cela accroît le risque d'une dénonciation. Et les Allemands savent très bien extorquer des secrets à leurs prisonniers. C'est en tout cas la leçon que nous en avons tirée pour les Éditions de Minuit : ne pas mettre trop de gens dans la confidence et cloisonner les tâches de façon hermétique. Comme dit Lescure : "Jamais un nom sur un carnet, et un minimum de noms dans la mémoire."

— Et ce Vercors, poursuit Paul avec entêtement, il a un autre livre en préparation ? »

De nouveau, Desvignes est tenaillé par l'envie d'en dire plus. Il prend une grande inspiration, comme pour convoquer ses souvenirs, et déclare :

« Je ne l'ai pas revu depuis des mois, mais je crois qu'il travaille à un nouveau récit : *La Marche à l'étoile*.

— Quel titre magnifique ! » commente Paul.

Il aimerait bien épingler du Vercors pour son *Honneur des poètes*. Mais sans doute cet ours n'écrit-il que des récits ?

Lettre de Paul Eluard à Francis Poulenc

23 août 1943

Mon cher Francis,

Vous êtes bien blâmable de ne pas connaître mon adresse (35, rue de la Chapelle. Tél. : Nord 26-40). Si votre lettre, qui m'arrive aujourd'hui seulement, ne m'était pas arrivée, vous m'en auriez voulu de ne pas vous donner de titres.

Je vais y penser. Pour l'instant, je ne vois guère que : *Je suis né pour te nommer*. Est-ce qu'un titre dans ce genre irait ? Il ne vous faudra pas être trop exigeant, car il m'est plus difficile d'intituler un recueil entier + une pièce assez différente et assez importante comme « Liberté » que de grouper des poèmes comme ceux de *Tel jour telle nuit* sous une étiquette.

Mes livres sont très composés.

Enfin, il vaut mieux que je vous dise la joie et la fierté que je ressens de notre entreprise.

Restez-vous longtemps à Brive ? Notez mon adresse, car il nous faudra garder une liaison. Êtes-vous d'ailleurs encore à Brive ?

Nous, ce petit séjour au bord du Clain, chez Denyse Parrot, qui a chanté « Tel jour telle nuit » à Clermont-Ferrand au printemps, nous aura été utile. Nous rentrons à la fin de la semaine. Et nous vous embrassons très affectueusement,

Paul

Sur mon pupitre et les arbres

Août 1943

Les branches mortes la détresse
De la forêt pleine de pièges
Honte à la bête pourchassée
La fuite en flèche dans le cœur

Francis referme le recueil et reste songeur en se renversant sur sa chaise. C'est toujours ainsi : lorsqu'il pense avoir trouvé la clé d'une œuvre musicale, il découvre un élément nouveau qui lui fait penser qu'il peut faire encore mieux et se met à douter. « J'aurais peut-être dû inclure aussi ces vers-là... », se dit-il. Quelques vers, ce n'est pas une grande affaire. Il a tant retranché du matériau original que ce serait justice qu'il ajoute aujourd'hui cette pièce, « Un loup », dont il perçoit toute la symbolique et la grandeur. « Oh ! et puis, zut ! Après tout... trop tard ! » Sa cantate est presque achevée. Ce n'est pas le moment de tout détricoter. Il repose le recueil à côté de son carnet de notes, sur la petite table où il s'est servi un apéritif, et ferme les yeux. Pour un peu, il s'endormirait là, tandis que le bercent le chant des oiseaux et la rumeur de la ville. Il est épuisé. Il a travaillé trois jours sans relâche pour finir son œuvre.

Le petit balcon du deux-pièces qu'il loue à Beaulieu reçoit la lumière du soir. Comme c'est bon de prendre le soleil en fin de journée, quand il dore la peau sans la brûler. Il trempe ses lèvres dans le verre de vin blanc qu'une voisine mélomane lui a monté. Les gens d'ici sont très aimables, il ne s'est fait que des amis à Beaulieu. Il faut dire : avec un nom si prometteur, il ne pouvait en être autrement. Il a écrit à ses connaissances à Paris pour leur annoncer la bonne nouvelle de sa cantate achevée. À Bernac, Eluard et Picasso – à qui il veut la dédier.

Pour un peu, il quitterait déjà la Dordogne et rentrerait à Paris, convierait ses proches chez lui, rue de Médicis, et leur offrirait la primeur de son œuvre. « Mais on n'est pas si mal, ici... », se dit-il. Il se recale sur sa chaise, posant ses orteils sur la rambarde. Il mange bien, à sa faim, se délecte de beurre et de confiture au petit déjeuner, grâce à une dame de Brive qui veille sur lui. « Il ne faut pas que j'oublie de demander à Marie-Blanche de Polignac si elle lui a bien envoyé de Paris mon cadeau de remerciement... », se rappelle-t-il. Trois grands mouchoirs de la maison Lanvin : Francis ne se refuse rien. L'Occupation ne l'a pas mis sur la paille. Il n'a pas arrêté de se produire avec son ami Bernac, des deux côtés de la ligne, sans rien céder toutefois aux sirènes du maréchalisme.

À midi, il déjeune dans son petit « caboulot », comme il l'appelle. Il aime bien l'ambiance qui règne dans cette curieuse enseigne où se côtoient villageois, repliés et touristes. On y mange des plats qui, sans être très raffinés, remplissent l'estomac. Les bonnes adresses ne désemplissent pas dans le pays. Et les gendarmes ferment les yeux sur les cantines pas très à cheval sur la réglementation.

La patronne lui réserve toujours la table près de la fenêtre, aux rideaux de dentelle blanche maintenus par un ruban. De ce poste d'observation, Francis regarde la rue, la salle, rêvasse en attendant les plats. Il se mêle aussi volontiers aux conversations quand elles dévient dans sa direction. Il y a également, pour Francis, l'attrait de ce professeur de culture physique qui s'exhibe en short et maillot et roule des mécaniques à la moindre occasion – pour porter des caisses à l'intention de la patronne, monter du vin de la cave, décharger le camion... La petite serveuse en pince pour lui. Ça la change des silhouettes osseuses et des vareuses ternes des paysans du coin. Francis aussi goûte fort les apparitions du bel athlète. Raymond, beaucoup moins : il ne comprend pas ce que Francis lui trouve. Il y a tout un tas de choses que Raymond ne comprend pas. Mais pour le reste, c'est un compagnon inestimable. Ils ont passé quelques jours ensemble à Beaulieu, avant que Francis lui demande de le laisser seul, pour se mettre à l'ouvrage. Maintenant, il regrette sa présence. Il aimerait bien partager avec lui ce moment de gaieté intérieure qui suit une séance réussie de travail.

Dehors, les jours raccourcissent. Mais chez lui, sous la voûte noir sur blanc de son instrument, ils gagnent en vigueur. Ça l'agace toujours, ces commentaires admiratifs sur ses « facilités », son « don ». À en croire les raseurs, il suffit qu'il s'assoie à son piano pour que la musique jaillisse. Si seulement... Parfois, oui, les touches lui répondent au doigt et à l'œil : il saute de l'une à l'autre dans un ruissellement de notes. Mais, le plus souvent, ses mains s'enfoncent dans de la glaise dont il ne tire rien et qui lui colle aux doigts. Francis joue tous les jours, même ceux où il se lève d'humeur maussade, même après avoir passé des heures à lutter avec l'ange. « À force d'acharnement, on finit toujours par trouver... », dit souvent Raymond. Comme il a raison !

Après plusieurs séances décevantes, Francis a laissé en plan ses partitions pour se replonger dans ses livres de chevet. Il a emporté toute une collection de livres d'Eluard, bien sûr, mais il a surtout lu La Bruyère, bluffé par le caractère intemporel de ses *Caractères*, au point qu'il s'amuse à retrouver chez ces contemporains, les marchands de morale de la Révolution nationale, les empressés de l'Ordre nouveau, les résistants qui se poussent du col, bien des traits décrits par le satiriste. Combien, s'il revenait en 1943, La Bruyère trouverait à enrichir, dans la poche réactionnaire de Vichy, sa collection de caractères…

« Tome II : *Hôtel du Parc* ! » s'esclaffe Francis.

Il tourne en bouche ce bon mot, avec une gorgée de chardonnay. L'esprit français, si prisé par les maréchalistes, c'est aussi la fantaisie, l'irrévérence, l'insolence même, quand elle cultive le beau et le bon goût. « C'est "Liberté", c'est ma cantate ! » exulte Francis, grisé par la satisfaction du travail accompli, et un peu aussi par la boisson.

Cette cantate sera son chef-d'œuvre, la pièce pour laquelle la postérité se souviendra de lui et le fera enfin entrer dans le panthéon des grands compositeurs – son rêve le plus cher, le plus secret. Francis se rengorge à cette perspective. « Allons, allons ! Ne versons pas dans l'autocongratulation… »

Les premiers temps, ses essais ne débouchaient sur rien de valable. Il ne trouvait pas le biais pour aborder « Liberté », car la musique ne fonctionne pas comme l'écriture : elle ne place pas les accents aux mêmes endroits. Francis s'est résolu à ouvrir sa partition à d'autres poèmes d'Eluard, tirés de *Sur les pentes inférieures*. Après plusieurs essais, où il utilisait des poèmes qui lui tenaient à cœur, il en a gardé huit : les huit mouvements de son œuvre lyrique. Il les a renommés, car les titres sur le papier ne se transposent pas toujours bien sur la portée, puis les as assemblés pour donner le ton général de son chant – le *la* de la révolte, vers l'unisson de « Liberté ». Il avait un début indiscuté : *De tous les printemps du monde, Celui-ci est le plus laid*, et une fin en crescendo : « Liberté ». Tout le reste était à créer.

Francis rouvre l'édition suisse de *Poésie et Vérité 1942* et s'arrête sur une série de courts poèmes en prose qui ne figurent pas dans l'édition originale de La Main à plume. Il lit :

Nous sommes en juin, la fête est dans tout son éclat, la nudité première, gracile et satinée, entre dans ma chambre. L'été est simple, il faut se confier à l'été. Tout s'élance et s'envole et s'allume.

« Tout s'élance et s'envole et s'allume... », répète-t-il à voix basse.

Et déjà un nouveau chant s'élève dans son esprit. Il y a des mots comme ça qui résonnent plus que d'autres. *Tout s'élance et s'envole et s'allume...* Oui, pense Francis, c'est là la magie de la poésie : redonner du lustre aux mots du commun et les faire s'envoler comme une nuée d'étourneaux. Et comme en écho à ses réflexions, il observe, dans le ciel moucheté de nuages inoffensifs, le vol majestueux d'une formation de buses aux ailes déployées.

Il attrape son petit carnet de notes et recopie la prose d'Eluard. Il lit et répète cette phrase, encore et encore. Il voudrait que tout le monde la connaisse par cœur. Ce n'est pas assez que la cantate soit écrite, il faut que les chœurs d'Anvers l'entonnent, qu'elle *s'élance et s'envole et s'allume*. Il voudrait être là-bas, en Belgique, diriger les deux cent quarante voix promises, faire jaillir sa musique de ces gorges instrumentales.

Lui reviennent les mots du directeur de la chorale d'Anvers, quand ils se sont vus dans ce bouchon lyonnais : les Alliés vont débarquer en Italie, et les Russes déferler à l'Est. Crac ! Ses mains mimaient le geste d'une baguette que l'on brise. Bientôt, l'Allemagne sera à genoux. Bientôt, la liberté ! Et alors, sa cantate sera jouée dans le monde libre, retransmise sur les ondes... Il ne manque plus, pour cela, que la partition. Mais qui prendra le risque de l'imprimer ? Francis reste pensif quelques instants, puis il se produit une étincelle dans son esprit.

« Mais oui ! Paul Rouart, bien sûr.

Son ami, éditeur de la maison Rouart-Lerolle, le fidèle soldat du maréchal de Lattre de Tassigny... Il se précipite sur son petit carnet et l'ouvre à une nouvelle page. Sa main tremble, les mots se bousculent dans sa tête. Par quoi commencer sa lettre : Beaulieu, la cantate, les poèmes d'Eluard, la promesse du chœur, l'offensive des poitrines entonnant son œuvre ? Il mordille la pointe de son stylo, tellement exalté qu'il ne sait plus comment formuler sa requête. Après quelques essais infructueux, il se renverse sur sa chaise.

« De toute façon, Rouart acceptera... », assène-t-il avec l'aplomb de l'artiste animé par une intuition infaillible.

Sur les formes scintillantes

Octobre 1943

À bord du *SS Batory*, Max-Pol retrouve la mer. Le transatlantique transformé en navire-hôpital, transporteur de troupes, le conduit d'Alger à Gibraltar puis, de là, après une courte escale, met le cap vers l'Angleterre. Max-Pol est attendu à Londres. C'est la première fois qu'il se rend outre-Manche, dans la « capitale de la liberté ». Il y a quelques jours lui est parvenue à *Fontaine* une lettre du représentant du British Council à Alger qui l'invitait à s'y rendre. Il a sauté sur l'occasion.

Accoudé au bastingage, il observe le va-et-vient des remorqueurs dans le port d'Alger et l'amusant dispositif pour protéger l'espace aérien des avions ennemis : des ballons captifs attachés par des câbles dressent dans le ciel une illusoire barrière défensive faite de dirigeables d'aluminium, qui tournoient dans l'air et s'irisent de reflets changeants. Ils rappellent à Max-Pol ces ballons qu'enfant il tenait au bout d'une ficelle dans les jardins du Luxembourg. Le petit Max-Pol commandait alors une flottille ayant pour cibles les statues royales du jardin des Médicis.

D'aviateur pour de faux, le voici devenu capitaine pour de bon ! Car, grâce à son action au service des lettres, Max-Pol a acquis du galon. Il caresse du doigt l'insigne de son grade cousu sur son *battle dress*. C'est la première fois qu'il porte l'uniforme. Quand on lui a précisé que, en tant que civil et *war correspondant*, il n'était pas tenu de saluer les officiers, il s'est fendu d'un grand sourire. Tiens, tiens... Avant de s'embarquer sur le *Batory*, il a fait les cent pas sur le quai, bombant le torse dans son bel uniforme avec l'espoir de tomber sur des officiers plus capés que lui, et de tester sur eux ses prérogatives. Plusieurs colonels le fusillèrent du regard. Le plus drôle fut quand l'un d'eux le rappela à l'ordre sévèrement. Max-Pol, jouant les ingénus, mit en avant son statut et s'éloigna en riant sous cape.

« Je te salue, Vieil Océan ! » lance-t-il, à la manière de Lautréamont, au moment où le *Batory* largue les amarres.

Le transatlantique s'élance dans un concert de corne de brume et saupoudre l'horizon de la Ville blanche d'un long panache de fumée. La mer est calme et Max-Pol en profite pour saisir, comme il aime le faire, quelques clichés des flots écumants à la proue et à la poupe. Mais la mer se soulève bientôt et devient plus démontée à mesure que s'approche le goulet des antiques colonnes d'Hercule. Elle a renvoyé à leurs chères études les membres du Bateau R'ivre, le club fondé par Max-Pol avec quelques passagers férus de poésie. Le pont, balayé par de puissantes lames, s'est vidé de ses occupants. Max-Pol, accueilli dans la cabine de pilotage, passe des heures à observer le *Batory* disparaître dans les creux, entouré de murs d'eau. Il songe aussi, avec angoisse, aux sous-marins allemands qui rôdent sous les flots. N'importe quelle embarcation militaire alliée peut être leur cible.

Au bout d'un long tunnel de jours et de nuits, arrivé à Plymouth, Max-Pol se plie aux vérifications qui entourent les nouveaux arrivants en Angleterre. Fort heureusement, les lettres de recommandation qu'on lui a préparées lui évitent d'avoir à s'attarder. Dans la voiture affrétée pour lui, il s'émerveille, en chemin vers Londres, de cette campagne anglaise vierge du fracas de la guerre.

La capitale du royaume lui apparaît dès ses faubourgs dans toute sa puissance, avec ses larges avenues calmes où se croisent de nombreuses automobiles et des véhicules militaires. Max-Pol se flattait qu'Alger, sa ville reprise en novembre 1942 par les Anglo-Américains, fût devenue la tête de pont de l'Europe libérée. À Londres, il a basculé dans une tout autre dimension du conflit : ici converge tout l'effort de guerre allié, et cette forte mobilisation, gonflée par les milliers de recrues nord-américaines, n'attend qu'un signal pour déborder de leurs casernes et déferler sur les plages du continent. De capitale de la liberté, Londres est devenue à ses yeux celle de la victoire.

Çà et là, des façades d'immeubles touchées par les bombes ennemies se sont effondrées et un cordon a été dressé pour circonscrire ces ruines. Des soldats et des volontaires portant un brassard s'activent pour déblayer les gravats, qu'enjambent en toute décontraction, comme ils le feraient d'un éphémère ruisseau causé par une crue, des hommes en costume se rendant sur leur lieu de travail et des femmes à chapeau retroussant leurs jupes pour ne pas souiller leur tenue.

Plus loin, sa voiture s'immobilise à un feu rouge. Un éclair éblouit Max-Pol : un modèle vêtu d'un élégant tailleur gris, ganté de noir, pose sous l'arche d'un porche, arborant un petit chapeau rond à résille d'où jaillit, telle une flamme, une longue plume d'oiseau colorée. La voiture s'éloigne alors qu'un nouveau flash illumine la scène. Max-Pol découvre avec ravissement le joli minois de la photographe blonde qui lève les yeux de son Rolleiflex.

Les rues de Londres sont parcourues d'une foule bigarrée, où se côtoient civils et militaires.

Il prend ses quartiers dans une chambre sur Hanover Street que lui a retenue l'état-major. À son grand amusement, il se trouve, sur la carte, entre le palais royal de Buckingham, la France libre de Covent Garden, le British Museum et les mannequins de cire de Madame Tussauds. Aux yeux de Max-Pol, pour cette première visite à Londres, tout a valeur de symbole.

Dans sa chambre l'attend un mot de bienvenue glissé dans une corbeille de fruits. Peu après qu'il s'est installé et a défait ses bagages, une estafette lui apporte par pli spécial son emploi du temps pour ce séjour d'un mois en Angleterre. La courtoisie et l'organisation britanniques lui font la plus vive impression. Il déchante cependant, en parcourant le programme d'enfer qu'on lui a concocté. Lui qui se voyait baguenauder, tremper sa plume dans les eaux brumeuses de la Tamise, disposera d'un temps libre minimum… La liste est longue, des personnes qu'il doit rencontrer : écrivains, ministres de la France combattante, équipe française de la BBC. Max-Pol découvre le nom de Raymond Aron, son confrère de *La France libre*. Il a rendez-vous deux fois avec lui. De quoi vont-ils parler ? C'est à peine s'il connaît sa revue. « Et lui, connaît-il la mienne ? »

Que de chemin parcouru depuis l'armistice… « Nous ne sommes pas vaincus », écrivait-il dans *Fontaine* à l'été 1940. La France se verrouillait de l'intérieur, tandis que Max-Pol ouvrait sa revue à ceux qui croyaient en un autre avenir que celui de Vichy. Tout heureux, il tourne le bouton de la radio et tombe sur une gracieuse mélodie introduite par une volée de cuivres et de flûtes, puis une voix féminine illumine son salon par sa complainte grave et sensuelle : *When you're gone, Your life goes on…*

Tandis que la musique emplit sa chambre, Max-Pol valse jusqu'à la salle de bains, tombe en arrêt à la vue de l'étincelante baignoire à pieds. Cela fait des années qu'il ne s'est pas plongé dans un bon bain chaud. Il tourne aussitôt les robinets et se déshabille dans un flot d'eau fumante. Il avise alors une ligne rouge tracée sur l'un des flancs de la vasque : la limite à ne pas dépasser. Max-Pol imbibe ses orteils pour jauger la température et, satisfait, s'immerge tout entier, ravi de ces ablutions, mais navré de constater avec Archimède, que son corps plongé dans un liquide dépasse de beaucoup la *suggested water line*.

Casualty Section

Casualty Section
Marton Hall
XX Anderson Street
South Yarra S.E.1.
MELBOURNE

RAAF.166/9/107(14A)

Enclosed
Mr. G.T. Dellar
Lake Hindmarsh
JEPARIT VICTORIA

Aug 28 1943

Cher monsieur,

Je suis au regret de devoir vous confirmer le télégramme issu par ce département et daté du 21 août 1943, qui vous informait que votre fils, le sergent Thomas George Dellar, signalé précédemment comme disparu, est désormais signalé comme disparu mais présumé mort le 12 juin 1943.

Cette notification a été établie par le ministère de l'Air à Londres, à la suite d'un rapport reçu par la Croix-Rouge internationale, à Genève, lequel atteste que, selon des informations allemandes, votre fils a perdu la vie à la date indiquée ci-dessus. Je regrette que ce rapport ne précise pas l'endroit où votre fils est inhumé, mais je puis vous assurer que, dès que cette information nous sera connue, elle vous sera communiquée dans les plus brefs délais.

Recevez, monsieur, mes salutations respectueuses,

M.C. Langslow

Sur ses oreilles dressées

Assis sur un banc à la station de métro Passy, Reeves regarde passer les rames, les yeux lourds d'un sommeil écourté. Du jour au lendemain, il a dû abandonner son refuge et faire ses adieux à ses *helpers* après que ceux-ci, comme ils le lui avaient promis, lui eurent trouvé une filière pour quitter le pays et retourner en Angleterre.

Un soir, un homme, « André », s'est présenté à la ferme où il avait trouvé refuge depuis le crash du Wellington. Il a déroulé sur la grande table en bois une carte de France et, dans un anglais rudimentaire, lui a exposé son plan. Ensemble, ils descendraient en train puis en car jusqu'en Andorre et, de là, traverseraient les Pyrénées à pied, avec l'aide d'un passeur. Destination l'Espagne et, in fine, Gibraltar. Après presque quatre mois cantonné dans son grenier, sans sortir de peur d'être dénoncé, ne serait-ce que pour se promener aux alentours, Reeves a accueilli cette nouvelle avec soulagement, même s'il aurait préféré être exfiltré par avion plutôt que de devoir entreprendre un si dangereux périple.

Posté incognito à une dizaine de mètres de lui, André surveille les passagers sortant des métros. Après une demi-heure d'attente, une nouvelle rame s'immobilise et, dans le flot des voyageurs pressés de gagner la sortie, trois hommes, foulant le quai d'un pas hésitant, posent sur le décor de la station ce regard inquiet qui, plus sûrement que leur mise approximative, trahit la présence de soldats alliés. Au signe que lui adresse son contact, Reeves se lève et va au-devant d'eux. Les aviateurs se saluent discrètement et le chef du groupe du métro décline son identité et celle de ses hommes :

« *Squadron leader* Gaze. Et voici le pilote Graham, de la Royal Canadian Air Force. »

Escorté de leur guide, Reeves et ses deux nouveaux compagnons reprennent le métro dans l'autre sens, direction la gare d'Austerlitz. Collé à la vitre, Reeves ne perd pas une miette de la tour Eiffel, dressée au bord de la Seine. Il voudrait que le temps s'arrête, que la guerre lui accorde une trêve et qu'il puisse la visiter, en simple touriste.

À Austerlitz, André s'avance en éclaireur. Il veut s'assurer qu'aucun contrôle n'a été mis en place. Le groupe se fond dans les couloirs du métro et émerge sous la coupole de verre de la gare. À l'abri des oreilles indiscrètes, André explique la suite de l'expédition : train pour Clermont, nuit sur place dans une adresse de la filière, train pour Toulouse puis arrivée à Foix, juste avant les Pyrénées... En attendant le départ, ils grignotent un en-cas au buffet de la gare, tandis qu'André surveille étroitement le hall du départ et les quais. Par deux fois déjà, ils ont dû rebrousser chemin après avoir noté la présence de policiers qui fouillaient les voyageurs avant leur montée dans le train. Cette fois encore, ils attendent que le chef de gare, d'un coup de sifflet, annonce le départ pour se mêler à la foule des passagers en retard, puis ils se répartissent, au gré des places libres, dans les compartiments d'un même wagon. André convainc sans mal deux bonnes sœurs de les accepter, lui et Reeves, dans leur compartiment.

À présent que le train est en marche, Reeves, pour masquer la crainte qui l'habite, s'absorbe dans la contemplation de la campagne auréolée de brume matinale. Comme pour ses homologues levés aux aurores pour entreprendre ce long voyage, la monotonie des paysages et le roulis de la machine ont raison de sa vigilance ; il cède à la fatigue et sombre dans le sommeil. André le réveille quelques heures plus tard alors que, dans le couloir, leur parvient la voix du contrôleur.

« Mesdames, messieurs, en raison de troubles sur la ligne, nous accuserons une heure de retard à l'arrivée en gare de Clermont-Ferrand, notre terminus… »

Fausse alerte : le fonctionnaire ne pose pas de questions embarrassantes aux voyageurs.

Plein au départ, le train, au fil des arrêts, s'est un peu vidé. Les hommes se retrouvent dans le même compartiment. Couverts par le bruit des boggies, ils se laissent aller aux confessions et se racontent chacun leur trajectoire de guerre. Reeves écoute, fasciné, le récit du *squadron leader* Gaze :

« Le 4 septembre, moi et mes gars, à bord de nos Spit, escortions des bombardiers Mitchell quand nous avons été pris en chasse par des Focke-Wulf 190. L'un d'eux m'a mitraillé et a percé mon réservoir. J'ai dû abandonner mon zinc et sauter en parachute au-dessus de Dieppe. Le vent m'a dérouté et j'ai touché terre un peu plus au nord, dans le village de Baromesnil. J'ai à peine eu le temps de rouler mon parachute et de le planquer dans un fourré qu'une patrouille allemande arrivait sur place. J'ai couru à travers champs et me suis caché dans une ferme. Le propriétaire est venu à ma rencontre muni d'une fourche, mais il s'est radouci quand il a vu mon uniforme – il m'a même offert du cidre pour que je me remette de mes émotions ! Le soir, il m'a conduit dans une camionnette bringuebalante chez un instituteur appelé Masson, qui habite le proche village de Brunville. J'y suis resté plusieurs semaines. Là, j'ai reçu la visite d'un certain "Georges", chef du groupe de résistance Libération. Il m'a mis en contact avec un agent anglais basé à Rouen, "Clément". De fil en aiguille, j'ai réussi à gagner à Paris, où un autre agent, franco-canadien celui-là, "Gaby", m'a pris sous son aile. Il m'a caché dans son luxueux appartement de la place de Breteuil et m'a même fait découvrir Paris.

— C'est quand même risqué de sortir de sa planque pour visiter la ville..., fait observer Graham.

— Pas avec Gaby. Il parle sans accent et m'a fait passer aux yeux des curieux pour son neveu arrivé de Dieppe. Faut dire que je connaissais bien le coin... »

Reeves est suspendu aux lèvres du chef d'escadrille.

« Et ensuite ? demande-t-il.

— Gaby m'a mis en cheville avec André. Nous avons récupéré notre ami canadien, dit-il en posant la main sur l'épaule de Graham, et voilà ! C'est aussi simple que ça. »

Graham, à son tour, décline ses états de service : missions, victoires, frayeurs, et relate les circonstances du vol qui lui a été fatal. Lui aussi est un pilote capé, qui a participé à des missions de bombardements. Il a essuyé des tirs et connu l'ivresse du retour à la base, dans son zinc percé comme une écumoire. Reeves, en entendant ces récits de braves, a l'impression d'être un oisillon tombé du nid ; il se sent un peu honteux, pour lui et ses camarades du Wellington, d'avoir raté sa première mission. Lui aussi aurait aimé connaître l'accueil triomphal réservé par les camarades du *dispersal* et les chopes de bière que l'on entrechoque au mess, au récit des exploits.

À la demande du chef d'escadrille, il se prête toutefois au jeu des confidences et révèle que son zinc ne transportait pas des bombes, mais des tracts et du « nickel »... Ses nouveaux compagnons de route écoutent son récit sur les dysfonctionnements des instruments de mesure à bord, la purée de pois dans laquelle s'est perdu l'avion, jusqu'à la panne sèche. Tous, ils tombent d'accord pour imputer au vieux « Welli » les défaillances qui ont été fatales à ses occupants.

Rasséréné, Reeves ose enfin poser la question qui lui brûle les lèvres depuis leur rencontre à la station de métro Passy :

« Avez-vous entendu parler des autres membres de mon équipage ? Dellar, Davis ? Adams, Bartholomew ? » Hélas, leurs noms ne disent rien à personne.

En fin de journée, le train s'arrête à son terminus. Les trois fugitifs et leur guide sortent de la gare séparément, sans avoir été contrôlés, et filent dans les rues de Clermont-Ferrand jusqu'à un salon de coiffure situé sur une petite place. André y entre le premier, cependant que le *squadron leader*, Reeves et Graham patientent dans un café de l'autre côté de la rue. Après quelques minutes, André ressort, rasé de près, et rajuste avec soin son chapeau. À ce signal, le chef d'escadrille replie son journal, se lève et traverse la petite place.

À l'intérieur du salon, un client se fait tailler la barbe par un jeune apprenti en pantalon de golf court et bouffant. Le barbier désigne à Gaze une chaise libre dans le fond. Pressant la pédale pour ajuster la hauteur du siège, il demande :

« Barbe ou cheveux ? »

Face au miroir, le *squadron leader* le fixe des yeux et souffle à voix basse le mot de passe :

« Moustache... »

Le coiffeur acquiesce, comme si de rien n'était, et prépare son client : il lui fait enfiler un manchon et dépose sur ses épaules un carré de serviette éponge. Cela fait, il l'abandonne quelques instants, le temps de vérifier le rasage accompli sur l'autre client par son apprenti, de reprendre au rasoir la ligne du cou. Après avoir échangé quelques banalités en caisse, le client règle et sort, suivi de près par l'apprenti, à qui le barbier a donné congé pour la fin de la journée. Dans le café en face, Reeves et Adams voient les deux hommes vider les lieux et se tiennent prêts.

Le barbier, revenu vers l'Anglais, écrase de son pied la pédale, le siège s'abaisse d'un coup. Il lui arrache la serviette nouée derrière la nuque.

« Venez avec moi...

— Attendez ! fait Gaze. Sortez un instant dans la rue, comme pour prendre l'air... » Le barbier semble hésiter. Visiblement, ce n'était pas prévu avec André.

« *Please...* », ajoute le chef d'escadrille.

Le barbier extrait une cigarette de son paquet et tire quelques bouffées sur le trottoir. Du café d'en face viennent à lui deux types qui reboutonnent leurs manteaux. Il écrase sa cigarette, tous entrent dans l'échoppe. Sans un mot, le barbier donne un tour de clé derrière lui puis retourne la petite plaque métallique indiquant que la boutique est fermée. Les trois Anglais le suivent au sous-sol, dans une petite pièce voûtée et basse encombrée de matériel de salon. Assis dans le fond, un homme les attend. André. Le barbier les laisse seuls et remonte à l'étage.

« Dernière étape avant la liberté, *gentlemen* ! » leur lance André.

Il sort de la malle des têtes de mannequins à coiffer qu'il dépose soigneusement sur le côté, du linge et des serviettes, puis il extrait deux uniformes de gendarmerie, assortis d'une paire de menottes. Les trois aviateurs échangent un regard dubitatif ; ils s'attendaient à des tenues de ville, pour se fondre dans la masse. André tient les uniformes par la boucle du cintre et, en guise d'essayage, les ajuste sur le buste des trois Anglais. Il lance au chef d'escadrille :

« Vous, Gaze, vous serez le brigadier Ginestet. Vous devez transporter ce prisonnier de droit commun à Toulouse. Voici votre ordre de mission et une copie du procès-verbal de son transfert… Ne montrez ces fiches que si on vous les réclame, vu ? Choisissez votre prisonnier : il faut qu'il comprenne un minimum le français, en cas de contrôle. »

Ce sera donc Reeves, faute de mieux. Il parle mal la langue et son accent le trahit dès les premières syllabes, mais il la comprend toujours mieux que Graham.

« Parfait ! dit André. Mais il y a un dernier détail : il faudra un peu l'amocher… »

Sitôt ces mots prononcés, le poing du *squadron leader* est prêt à s'abattre sur le visage incrédule de Reeves. André l'arrête d'un geste.

« Pas ici, pas maintenant ! »

Je recommence ma vie

Max-Pol noue sa cravate et grimace devant la glace pour faire passer le nœud coulant. Sur son programme du jour est calée, à 18 h 30, une rencontre avec Raymond Aron. Max-Pol voulait se préparer en allant à la British Library, lire des numéros de *La France libre*, mais le temps lui a manqué. Depuis son arrivée, les rendez-vous s'enchaînent. C'est tout juste s'il réussit, le soir, à consigner sur ses carnets le récit de ses journées. Partout où il est reçu, au Parlement, à la BBC, au QG de De Gaulle, à Carlton Gardens, on le présente comme l'ardent défenseur de l'esprit de résistance des lettres françaises. Londres lui a réservé un accueil qui le bouleverse.

« Et c'est de bon augure pour *Fontaine* ! » se dit-il, reculant pour examiner sa tenue dans le miroir.

En bon directeur éditorial qu'il est, Max-Pol n'a pas oublié le véritable enjeu de son voyage : assurer l'avenir de sa revue. Car le débarquement en Afrique du Nord, s'il a libéré de la pression de Vichy sa terre d'élection, a eu pour conséquence de priver *Fontaine* de son principal débouché : la France métropolitaine.

La revue ne s'écoule plus de l'autre côté de la Méditerranée, et à Alger cela se passe plutôt mal avec le gouvernement du général Giraud.

Max-Pol est arrivé avec une bonne demi-heure d'avance dans ce café de Covent Garden. Après avoir choisi une table qui donne sur la rue, il s'est fait servir un apéritif et profite de l'attente pour reprendre sur ses feuilles volantes le compte rendu des derniers jours. Il entame le résumé d'une causerie à l'Alliance française quand se présente devant lui un homme grand, qui l'interpelle en français.

« Max-Pol Fouchet ? Enchanté, je suis Raymond Aron... »

Avec ses cheveux courts, son nez imposant, son regard calme, Aron ne correspond pas à l'image que Max-Pol se faisait de lui. Revenu de sa surprise, il lui tend une main empressée. D'une voix grave, son interlocuteur lui fait part de sa joie de le rencontrer. Max-Pol lui renvoie le compliment au centuple et, sans préambule, lui rapporte le concert d'éloges que les gens rencontrés ces dernières semaines en Angleterre ont consacré à *La France libre*.

« Votre revue, conclut-il, a joué un rôle capital dans l'éveil des consciences.

— Oh, ce n'est pas ma revue, fait modestement Raymond Aron. D'ailleurs, je ne sais plus à qui elle appartient depuis que son fondateur a quitté le navire...

— Ah ? Mais pour aller où ? »

Raymond le regarde, interloqué.

« Mais chez vous, à Alger ! Il a rejoint le général Giraud ! »

Max-Pol marque un temps d'hésitation, ne sachant s'il peut livrer de but en blanc l'opinion très défavorable qu'il a de ce général et de sa « transition républicaine ». Il ose enfin se confier :

« Pardonnez cet aparté, mais je crains que votre fondateur n'ait pas misé sur le bon cheval : Giraud s'est fait doubler par de Gaulle. De vous à moi, c'est certes un excellent soldat, mais qui n'entend rien à la politique. Il manque singulièrement de flair et de hauteur de vues. »

Au grand soulagement de Max-Pol, Raymond approuve d'un hochement de tête. Puis il soupire au souvenir de Labarthe – ses choix hasardeux, son intransigeance. Et maintenant cet engagement au service de ce général à l'étoile pâlie...

« Je vois dans ce ralliement de Labarthe à Giraud l'ultime manifestation de son antigaullisme, qui a toujours été viscéral. »

Subjugué par son éloquence, Max-Pol l'écoute analyser les différentes formes d'antigaullisme, mais une question le taraude. N'y tenant plus, il saute sur un silence :

« Vous savez ce que l'on dit de lui, à Alger ?

— Ma foi ! Des tas de choses, j'imagine. L'homme ne laisse personne indifférent. C'est même ce qui fait son charme...

— Je voulais parler de ses activités. Labarthe est soupçonné d'être un agent soviétique. »

Max-Pol pensait lancer un scoop, mais Raymond n'est pas le moins du monde surpris.

« Oui, dit-il sans conviction. J'ai entendu ça à Londres, aussi. J'avoue que j'ai du mal à y croire... Tout, dans l'attitude d'André, contredit de telles suspicions. Voyez-vous, Labarthe n'a jamais su tenir sa langue et, par ses positions tranchées, il s'est mis à dos des tas de gens qui auraient pu lui être très utiles. Ce n'est pas là la manière d'agir d'un espion. Regardez ce qui s'est passé avec de Gaulle. Il l'a nommé en juillet 1940 à une position stratégique sur l'armement, qui aurait pu lui apporter une mine d'informations. Au lieu de ça, Labarthe a rué dans les brancards et s'est fait débarquer... Ensuite, dans la revue qu'il dirigeait, *La France libre*, à laquelle, je collaborais et collabore toujours, il s'est toujours tenu à bonne distance de De Gaulle, et lui a tenu tête souvent, alors qu'il aurait été si simple, dans sa position supposée d'espion, de faire comme tous les "idolâtres" du Général :

acquiescer et rester dans ses petits papiers. Non, je ne crois pas qu'il faille accorder de l'importance à de telles rumeurs. Franchement, si Labarthe est un informateur des Soviétiques, c'est la pire recrue qui soit ! » Raymond se rapproche de son hôte, un sourire malicieux au coin des lèvres. « Parlez-moi plutôt du cheval sur lequel il a misé à Alger : le général Giraud... »

Max-Pol n'en demandait pas tant. Il a sur l'ancien protégé du maréchal Pétain une malle pleine de petites histoires à verser dans ses Mémoires.

« Ah, Giraud ! Tout un poème ! Laissez-moi, si vous le voulez bien, vous conter une anecdote qui en dit long sur le personnage. En mal de notoriété, il a invité un jour à déjeuner au palais d'Été un parterre d'intellectuels, de journalistes et de correspondants alliés dont je faisais partie. Giraud s'est plaint durant tout le repas de manigances et de trahisons. Comme l'auditoire bâillait à bouche couverte, Giraud a cru vouloir ranimer son récit, grâce à l'aide de ces "messieurs les romanciers", dont j'étais. "Quel titre donneriez-vous à ces mésalliances, vous qui êtes versés dans l'art du verbe ?" nous a-t-il lancé. Imaginez un peu la tête des convives, le regard interdit, quand, à un bout de la table, un lieutenant s'est levé, trop heureux de répondre à la requête de son supérieur : "Mon général, je ne suis pas écrivain mais, si je l'étais, j'intitulerais cela *À l'ombre des palmiers en fleur*, mon général !" »

Raymond rit de bon cœur. Ce Fouchet a un indéniable talent de conteur.

« Giraud a foudroyé du regard son subordonné et en a jeté sa serviette de rage. Les invités se tenaient les côtes, et il a dit au lieutenant, d'un ton ferme et tranchant qui ne prêtait pas à rire, mais a eu l'effet inverse : "Vous aurez trois jours d'arrêts. Motif : a dit que les palmiers ont des fleurs, alors qu'ils n'en portent pas." »

Le visage de Raymond s'illumine d'un grand sourire.

« Hormis cela, nous ne sommes pas en bons termes. En janvier de cette année, nous avons voulu passer un article de Bernanos qui s'en prenait à Maurras. Il a été retoqué. J'ai insisté pour qu'il paraisse et la revue n'a pas reçu son allocation de papier. À la suite de quoi *Fontaine* n'a pas paru pendant un semestre.

– J'en suis désolé. Vous n'avez pas trop eu à souffrir de la censure, sous Vichy ?

– Oh... Quelques numéros sont sortis avec des trous dans la maquette, si je puis m'exprimer ainsi, des blancs à la place des articles indésirables. J'ai aussi reçu une charmante mise en garde de la part du secrétaire d'État à l'Information, un certain Paul Marion, pour que cessent dans *Fontaine* "les clins d'œil avertis au lecteur". Cela faisait suite à la publication du poème d'Eluard sur la liberté. Je ne sais pas si vous en avez eu vent par ici...

– "Une seule pensée" ? Évidemment ! Nous avons même reproduit les pages poésie de *Fontaine* dans *La France libre*...

– Quoi ! Nos pages, avec le poème ? Ça, par exemple ! Je n'en ai rien su... »

Les yeux de Max-Pol pétillent comme une flûte de champagne.

« Ce poème a eu un écho considérable en France. Il est devenu un chant de la Résistance, un hymne de combat et d'espoir.

– C'est aussi comme cela que les Anglais l'ont perçu, dit Raymond. Ils lui ont offert une belle publicité. Tout ça grâce à vous... »

Max-Pol rougit. Un sentiment d'intense fierté l'envahit, mais il se reprend, de peur de paraître trop présomptueux aux yeux de son interlocuteur :

« En vérité, je dois de préciser que, du moins en ce qui concerne la France, c'est surtout grâce au recueil *Poésie et Vérité 1942*, qui s'ouvrait par ce poème, que le chant d'Eluard s'est fait connaître. Il a essaimé dans tout le territoire, parmi les nombreux contacts du poète et ceux de son éditeur, et un vaste réseau de libraires complices l'a relayé. Pour ma part, j'en ai reçu un exemplaire à Alger, expédié de Clermont-Ferrand par Louis Parrot. » Ce nom ne dit rien à Raymond Aron. « Un ami et relais d'Eluard en ex-zone libre... Mais ce n'est pas tout : en début d'année, *Poésie et Vérité* a été réédité en Suisse par Albert Béguin, que vous connaissez sans doute, et par nous, à *Fontaine*, dans une collection créée tout exprès pour la poésie de résistance : « Les Relais de Fontaine ». D'ailleurs, saviez-vous qu'Eluard a renommé son poème à compter de ce recueil ? C'est sous le titre "Liberté" que tout le monde le connaît désormais. La version "Une seule pensée", que vous et moi avons publiée, est depuis tombée dans les oubliettes... »

Raymond l'ignorait, mais il approuve ce changement de titre, moins allusif, plus direct.

« Je suis désolé de ne pouvoir vous remettre un exemplaire de notre édition algéroise – j'ai dû voyager léger. Mais je vous ai tout de même apporté ceci : le sommaire d'un numéro spécial de *Fontaine* en préparation, sur la littérature anglaise. Je ne suis pas peu fier de vous apprendre qu'il est destiné à être largué par les avions anglais au-dessus de la France.

— Vraiment ? » fait Raymond, qui saisit le papier que lui tend Max-Pol.

Il lit le programme des réjouissances, avec des textes de Gide, Julien Green, Jean Wahl, et un poème de Philippe Soupault, « Ode à Londres bombardée ». Deux papiers signés du directeur de *Fontaine* ouvrent et ferment la revue. Il rend le sommaire à son propriétaire, assorti de ce petit commentaire :

« Je vois que vous avez intitulé votre éditorial "Une seule patrie". Est-ce là un clin d'œil à notre ami Eluard ? »

Max-Pol esquisse un petit sourire malicieux.

« On ne peut rien vous cacher. "Une seule pensée" appelait

à l'unification des forces dans le combat pour la liberté. "Une seule patrie" annonce le nouveau défi qui se présentera à nous une fois celle-ci reconquise : l'édification de cette patrie tiraillée pendant quatre ans entre ceux qui se sont résignés à la défaite, ou l'ont accueillie avec joie, et ceux qui, comme nous, n'ont jamais accepté de baisser la tête.

— Comment se présentera ce livre ?

— Ce sera un petit volume de quatre-vingts pages imprimé dans un format miniature de treize centimètres par huit, sur papier bible. Il tient dans la main et se dissimule facilement dans une poche. Un prodige de composition, soit dit en passant, car les typographes anglais ont réussi la prouesse d'inclure la bagatelle de cinquante lignes par page. »

Raymond, familiarisé avec la pratique typographique après trois années passées à orchestrer *La France libre*, témoigne de son admiration par un haussement des sourcils.

« Nous avons aussi bénéficié d'éditions miniatures pour *La France libre*, précise-t-il. C'est ce cher Labarthe qui était à la manœuvre. Et pour vous, qui est derrière ce projet ?

— *La Revue du monde libre.*

— Tiens donc ! Cela nous fait un nouveau point de connexion avec Eluard !

— Je ne vous suis pas...

— Oh, c'est simple : cette *Revue du monde libre* a été lancée au début de l'année par le Political Warfare Executive, un organisme destiné à promouvoir la propagande littéraire alliée et, dans une moindre mesure, la poésie de combat. Je ne suis pas le mieux informé pour vous relater la genèse de ce projet, mais cette *Revue* a édité tous les mois de ces petits fascicules qui ont fait, comme le vôtre, l'objet de largages au-dessus de la France par les avions de la RAF.

— Non ?

— Mais si ! Et notre ami Eluard en a bénéficié, avec d'autres représentants des lettres françaises – dont votre serviteur, ajoute Raymond, l'index pointé vers sa poitrine.

— Quoi ? Vous aussi ?

— Oui. Ou, plus exactement, mon pseudonyme : René Avord. Nous étions rassemblés, en quelque sorte, dans l'un de ses fascicules : avec Eluard et sa "Seule pensée" et Vercors et son *Silence de la mer*. »

Max-Pol n'en revient pas de ce chassé-croisé, de ces rencontres fortuites sur le papier, de cette constellation d'auteurs sans liaison ouverte les uns avec les autres et qui se retrouvent au sommaire d'une même édition clandestine. Mais le cheminement par lequel le poème d'Eluard s'est retrouvé dans les soutes des avions britanniques lui échappe. Il s'en ouvre à son interlocuteur.

« Eh bien, j'imagine qu'à la suite de la publication d'"Une seule pensée" dans *La France libre*, nos pages ont été reprises dans cette *Revue*, comme nous l'avions fait de notre côté avec vos pages de *Fontaine*. C'est comme cela que les vers d'Eluard ont bénéficié de cette mise en avant. Enfin, j'imagine... »

Abasourdi, Max-Pol retrace pour lui-même tout le chemin parcouru par le poème : le déjeuner avec Eluard dans un restaurant fréquenté par l'ennemi, la lecture du texte, le retour à Alger, avec le manuscrit plié et dissimulé sous son savon à barbe, son coup de bluff à la censure, pour présenter les derniers articles de *Fontaine* pile au moment de la ronflette. Il rit sous cape : au petit jeu de « berne-Pétain », c'est toujours Max-Pol qui gagne.

Leur repas terminé, les deux hommes se séparent après une franche poignée de main. La nuit tombe sur Londres, et Max-Pol prend, la tête pleine d'étoiles, la direction de son hôtel. À chaque soldat allié qu'il croise, il adresse un petit sourire de connivence. Charmé par la musique jazz qui s'échappe d'un pub de Soho, il s'offre un petit brandy qu'il savoure au son des conversations qui accompagnent, tel un chœur triomphal, les cuivres déversés par le petit orchestre juché sur une tribune en bois. Il lui semble déjà célébrer la victoire au milieu de ses frères d'armes. Même après qu'une alerte résonne dans les rues de la capitale et que les lumières du pub, comme celles de l'éclairage extérieur, s'éteignent pour ne pas dévoiler aux avions de la Luftwaffe de visibles points d'impact.

Dans l'obscurité, au milieu du fracas des bombes qui tombent, aléatoires, Max-Pol goûte le plaisir de braver, au milieu des clients, des musiciens et des danseurs, ses alliés de circonstance, la terreur vaine véhiculée par la flotte ennemie.

Lettre de Pierre Seghers à Louis Parrot

Début août 1943

Mon cher Parrot,

Je vous réponds à la diable, mais vite :

Pour la nouvelle collection « Poètes d'aujourd'hui » : *Eluard.*

Dès que vous pourrez. Demandez-lui en même temps, de ma part, pour ce livre :

a. photo à clicher d'un portrait de lui, soit par Picasso, soit par Valentine Hugo, ou autre ;

b. manuscrit, que je ferai clicher, d'un poème sur une ou deux pages, pour fac-similé.

« Liberté » serait excellent : l'inédit n'est pas indispensable ;

c. l'autorisation de reproduire trois ou quatre poèmes pris dans *Poésie et Vérité 42* et dans le *Choix* de la *NRF* ;

d. un poème inédit, important si possible.

Ceci est nécessaire, et je suis sûr que PE acceptera. Je vais lui écrire de mon côté. Mais il faut aller vite.

Bibliographie. D'accord. À fournir par vous et Eluard en liaison.

Collection. Format 120 × 165 mm, broché bien entendu, avec dos. Belle présentation, avec tirage de luxe.

Nombre de pages. Environ 40 ; mais vous pouvez aller jusqu'à 46. Dactylo, double interligne.

Tirage. 1 500, numérotés, plus des luxe. Bien entendu, des ex. personnels sont prévus.

Texte. Je crois que vous avez ma pensée ; elle m'est d'ailleurs venue après *Le Poète et son image* (je viens d'acheter le livre à Dieulefit). Pas ou très peu de citations : la vie, la présence, la personne du poète ; et sa poésie par ce moyen. [...]

Gardons le silence ! J'ai peur pour l'idée ! Et croyez à ma fidèle amitié,

Seghers

Je suis né pour te connaître

Octobre 1943

C'est jour de fête chez les Parrot, rue de l'Ancien-Poids-de-Ville. Paul et Nusch sont de passage à Clermont-Ferrand, un événement suffisamment rare pour être fêté. Pour l'occasion, Denyse a mis les petits plats dans les grands. Grâce à la farine de blé négociée par Louis au marché noir de la Résistance, chez le libraire Chabrillat, elle a préparé deux tartes : une sucrée pour le dessert, et une au potimarron, avec du fromage et de bons œufs de ferme. La maison, briquée du sol au plafond, luit comme un sou neuf et la chambre de Fran-Fran a été réaménagée pour y accueillir leurs amis. Louis, de son côté, a écourté sa journée de travail à l'OFI pour aller les chercher à la gare, en compagnie de son fils. C'est d'ailleurs lui qui, le premier, a reconnu Nusch, alors qu'elle descendait du marchepied. Lâchant la main de son père, il a couru sur le quai et s'est jeté dans ses bras.

Dans l'effusion des retrouvailles, tout le monde parle en même temps à table. Les nouvelles circulent à plein. Denyse, qui a quitté Paris l'année dernière pour rejoindre Louis à Clermont, veut tout connaître des potins du monde des lettres. Paul rapporte qu'Aragon, caché dans la région lyonnaise, lui a écrit que la presse régionale ne tarissait pas d'éloges sur ses poèmes parus dans les revues résistantes. Louis se félicite de cette nouvelle, lui qui a œuvré au rapprochement des deux poètes, après des années de brouille. Il voit dans l'union de ces deux figures de la littérature de guerre le point d'orgue de la résistance intellectuelle.

À table, les propos volent, on se coupe aimablement la parole. À la demande de Louis, Paul raconte son implication dans les Éditions de Minuit, le succès du recueil *L'Honneur des poètes*, sorti en juillet, « le jour de la chute du tyran de Rome », et les volumes à venir – car Minuit croule désormais sous les manuscrits. Nusch évoque le repaire de contrebande qu'est devenue la librairie de Lucien Scheler, où se relaient écrivains et poètes, passés en coup de vent, pour déposer, charger ou livrer de la dynamite littéraire.

Les nouvelles de la guerre sont diversement commentées par l'assemblée. On spécule sur les chances de voir le conflit se terminer l'année prochaine, si la contre-attaque russe se poursuit avec la même ampleur et si les Alliés progressent rapidement en Italie. Paul se montre très optimiste, il pronostique un soulèvement général au printemps prochain et prend le pari que les Allemands seront chassés de France avant l'été, mais Louis tempère : il lui rappelle les coups portés par la Milice, qui s'acharne à traquer les résistants, et l'indigence des maquis, gonflés par les effectifs des réfractaires au STO, mais qui ne possèdent ni armes, ni argent, ni vivres. Il en veut pour preuve les coups de main qu'ils sont obligés d'opérer dans les villages : les razzias de tickets de rationnement dans les mairies, les attaques ciblées contre les convois de nourriture, de timbres, de vêtements. Les premiers martyrs, aussi, tombés lors de ces actions.

Nusch lit dans les yeux de Fran-Fran, son voisin de table, l'inquiétude soulevée par ces sujets. Pour le distraire, elle tâte ses biceps et évoque avec lui ses exploits en aviron, quand ils se baladaient tous les deux en barque sur le Clain, pendant le séjour qu'elle et Paul ont fait, cet été, à Poitiers chez la mère de Denyse, dans sa grande maison bercée par la rumeur de l'eau. Ils étaient restés trois semaines, à l'abri de toute crainte et de tout besoin, et en étaient revenus ressourcés et remplumés, grâce aux bons gratins de pâtes de Mme Faure.

Après le potimarron, dont les invités n'ont fait qu'une bouchée, Denyse apporte sur la table, à la grande joie des commensaux, une tarte aux pommes que tous dévorent des yeux. Louis sort pour l'occasion une bouteille de mousseux.

« Et qu'est-ce qu'on fête ? demande Paul.

— Nos retrouvailles, dit Louis.

— Mais pas que ! » clame Denyse. Elle se tourne vers son mari : « Tu ne leur as pas dit ?

— Quoi ? demande Nusch avec impatience.

— Allez ! fait Denyse. Sinon, je le dis...

— Bon ! se ravise Louis. Eh bien, voilà : Pierre Seghers a beaucoup aimé le livre que j'ai écrit sur vous, Paul, et il veut lancer une collection sur le modèle du *Poète et son image*. Même principe que mon livre, mais enrichi : un texte racontant la vie et l'œuvre du poète choisi, une sélection de ses poésies, quelques inédits, si possible, et des fac-similés de manuscrits. Il m'en a parlé comme d'un projet secret, à ne pas ébruiter – il redoute qu'on lui pique l'idée !

— Mais surtout, annonce Denyse, qui n'y tient plus, il veut confier le premier numéro à Louis !

— En effet. Et j'ai la joie de vous annoncer, Paul, que ce sera sur vous », ajoute Louis.

Nusch est la première à réagir. Elle fait le tour de la table pour embrasser Louis, puis l'assemblée trinque à grands bruits. Denyse écrase sa bouche sur celle de son mari. Paul le félicite longuement et lui assure que personne mieux que lui ne pourrait rédiger un tel livre. Nusch, attendrie, voit dans le regard de Louis la modestie le disputer à la joie, puis à la fierté de se voir adoubé par Paul.

« Comment se présentera le livre ? demande le poète.

– Format carré. Quatre-vingts pages environ, la moitié de textes. Seghers aimerait clicher un portrait de vous. Nous avons pensé à un dessin de Valentine Hugo. Mais il vous laisse choisir. Il voudrait aussi insérer un manuscrit original. “Liberté”, idéalement...

– Encore “Liberté” ! s'insurge Paul. Ça suffit avec ce poème. Tout le monde le connaît, maintenant. On ne me parle plus que de ça. À croire que je n'ai rien écrit d'autre... »

Sa réaction brusque surprend l'assemblée. Paul picore avec son doigt les miettes de tarte tombées sur la nappe.

« Choisissez plutôt un autre poème de *Poésie et Vérité 1942*. Voyons..., réfléchit-il. Pourquoi pas “Couvre-feu” ? »

Il creuse sa mémoire pour se rappeler ses propres vers, mais à ce petit jeu les Parrot sont les plus prompts. Et Denyse et Louis déclament en chœur :

Que voulez-vous la porte était gardée
Que voulez-vous nous étions enfermés
Que voulez-vous la rue était barrée
Que voulez-vous la ville était matée
Que voulez-vous elle était affamée
Que voulez-vous nous étions désarmés
Que voulez-vous nous nous sommes aimés

Après le dessert, Denyse réclame le silence et improvise un tour de chant. Elle a un joli brin de voix dont elle aime faire profiter son entourage. En l'honneur de Paul, elle reprend a cappella *Tel jour telle nuit*, une œuvre de Poulenc qu'elle a chantée au printemps pour des amis. Paul est ravi de réentendre ses vers écrits avant-guerre – il les avait presque oubliés. Les mains jointes sous le menton, Louis pose sur sa femme, gorge déployée, ses yeux énamourés. Denyse reçoit une belle ovation. Nusch porte deux doigts à sa bouche et siffle si fort que Fran-Fran, impressionné, se bouche les oreilles. Après ce tour de chant, la discussion bifurque vers Poulenc et sa dernière cantate, composée cet été sur des poèmes de Paul – mais des poèmes de guerre, cette fois.

« Elle est terminée ? s'enquiert Denyse.

— Aux dernières nouvelles, il la travaillait encore..., répond Paul. En tout cas, il a trouvé un titre : *Figure humaine*.

— Ma foi, fait Denyse, pour une œuvre vocale, c'est plutôt bien trouvé.

— Vous l'avez entendue, déjà ? demande Louis.

— Non. Elle est très belle, paraît-il. Poulenc va peut-être la chanter à Anvers, avec un double chœur et deux cent quarante choristes... »

Un chiffre considérable. Denyse argumente sur la difficulté de diriger un tel ensemble, et le nombre de répétitions que va requérir la création de l'œuvre. Et Louis commente sentencieusement :

« Deux cent quarante voix clamant "Liberté" en pleine Belgique occupée, je crois qu'il se fait des illusions... Regardez les difficultés que nous avons eues pour faire passer le poème.

— J'ai hâte de l'entendre en tout cas », confesse Denyse, qui se voit déjà l'interpréter.

Les femmes débarrassent la table et se lancent dans la vaisselle en chantonnant, tandis que Paul et Louis fument tranquillement, le temps d'un dernier verre. Fran-Fran, qui devrait déjà être couché, se fait oublier dans un coin du salon. Louis lui a trouvé une jolie patinette rouge fabriquée par un ami ferrailleur et le garçon s'empresse de la montrer à Paul.

« Très joli, fait ce dernier. Mais au fait, demande-t-il à Louis, vous avez eu des nouvelles de la Suisse ?

— Si c'est de votre mandat que vous voulez parler, hélas, je n'ai rien reçu...

— Six mois que ça dure ! râle Paul. Rah ! Je regrette amèrement de ne pas avoir signé avec Ides et Calendes pour cette réédition de *Poésie et Vérité 1942* : ils m'en offraient quarante mille francs...

— Si vous êtes un peu sur la corde raide, je peux vous aider », propose Louis.

Paul acquiesce à demi-mot, d'un air détaché. Il regarde Fran-Fran tourner dans le salon en imitant le bruit d'un moteur.

« Et La Main à plume, demande Louis, ils vous laissent enfin tranquille ?

— Par la force des choses, seulement... J'ai appris qu'il y avait eu en juillet un coup de filet des Allemands au domicile de Jacques Bureau. Ils l'ont embarqué, de même que ses invités, dont Noël Arnaud et Jean-François Chabrun. Ces deux-là ont été libérés rapidement, mais ils soupçonnent Bureau d'appartenir à un réseau de contre-espionnage. Je ne sais pas ce qui va advenir de lui...

— Et Rius, comment va-t-il ? demande Louis. J'ai appris que lui et Laurence avaient perdu leur fille...

— Aurélia, oui. Elle n'avait qu'un mois. »

Pour Louis, la douleur la plus insupportable qui soit est la perte d'un enfant. Il ne sait comment il réagirait si son Fran-Fran lui était retiré. Cette nouvelle l'accable et il garde le silence.

« Dans ces circonstances, reprend Paul, je ne pense pas qu'ils aient le cœur à signer des tracts vengeurs contre moi ou qui que ce soit d'autre. Car ce tract que j'ai reçu, cet été, "Vieille canaille", je suis persuadé que c'est Noël Arnaud qui en est l'initiateur. Et lui seul. Son style même, ampoulé et narquois, le trahit. Je suis sûr qu'il n'a même pas pris la peine de consulter les autres membres du groupe pour y apposer leurs signatures. Ce ne serait pas la première fois qu'il agit de la sorte. »

Paul rappelle à Louis la violente altercation qu'il a eue avec Noël Arnaud, chez lui, rue de la Chapelle, au mois de mai.

« Le plus triste, dans cette affaire, est que le jeune Marc Patin était présent avec Noël ce jour-là. Il semblait très mal à l'aise. Je le revois, en train de jouer les témoins sur le pré, alors que quelques mois auparavant il me dédicaçait ses poèmes... À propos, poursuit-il, vous êtes au courant qu'il est parti pour le STO ?

— Patin ? Non ! Mais qu'est-ce qui lui a pris ?

— À mon avis, il a subi des pressions des autorités et n'a pas pu faire autrement. Les Allemands menacent de représailles les familles de réfractaires, je ne vous apprends rien.

— Vous n'avez pas eu de nouvelles de lui, depuis ?

— Non, répond Paul d'une voix sans appel. Et je ne veux plus entendre parler de La Main à plume... À part Rius et Laurence, bien sûr. »

Fran-Fran zigzague sur sa patinette et vient buter contre la chaise de Paul. Jouant au cheminot, il tire sur une cordelette imaginaire, mime avec sa bouche le brame d'un train sur le départ et, les mains en porte-voix, annonce à la cantonade :

« Embarquement immédiat pour Mexico ! »

Louis et Paul rient à l'évocation de ce pays qu'ils se sont promis de visiter un jour ensemble, une fois la guerre terminée. La vaisselle lavée, essuyée et rangée, Nusch et Denyse reviennent à table. Fran-Fran, allongé à même le sol, déplace maintenant sur le tapis une petite voiture toute cabossée à la peinture éraillée. Il bâille à s'en décrocher la mâchoire. Louis se lève et le prend dans ses bras pour le mettre au lit. Il couchera ce soir dans la chambre de ses parents, comme aux jours lointains de ses premiers gazouillis.

« À quelle heure est votre train demain matin ? demande Denyse à Nusch.

– 8 h 42.

– Louis vous accompagnera à la gare. »

Paul accueille cette nouvelle avec soulagement. Son ami va pouvoir l'aider à porter les valises.

« Ça m'évitera de me déboîter l'épaule une deuxième fois...

– Ça t'apprendra, aussi, à vouloir emporter toute ta bibliothèque ! lui lance Nusch.

– Combien de temps comptez-vous rester à Saint-Alban ? demande Denyse.

– Le temps qu'il faudra..., dit Paul d'une voix lourde de sous-entendus.

– C'est un très joli coin, d'après Louis. Très beau mais austère : il dit qu'on se croirait là-bas dans *Les Hauts de Hurlevent* !

– La situation est devenue intenable à Paris », déclare Paul. Il écrase sa cigarette et Louis, descendu après avoir couché Fran-Fran, remplit leurs verres. « La publication de *L'Honneur des poètes* aux Éditions de Minuit a eu un certain écho. Paulhan m'a expliqué que la préface, même si elle n'est pas signée, était à ce point transparente qu'elle ne pouvait être que de moi. Après l'épisode de la publication de *Poésie et Vérité 1942*, ça commence à faire beaucoup pour un seul homme. » Il vide son verre d'un trait. « Et ce n'est pas tout :

– Vous en faites partie ? s'enquiert Louis.

– Avec Malraux, Joë Bousquet, Camus, Sartre, Queneau, Blanchot, Marcel Arland et Roland Tual.

– Que des anciens "gallimardeux", comme disent nos amis de *La Gerbe* ! Après l'échec de *La NRF* de Drieu, cette nouvelle a dû être mal accueillie par la presse collabo...

– Comme vous dites ! Mais je me fiche d'eux, ils ne peuvent rien contre moi. Le problème, c'est que la Gestapo s'en est mêlée aussi. Lemarchand, qui remplace Drieu à la revue, a été averti qu'elle réclamait les adresses des jurés. Paulhan est venu me prévenir chez Lucien. Avec Nusch, nous avons immédiatement fiché le camp. Rester, ç'aurait été exposer le pauvre Lucien, avec toutes les conséquences que cela implique d'accueillir sous son toit un homme recherché...

— Et nous voilà ! fait Nusch en écartant les bras.

— Il fallait bien que la poésie prît le maquis ! » conclut Paul.

Le lendemain, après un rapide petit déjeuner servi par Denyse, les Eluard se mettent en route. Les amis se séparent après de longues embrassades, en se souhaitant mutuellement bonne chance. À la gare, Paul regarde Louis s'éloigner vers la sortie, alors qu'arrivent en sens inverse deux solides gendarmes serrant de près un prisonnier menotté qui marche tête basse, la lèvre gonflée, des traces de sang sur le col de sa veste et sa chemise. Comme une barque qui fendrait l'onde, les gendarmes ouvrent devant eux, par leur présence inquiétante, un couloir dans la foule.

« Encore un pauvre type raflé pour le STO ! lâche un voyageur à côté de Paul.

— Qu'est-ce que vous en savez ? rétorque un autre. C'est peut-être un trafiquant du marché noir, voilà tout !

— Marché noir, vous voulez rire ! Un gars de vingt ans serré par les gendarmes, c'est pour aller travailler chez Hitler, oui !

— Taisez-vous donc ! Vous causez sans savoir... »

La discussion s'anime et vire à l'algarade. Nusch et Paul s'en écartent. Lorsque le prisonnier passe tout près d'elle, Nusch lui adresse un petit signe et serre les poings pour l'exhorter à tenir le coup. Elle l'accompagne du regard jusqu'à ce qu'il monte dans le train pour Toulouse, escorté par ses geôliers.

Pour les époux Eluard, une nouvelle longue journée de transport débute : d'abord le tortillard pour Saint-Chély-d'Apcher, puis la montée en car vers Saint-Alban-sur-Limagnole. Leur nouveau refuge se dresse là, aux confins de la Haute-Loire et de la Lozère, à neuf cents mètres d'altitude, dans le massif de la Margeride : un ancien château entouré de jardins, peuplé des bonnes sœurs de la confrérie de Saint-Régis – ainsi que des âmes en déshérence d'une centaine d'aliénés.

Le directeur de l'établissement, le psychiatre Lucien Bonnafé, vieille connaissance des surréalistes, et précieux relais de la Résistance, attend le « patient » Eugène Grindel pour soigner sa « névrose légère ». C'est dans cet asile que Paul et Nusch vont passer les cinq prochains mois de leur existence, cachés dans la maison des fous.

Pour te nommer

Octobre 1943

« *Good hell* ! » jure Reeves quand il pénètre dans la gare de Clermont-Ferrand, solidement encadré par ses deux complices gendarmes. Ils pensaient filer en douce, tous les trois, mais la gare est noire de monde et ils sont la cible de tous les regards. À quelques mètres, les voyageurs font cercle autour d'un cheminot qui s'égosille dans un porte-voix. Gaze, le chef d'escadrille, tend l'oreille : trains retardés, sabotage sur les voies. Il traduit les nouvelles à voix basse à Graham, son brigadier adjoint. Comment vont-ils faire pour retrouver André dans toute cette pagaille ?

Ils traversent la gare à la recherche du train pour Toulouse. Devant eux, la foule s'écarte, craintive, menaçante, hostile. Une dispute éclate entre plusieurs types qui s'injurient, prêts à en venir aux mains. Reeves sent peser sur lui le regard des voyageurs. Il faut dire que, avec son pansement sur la tête et ses lèvres amochées, il ne passe pas inaperçu. De deux droites sèches, son complice Graham lui a fait pisser le sang, qui a maculé sa chemise. Dans la foule qui le regarde avec compassion ou effroi, il emporte le beau visage d'une femme brune aux yeux clairs : lorsqu'il passe devant elle, elle serre les poings pour l'exhorter à tenir.

Le *squadron leader* hèle un cheminot, qui les conduit jusqu'au bon quai et les salue d'une inclinaison servile. L'Anglais cligne de l'œil vers ses camarades et leur glisse à voix basse :

« *You see, gentlemen*, on trouve toujours de bons Français qui ont gardé le respect de l'uniforme... »

D'une légère bourrade dans les côtes, Graham signale alors à son brigadier la présence d'André, posté quelques mètres plus loin sur le quai, en train de fumer. Ils échangent un regard, puis André écrase sa cigarette et monte dans le train.

Après une première heure de voyage, calme et sans incident, des éclats de voix retentissent dans le couloir. Le chef d'escadrille passe une tête et découvre deux soldats allemands, armés chacun d'une mitraillette. Avec eux, un type en imperméable et chapeau contrôle les identités. Il referme prestement la porte du compartiment et prévient ses hommes. Ils ont à peine le temps de se concerter que...

« Police allemande ! Vos pap... »

L'Allemand n'achève pas. Les deux gendarmes se dressent devant lui. Reeves, pétrifié, s'enfonce dans son siège. C'est la première fois que ces trois-là sont confrontés à des soldats de la Wehrmacht – à l'ennemi en vrai, en chair et en os. Gaze, le chef d'escadrille, sent le souffle rauque de son homologue germanique. Il n'a qu'une idée en tête : écourter la conversation pour ne pas se trahir par son accent.

« Brigadier-chef Ginestet, dit-il tout de go. Transfert de prisonnier... »

Il désigne Reeves d'un coup de menton puis dégaine l'ordre de mission. Sans le quitter des yeux, l'Allemand s'en saisit et entreprend de déchiffrer le papier en question. Les secondes s'écoulent comme des heures. L'esprit du *squadron leader* tourne à toute vitesse : il prévoit déjà le coup d'après, si l'Allemand émet des doutes sur l'ordre de mission. Comment s'échapper ? Les deux soldats armés bloquent la sortie. Il prie pour que les faux résistent à l'examen scrupuleux de l'agent. C'est alors que Graham intervient pour distraire son attention : il empoigne le prisonnier par la veste et lui envoie un coup de pied dans la cheville. Reeves réplique et se fait immédiatement ceinturer. Il se débat et finit plaqué contre la banquette du compartiment. L'Allemand, qui a observé l'interpellation, apostrophe le prisonnier par son nom d'emprunt. Reeves émet un grognement.

« Réponds quand on te parle ! » crie le brigadier adjoint.

Un nouveau coup s'abat sur lui. Pesamment, Reeves lève son visage pansé et tuméfié, et hoche gravement la tête. L'Allemand lui pose une question dont il ne saisit que les mots *marché noir* – une expression qui fait partie de son vocabulaire, maintenant. Il mâchouille une phrase incompréhensible entre ses lèvres violacées, et la vision de ce bout de viande tremblotant arrache à l'Allemand une grimace de dégoût. Il ne cherche pas à en savoir plus : après avoir rendu l'ordre de mission, il se retire sur un salut raide.

À la suite de cette alerte, André vient aux nouvelles. Dans le couloir, il échange quelques mots avec Gaze : aucun des deux n'a vu surgir les Allemands.

« Ne jamais s'assoupir à l'approche d'une gare », rappelle André.

Par mesure de précaution, ils décident de se débarrasser des uniformes à Toulouse, des fois que le policier allemand préviendrait les autorités à propos de ce transfert de prisonnier.

En gare de Laguépie, André descend sur le quai pour accueillir quatre autres aviateurs : deux officiers anglais et deux pilotes américains. Il place trois groupes de deux dans différents compartiments, et le dernier finit dans celui des gendarmes. Encore sous le coup de l'émotion, Reeves raconte aux nouveaux venus le contrôle qu'ils ont subi, mais, lisant l'inquiétude sur leur visage, il se rachète et se veut rassurant :

« Ne vous en faites pas, les gars : le plus dur est passé ! »

À Toulouse, tout ce beau monde s'engouffre dans deux Citroën à gazogène qui les conduisent, à une dizaine de kilomètres de là, à une villa louée par une riche Française. André et ses fugitifs y retrouvent d'autres gars, eux aussi en transit : un opérateur radio victime d'une erreur de parachutage, des aviateurs descendus lors d'un raid sur Saint-Nazaire, quelques résistants belges et néerlandais en partance vers Londres.

Dans ce nouveau refuge alimenté en alcools et en cigarettes, les soldats alliés s'offrent une parenthèse festive, ils se racontent leurs exploits, comparent leurs filières. Reeves lape quelques gorgées de scotch qui lui brûlent ses lèvres tuméfiées, puis, épuisé par le voyage, s'endort sur un matelas douteux, qui ne le rebute pas le moins du monde.

Au réveil, Reeves ne reconnaît pas ses comparses gendarmes, avec leurs moustaches postiches et leurs tenues de civil. André lui fournit des habits propres pour remplacer son pantalon et sa chemise tachés de sang. Ses blessures, qui hier accréditaient sa couverture de prisonnier, jurent aujourd'hui avec sa nouvelle identité. Aux endroits où le sang a giclé, deux larges crevasses se sont formées qu'il peut heureusement dissimuler derrière une écharpe, le froid piquant qui s'est levé dans la nuit lui servant de prétexte à ce camouflage.

Avec les deux Américains, la petite troupe descend par le premier train à Foix, où un contact les conduit à Ordino, un village perché à quelques kilomètres d'Andorre. André leur trouve des chambres dans un établissement connu pour ne jamais voir passer la police française ni les Allemands – trop huppé, pensent-ils, pour abriter des fugitifs. Il leur dégotte des manteaux chauds et de la nourriture – fruits secs, lard, pain, fromage – en prévision de leur traversée des Pyrénées. Après la défection des passeurs prévus, c'est encore à lui d'en trouver de nouveaux. Enfin, cela résolu, ils prennent un bus pour Sant Julià, et se planquent en attendant la nuit du grand départ dans une maison basse aux volets clos, à l'écart de la ville.

« C'est là que nos chemins se séparent, explique André lors de cette dernière veillée. Votre passeur vous conduira jusqu'à la frontière espagnole. Il faut compter deux journées de marche pour atteindre la ville de Manresa, en Catalogne. Là-bas, un contact vous mettra en relation avec le consulat du Royaume-Uni à Barcelone. Et alors, vous n'aurez qu'à vous laisser faire, jusqu'à Gibraltar… »

À la nuit tombée se présentent le passeur, une silhouette massive de berger aux sourcils broussailleux, et un autre type qui l'accompagne, sec et taiseux, aux yeux noirs enfoncés dans leurs orbites. Leurs mines renfrognées n'inspirent aucune confiance aux Anglais.

« Vous avez l'argent ? » demande d'emblée le passeur à André.

Celui-ci rassemble les contributions : quatre mille francs par personne. Le passeur compte les billets, s'humectant les doigts pour bien les séparer, puis confie le magot à son associé.

Vient l'heure des adieux à André – sans effusion ni grandes paroles, car tous savent que le plus dur est à venir. Les hommes lèvent les yeux vers l'inquiétant relief en dents de scie qui leur fait face, éclairé par la lune montante. Une bise glaciale s'est levée. Pour ces alpinistes du dimanche, qui n'ont jamais rien gravi d'autre que les collines en pente douce de leur pays, commence le périple le plus périlleux de leur vie : gravir ces rocs, contourner ces pics et ces glaciers, franchir ces cols à deux mille mètres d'altitude, tout en luttant contre le vent, le froid, la neige qui dissimule les obstacles et engloutit les hommes dans les chausse-trapes de la poudreuse...

« *Gentlemen*, fait le *squadron leader* Gaze, nous y voici : il ne me reste plus qu'à nous souhaiter bonne chance. »

Le groupe s'éloigne sur un sentier truffé d'ornières et de pierres qui se dérobent sous leurs pieds, à la faveur de l'obscurité. La température a chuté dès les premiers contreforts neigeux. Reeves lève les yeux au ciel – un ciel de marbre, splendide, veiné de constellations. Là-haut, vers l'Espagne, les montagnes se dressent comme des chevaux de frise de tailles inégales. Il rabat son écharpe pour couvrir sa blessure à vif. Le froid et la peur lui font claquer les dents.

Liberté

Septembre 1944

Depuis les journées de la libération de Paris, à la fois grisantes et éprouvantes, Paul n'a plus une minute à lui. Les visiteurs se pressent rue de la Chapelle, la plupart du temps sans y avoir été conviés, et le téléphone n'arrête pas de sonner : tout le monde veut recueillir les pensées du grand poète de la Résistance. Le pire étant que Nusch n'est pas toujours là pour filtrer les appels... Paul se retrouve donc à jouer les opérateurs, alors qu'il a d'autres chats à fouetter, avec notamment la préparation de son dernier recueil, *Au rendez-vous allemand*, à paraître en décembre.

Aujourd'hui, c'est un photographe qui est venu lui tirer le portrait. Heureusement pour Paul, ce dernier n'exige pas qu'il prenne la pose. Au contraire, il le laisse vaquer à ses occupations pour le saisir au naturel. Le poète, trônant à son bureau, s'applique à répondre au courrier en retard. Et il s'amuse de voir le photographe lui tourner autour, à la recherche du meilleur angle.

Dring ! dring ! Eluard, levant la tête de ses feuillets, observe d'un air morne le téléphone, fixé à hauteur d'homme sur le mur mitoyen du salon. Son visiteur décroche pour lui le combiné.

« Allô ? Bureau de Paul Eluard, j'écoute..., fait-il sur le ton de la blague. Ne quittez pas, je me renseigne.

– C'est qui ? demande Paul à voix basse.

– Un journaliste du *Parisien libéré*, pour une interview.

– Je ne suis pas là ! »

Après avoir raccroché, le standardiste d'un jour veut reprendre la séance photo, mais Paul, distrait par cet énième coup de fil, a perdu son naturel. Il lui propose alors de passer au salon, où il a repéré un angle parfait pour mettre le poète en valeur au milieu de ses œuvres. Paul contourne son bureau pour prendre place à l'endroit indiqué quand le téléphone s'étrangle de nouveau sur sa fourche.

« Et ça continue ! Pas moyen d'avoir la paix cinq minutes... »

Il décroche et lance d'une voix agacée :

« Allô ! » Sa voix se radoucit aussitôt. « Ah, mon cher Louis ! Comment allez-vous ? Oh ! ici, ça n'arrête pas, je suis seul avec ce photographe : Henri Cartier-Bresson – vous vous souvenez de lui ? L'homme au Leica, oui, c'est ça... »

Paul lance à son hôte un petit signe de connivence. Ce dernier profite de la conversation pour aménager les éléments de son décor.

« Allô ! Pardon, ça coupe tout le temps – mais quand est-ce qu'ils vont rétablir les lignes ! Oui, vous me disiez pour Lurçat... Une tapisserie sur "Liberté" ? Bien sûr que je suis au courant ! Jacques Jaujard, le directeur des Musées nationaux, m'en a déjà parlé. Et Agamemnon aussi... Mais si, vous le connaissez : Jean Agamemnon, ce jeune poète de Mantes qui était dans le maquis du Lot avec André Chamson, Jean Marcenac et Jean Lurçat, justement. Vous dites, la tapisserie ? Non, je ne l'ai pas vue. Non, même pas en reproduction... Ah ? Un soleil et un coq ? Hum, pas très heureux, tout ça. »

Paul balaie du regard ses œuvres exposées au mur : pas la moindre tapisserie n'y figure. C'est un genre que le poète n'apprécie guère. Et puis, ces œuvres-là sont bien trop volumineuses pour les murs de sa galerie personnelle. Cartier-Bresson, qui a changé d'objectif et opté pour un grand-angle, s'approche maintenant au plus près de son sujet et se balance d'une jambe sur l'autre. Paul se tourne de trois quarts pour lui offrir son meilleur profil, et s'appuie de l'épaule contre le chambranle, tout près de son Chirico. Clic étouffé de l'obturateur. La voix exaltée de Louis Parrot, intarissable au bout du fil, fait grésiller l'appareil. Les nouvelles arrivent de partout à la fois, il ne sait plus où donner de la tête. C'est comme dans ses lettres : le même emportement d'homme pressé. Paul le coupe.

« Attendez, quoi ? Une édition italienne de *Poésie et Vérité* ?... Qui ça ? Éditions Ginestra ? Jamais entendu parler ! Qui est derrière ? Malaparte ?... Allô ! Ah, il y a de la friture sur la ligne ! »

S'ensuit une longue tirade de Louis au téléphone, interrompue par plusieurs coups de sonnette. Sans quitter le combiné des mains, Paul fait signe à Cartier-Bresson d'aller ouvrir. À peine la porte est-elle ouverte que Nusch s'engouffre à l'intérieur, les bras encombrés de journaux. Elle tombe sur son portier, aussi emprunté de la voir qu'elle surprise de le trouver là.

« On se connaît, non ? » fait-elle en fronçant les sourcils à la vue de ce visage familier.

Elle cale les journaux sous son bras gauche et lui serre la main, puis sautille d'un pied sur l'autre dans le couloir pour se débarrasser de ses escarpins. Elle déverse son fardeau sur la table du salon, déjà encombrée de lettres, et s'effondre dans un fauteuil dans un soupir d'aise. Paul passe une tête dans l'embrasure et lui envoie un baiser.

« C'est Louis », dit-il.

Nusch se lève d'un bond et vient coller son oreille à l'appareil. Elle grappille quelques bribes de la conversation puis revient vers la table et se met à trier le courrier. Le volume de lettres a triplé depuis la Libération. La concierge s'en plaint tous les jours, d'ailleurs. Il est vrai que, pendant l'exil des Eluard à Saint-Alban, elle n'a pas trop eu à se démener, car leur courrier leur était adressé sur place, à l'attention du docteur Bonnafé. Nusch aimerait bien trouver dans le lot une lettre pour elle, mais tout est pour Paul. De dépit, elle décachette une jolie enveloppe bleue postée de Lisbonne.

« Tiens ! Cícero Dias ! »

Paul lève les sourcils d'étonnement et Nusch entreprend aussitôt de lui faire la lecture de la lettre : Cícero et Raymonde se sont mariés à Lisbonne et le peintre brésilien prépare une exposition collective, en Angleterre, au profit de la RAF. Paul accueille ces nouvelles avec enthousiasme. Toujours à l'affût d'une bonne scène, Cartier-Bresson réarme son appareil. Il soigne son cadre, avec Eluard dans le chambranle du bureau et sa femme au premier plan en train de lire, et s'empresse d'immortaliser la scène. Après ce moment de calme, Paul hurle de plus belle au téléphone :

« Comment ça, les Italiens ont oublié de mettre l'année 1942 dans le titre ! Ah ! il va m'entendre, Malaparte ! » Il tourne sur lui-même, en proie à une fureur non dissimulée. « Vous lui aviez pourtant bien dit, j'espère. Mais non, je ne vous en veux pas ! Ce n'est pas votre faute, voyons... Tout de même, c'est extrêmement fâcheux : *Poésie et Vérité* tout seul, ça n'a plus de sens, ce n'est plus mon recueil, mais celui de Goethe ! Il *faut* 1942 ! C'est trop tard pour corriger ?... Allô ?... Oui... Maurras ? Quoi, Maurras ? Qu'est-ce qu'il vient faire là-dedans ?... Mais qu'est-ce que vous me chantez là ?... » Paul, rouge de colère, prend Nusch et Cartier-Bresson à parti. « Maurras a sorti un livre intitulé *Poésie et Vérité*, comme mon recueil ! »

Il fulmine au téléphone, sa voix furieuse emplissant le salon d'appels à la vengeance. Quelle honte, de la part du chef de file de l'Action française, de s'approprier « son » titre ! Nusch s'éloigne en se bouchant ostensiblement les oreilles. Elle adresse un petit signe au photographe pour lui dire de ne pas s'inquiéter : la fureur de son mari retombe toujours aussi vite qu'elle est montée. Cartier-Bresson la suit à travers l'appartement, l'œil collé au viseur en coin de son appareil, mais Nusch se dérobe sans cesse. De guerre lasse, il dépose son Leica sur la table au milieu des lettres.

« Ça ne va pas se passer comme ça ! glapit Paul. Allô ? Rah ! saleté de téléphone !... Qu'est-ce que vous dites : il a été arrêté ? En voilà une bonne nouvelle ! Par qui : les fifis ? Bien ! Et on sait quand il sera jugé ? Ça ! il va avoir des comptes à rendre – et pas qu'à moi ! Les canailles de son espèce ne doutent de rien. Vous verrez qu'il va nous plaider le double jeu, comme tous les collabos, mais on ne va pas le louper, c'est moi qui vous le dis... Dégradation nationale ? Vous voulez rire ! Combien de pauvres bougres a-t-il envoyés au peloton par ses diatribes haineuses ? »

Nusch propose à Cartier-Bresson un verre pour passer le temps, mais celui-ci refuse poliment. Elle lui dit alors, pour meubler, qu'ils aiment beaucoup la photographie, elle et Paul, et comptent de nombreux amis parmi les photographes.

« Tenez, regardez : la preuve ! »

Elle lui met sous le nez le cliché de Man Ray où, pendant la « drôle de guerre », ils posent, lui en tenue de lieutenant, elle coiffée d'un élégant couvre-chef en résille. Elle lui montre ensuite le portrait que Dora Maar a fait d'elle, sur fond de toile d'araignée. Cartier-Bresson apprécie en connaissance de cause ; lui aussi s'est nourri des inventions des surréalistes. Grimpée sur une chaise, elle détache un Brassaï de son crochet : Paul y est assis d'une fesse sur la commode du salon, entouré de portraits de Nusch. Et en voilà encore une autre, signée Georgette Chadourne, où il pose à côté du *Roi fou*, une statue en bois réalisée par un aliéné de l'hôpital de Saint-Alban.

Cartier-Bresson dispose les cadres sur la table, se recule pour réunir, dans le viseur de son appareil, les représentations du poète et celui-ci, en arrière-plan, dans une ingénieuse mise en abyme. Mais Nusch s'interpose, elle fait place nette sur la table et tire d'une pochette rangée parmi des livres un tirage récent, emballé de papier de soie. Agacé par le bruit ambiant qui l'empêche de bien suivre les explications de Louis au téléphone, Paul bouche son oreille libre. La liaison est mauvaise et il envoie dans l'appareil une bordée de jurons.

Nusch et Cartier-Bresson rient sous cape. Sur le tirage débarrassé de son papier de soie, le couple Eluard pose avec Picasso, Aragon et sa femme, au pied d'une statue. Cartier-Bresson identifie aussi Lee Miller, qu'il a croisée plusieurs fois depuis qu'elle est à Paris – avec sa tenue de GI et ses cheveux ébouriffés, la jolie blonde américaine, devenue reporter de guerre pour l'armée, fait tourner bien des têtes dans la capitale libérée...

« Si je ne m'abuse, la photo a été prise à l'atelier de Picasso ?

— Exactement ! le félicite Nusch. Et lui, ajoute-t-elle en pointant du doigt Roland Penrose, c'est le mari de Lee. Enfin, presque : ils ne sont pas mariés, mais c'est tout comme. Il a traduit le recueil de Paul en anglais. Vous voulez le voir ? »

Elle passe dans le bureau de Paul et fouille dans sa bibliothèque, s'aidant de son doigt comme d'un compte-fil. Cartier-Bresson se penche pour mieux voir la photo : il croyait que Lee était en couple avec ce photographe américain de *Life*, David Sherman. C'est ce qu'insinuent, en tout cas, les camarades qui logent comme eux à l'hôtel Scribe.

« Trouvé ! » fait Nusch.

Elle revient dans le salon et tend au photographe un joli recueil blanc, tiré sur un beau papier.

« *Poetry and Truth 1942...* », fait le photographe.

Il l'ouvre, s'arrête sur la gravure d'Eluard par Man Ray par laquelle débute le recueil, puis fait défiler les pages, où les poèmes en français et leur traduction figurent en vis-à-vis. Au téléphone, Louis et Paul ont laissé Maurras à ses turpitudes :

« Poulenc ? Non, pas de nouvelles. J'ai reçu il y a quelques jours le livret de sa cantate, de la part de Paul Rouart. Il m'a expliqué qu'il l'a éditée clandestinement avant le débarquement. Mais nous reparlerons de tout ça plus tard, si vous le voulez bien, je dois vous laisser : Nusch est rentrée... C'est ça, je l'embrasse pour vous. Et vous, faites de même à Denyse et Fran-Fran. Vous le remercierez pour son dessin. À bientôt, cher Louis ! »

Paul raccroche et se masse l'oreille. Sans un regard pour les photos sur la table, le courrier ou les journaux, il se dirige vers la fenêtre et pose les avant-bras sur le balcon. Le regard perdu, il pense à toutes les déclinaisons du poème : en musique, en tapisserie – et maintenant traduit en italien. Derrière lui, Nusch chantonne, tel un oiseau sur un fil. À la gauche de Paul, la fenêtre de la cuisine s'ouvre alors, et dans ce cadre apparaît le visage du photographe.

« Une dernière photo à la fenêtre, Paul ? »

Le poète acquiesce et se plie à l'exercice. Cartier-Bresson construit son cadre au cordeau ; il fixe le poète, de profil, dans le coin droit de l'image, le regard dirigé vers la rue, puis il se recule d'un pas pour ajouter aux lignes de fuite de la photo la rambarde horizontale de la fenêtre, au premier plan. Il prend plusieurs vues, attentif à la disposition des passants dans la rue en contrebas et à leurs ombres s'étirant sur la chaussée. Paul aimerait être un peu seul, maintenant. D'un regard, il fait comprendre à Cartier-Bresson que la séance est terminée et le raccompagne à la porte. Puis il reprend sa place à la fenêtre.

Avec la Libération, Paris a retrouvé sa joie de vivre et sa vitalité. Les rues ne sont plus cet espace de transit emprunté par des piétons pressés de regagner leurs pénates. Les promeneurs sont plus nombreux et les vendeurs de journaux à la criée se disputent l'attention des passants : « Demandez *Combat* ! » « Dernières nouvelles du front, avec *Défense de la France* ! » Paul observe ce théâtre de la vie ordinaire. Il a retrouvé son Paris.

Tu vas te lever, Paris, écrivait-il en 1942. C'est chose faite.

Victoire chèrement acquise. Paul songe à tous les poètes résistants, ceux que leur engagement a couverts de gloire : René Char, alias le capitaine Alexandre, et ses *Feuillets d'Hypnos* ; Jean Cassou, et ses *Trente-trois sonnets composés au secret* ; Gabriel Audisio, et ses *Feuilles de Fresnes* ; Luc Decaunes, le mari de sa fille Cécile, auteur dans son stalag de *L'Air natal*... Il songe à Louis, et au merveilleux petit livre qu'il a écrit sur lui pour le premier numéro de « Poètes d'aujourd'hui », chez Seghers. Et Aragon, et Supervielle, et Pierre Jean Jouve, et Philippe Soupault – son « Ode à Londres bombardée »... Et tant d'autres esprits des lettres qui ont défié l'occupant : Max-Pol et *Fontaine*, René Tavernier et *Confluences*, Jean Amrouche et *L'Arche* ! Mais son regard se rembrunit à l'évocation de ses amis disparus : Max Jacob, mort à Drancy, Robert Desnos, déporté à Buchenwald, Robert Rius et Jean Simonpoli, fusillés à Fontainebleau...

L'apparition de Nusch, à sa droite, chasse ses sombres pensées. Elle lui sourit et reçoit sur son visage la caresse du soleil. Elle rouvre les yeux pour suivre le vol des oiseaux au-dessus des toits. Soudain, un cri sort de sa poitrine. Paul sursaute et tourne vivement la tête dans sa direction.

« Regarde ! »

Elle le rejoint à sa fenêtre et lui désigne, de l'autre côté de la rue, l'attroupement qui s'est formé. Paul remue la tête mais ne distingue rien derrière cette barrière de vestes et de manteaux.

« C'est un oiseau. Je le regardais voler quand, soudain, il est tombé, comme ça... »

Nusch fait claquer ses doigts. Imitant le volatile, elle incline légèrement la tête sur le côté, ses yeux fixes rivés au ciel, puis elle les ferme d'un coup et sa tête vient buter contre son épaule. Paul trouve gracieux ce petit tour et baise ses paupières.

« Quand j'étais petite, raconte Nusch, nous avions des oiseaux en cage à la maison. Un jour, nous étions en train de dîner quand l'un d'eux est tombé de son perchoir – raide mort. J'ai beaucoup pleuré, et ma mère, pour me consoler, m'a dit que c'est ainsi que meurent les oiseaux : brusquement, sans crier gare. En une seconde.

— Le temps d'une seule pensée... », ajoute Paul pour lui-même.

Ils restent ainsi quelques minutes en silence, enlacés. En bas, l'attroupement créé par la chute de l'oiseau s'est dispersé. Une femme recouvre le volatile mort d'une feuille de journal. C'est alors que rugit le bruit d'un moteur, en bas de la rue de la Chapelle. Nusch et Paul aperçoivent, remontant de la gare du Nord, une Jeep de l'armée américaine qui vient s'immobiliser juste sous leurs fenêtres dans un crissement de pneus. Deux soldats jaillissent de la remorque, sous l'œil inquiet des passants. Ils lèvent la tête vers les Eluard et l'un d'eux, ôtant son casque, dévoile une longue chevelure dorée.

« Lee ! hurle Nusch à la fenêtre. Roland ! »

Elle se précipite dans les escaliers et, l'instant d'après, Paul la voit, dans la rue, se jeter dans les bras de son amie. Elles tournent sur le trottoir, ivres de joie, puis Nusch fait de même avec Roland Penrose, impeccablement sanglé dans son uniforme marron de l'armée britannique. Le petit groupe s'engouffre dans le hall de l'immeuble, suivi par un autre soldat, les bras lestés d'un gramophone. Des éclats de voix lui parviennent par la porte entrouverte.

« On passait vous prendre, explique Lee, avant d'aller dîner chez Pablo ! Il a invité tout le monde : Aragon, Elsa, Max-Pol...

— Tzara, Sabartès, Cocteau ! ajoute Roland.

— Mais d'abord... », dit Lee. Elle dégaine de sa besace deux bouteilles de champagne bien frais. « Réserve spéciale de l'ex-Kommandantur ! »

Des hourras saluent cette prise de guerre. Lee coince une première bouteille contre son épaule, comme si elle visait au bazooka, et le bouchon propulsé traverse le salon et la fenêtre ouverte pour atterrir au milieu de la chaussée.

« À la liberté ! clament les amis.

— Et sur les bulles de champagne, j'écris ton nom ! » glisse Lee à Paul.

Les verres tintent, des rires éclatent à tout propos. On s'embrasse, on s'enlace, on pleure, et du gramophone posé sur la table du salon s'élèvent les premières mesures de cuivres du nouvel hymne en vogue à Paris : *In the Mood*, de Glenn Miller. Nusch saisit la main de Roland pour l'entraîner dans la danse. Paul les regarde tournoyer, les yeux embués de larmes, et se souvient de ces lignes versées dans la nuit la plus sombre de l'hiver 1942 :

J'ai vécu comme une ombre
Et pourtant j'ai su chanter le soleil
Le soleil entier celui qui respire
Dans chaque poitrine et dans tous les yeux
La goutte de candeur qui luit après les larmes

Rue de la Chapelle

À Paul Eluard

La liberté, c'est ce cours d'eau
qui vient passer sur ta maison.
Tous les gens de la rue y puisent à pleins seaux.
Les filles fatiguées y viennent se baigner
le soir, quand la sirène ouvre les ateliers.
Et l'on y lave, aussi, les vestes de travail.

Je te regarde face à face
et je vois l'eau du fleuve
aux hublots de tes yeux.

Tu t'en vas sur le fleuve,
avec le fleuve, vers la mer.
Je viens, nous venons tous, nous nageons près de toi,
écume du sillage ou feuilles emportées,
frôlés de poissons d'or, survolés d'éperviers –

C'est un fleuve sans rive et notre foule s'y perdra,
se fondra, fraternelle, à celles de partout.

Demain, ceux qui vivront trouveront naturel
d'être au large, au soleil, sur la mer Liberté.

Madeleine Riffaud,
1946

Épilogue

Paul et Nusch Eluard (1895-1952 et 1906-1946)

Célébré après-guerre, épuisé par les sollicitations, Eluard part se reposer dans un sanatorium suisse en novembre 1946. Il écrit le 25 à sa « Galotchka » : « Depuis deux ans je n'ai pas été seul un jour entier. Cela me rend un peu neurasthénique. J'ai peur que lorsque je te reverrai enfin, tu me trouves vieux. Je ne sais vraiment plus rire comme avant. Mais je sais te sourire, ma petite Gala de toujours même de loin, même dans ces montagnes que nous connaissons tous deux si bien. » Il lui explique qu'il est seul, Nusch étant restée auprès de sa mère malade. Trois jours plus tard, c'est Cécile, sa fille, qui lui apprend, par téléphone, la mort subite de Nusch, à quarante ans. Paul composera ce poème à sa mémoire :

Vingt-huit novembre mil neuf cent quarante-six
Nous ne vieillirons pas ensemble
Voici le jour
En trop : le temps déborde

Cícero Dias (1907-2003)

Avec Raymonde, il reste à Lisbonne de novembre 1942 à la fin de la guerre, puis retourne en France, à l'appel de son ami Picasso. Il ne reviendra qu'épisodiquement au Brésil, où il réalise notamment une gigantesque fresque pour sa ville de Recife en 1999.

João et Aracy Guimarães Rosa (1908-1967 et 1908-2011)

Consul adjoint de Hambourg de 1938 à 1942, João retrouve le Brésil après Baden-Baden. Il y poursuit sa carrière diplomatique, tout en se consacrant à la littérature. Son roman le plus célèbre, *Diadorim*, paraît en 1956. Il épouse Aracy au Mexique. Celle-ci est, avec l'ambassadeur Luiz Martins de Souza Dantas, l'une des deux personnalités brésiliennes honorées comme Justes parmi les nations pour leur action en faveur des Juifs.

Max-Pol Fouchet (1913-1980)

En avril 1945, il installe une antenne de *Fontaine* à Paris, rue Saint-Placide, jusqu'à sa fermeture en 1947. Sans cesser d'écrire, Max-Pol se tourne vers la radio et la télévision. Cultivant la modestie, il écrit en avril 1945 : « Rien ne nous blesse davantage, depuis le retour de la liberté, que l'impudeur de certains intellectuels. Les voici des héros pour avoir publié ou écrit des messages chiffrés. Ils s'égalent aux martyrs pour avoir permis à d'autres – héros véritables, ceux-là – de les avoir imprimés, ces messages, dans les catacombes, et de les avoir transmis aux hommes vivants. Le premier courage de l'intellectuel est de ne rien attendre que de lui-même. »

Louis Parrot (1906-1948)

À la Libération, l'agent de liaison officieux d'Eluard retrouve le journal *Ce soir* et poursuit sa carrière de romancier et poète. Il publie en 1945 *L'Intelligence en guerre*, fresque à chaud sur la

Résistance intellectuelle. Il succombe d'un cancer du rein en 1948. Eluard perdit là son « ami parfait », dont il voulait faire son exécuteur testamentaire.

La Main à plume

Sa vingtaine de membres a payé un lourd tribut à la guerre : Robert Rius et Jean Simonpoli, au maquis d'Arbonne, sont fusillés par les Allemands en juillet 1944. Marc Patin, requis pour le STO, meurt en Allemagne le 13 mars 1944, des suites d'une pneumonie. Tita (Edita Hirshova) est déportée à Auschwitz par le convoi n° 32, le 14 septembre 1942. Le groupe n'a pas survécu à la guerre. Noël Arnaud, à jamais brouillé avec Eluard, sera par la suite de la grande aventure de l'Oulipo.

La France libre

Raymond Aron s'investit dans *La France libre* jusqu'en septembre 1945 – le dernier numéro de la revue est daté de janvier 1947. Il publie ses Mémoires en 1983. Après l'épisode Giraud, André Labarthe gagne les États-Unis à l'été 1943. Il relancera en 1948 la revue *Constellation*, sorte de *Reader's Digest* à la française.

Lee Miller (1907-1977)

Armée de son Rolleiflex et de sa Hermès Baby, avec David Sherman, elle couvre l'offensive de Normandie, la libération de Paris, la campagne d'Alsace. En avril 1945, ils immortalisent l'horreur des camps à Buchenwald et Dachau. Puis se photographient l'un l'autre dans la baignoire de Hitler, à Munich. Hantée par la guerre, Lee souffrira pendant des années du syndrome de stress post-traumatique.

Roland Penrose (1900-1984)

Passé par le Paris en fête de septembre 1944, il est de retour à Londres à l'automne, les bras chargés de plaquettes et de revues clandestines fournies par Eluard. En 1945, il publie un livre en hommage à la Résistance, *Au service du peuple* – rejeté par les surréalistes. Il épouse Lee en 1947.

E. L. T. Mesens (1903-1971)

Il publie son recueil *Troisième front* en mars 1944, deux mois avant Eluard et *Poetry and Truth 1942*, mais on se souvient surtout de lui comme de l'auteur de la ritournelle « Radio-Paris ment / Radio-Paris est allemand. » Il suit Breton contre Eluard en 1945, dégoûté par « la collusion Eluard-Aragon ». Il se brouille définitivement avec Penrose en 1960.

Desvignes (1902-1991)

Jean Bruller, alias Desvignes, alias Vercors, cofondateur des Éditions de Minuit, a gardé le secret de son identité jusqu'à la Libération. Il raconte dans ses Mémoires que, s'il venait à être pris, il déclinerait un quatrième patronyme : Drieu, 5, rue Sébastien-Bottin – siège de *La NRF*.

Francis Poulenc (1899-1963)

Sa cantate, imprimée clandestinement à Paris par Paul Rouart (1906-1972) en mai 1944, est interprétée pour la première fois par les chœurs de la BBC, le 25 mars 1945, en présence du compositeur, de Louis Aragon et de Roland Penrose. La première en français de *Figure humaine* a lieu en Belgique, le 2 décembre 1946, cinq jours après le décès de Nusch.

Jean Lurçat (1892-1966)

À Aubusson, il réalise dans des conditions semi-clandestines une tapisserie inspirée du poème d'Eluard. Contraint de se cacher dans le Lot, il rejoint le maquis FTP de Lanzac après le 6 juin. Il fait aussi partie du comité de rédaction du journal *Les Étoiles du Quercy*, qui publie « Liberté » en septembre 1944.

Les aviateurs du Wellington

Le pilote Thomas George Dellar (1917-1943), mort dans le crash du 12 juin 1943, a été inhumé par les Allemands au cimetière communal de Guyancourt (Yvelines). Sa tombe a été fleurie par les habitants.

Caché trois mois dans le village de Vieille-Église (Yvelines), l'opérateur radio Bernard Charles Reeves (1921- ?) a réussi à gagner Gibraltar, d'où il s'embarque le 27 octobre 1943 à destination de Portreath, en Angleterre.

Horace John Davis Adams (1922- ?), le mitrailleur arrière, Cyril Edward Bartholomew (1923-1998), le mitrailleur avant, et James Graham Perfect (1923- ?), le bombardier, capturés par les Allemands après leur saut en parachute, seront emprisonnés au stalag 357, en Basse-Saxe, jusqu'à la libération du camp, en avril 1945.

Le sort du navigateur canadien Delmar Murray Davis (1920-1943) est, lui, sujet à caution. Officiellement mort dans le crash du 12 juin 1943, il aurait néanmoins survécu, selon des témoignages recueillis juste après la guerre. Signalé à Étampes puis à Versailles, a-t-il tenté de traverser la France pour regagner l'Angleterre, comme Reeves ? Il est en tout cas inhumé, non pas à Guyancourt, avec son compagnon d'armes le pilote Dellar, mais au cimetière militaire de Mazargues, à Marseille. L'enquête se poursuit…

Références et sources bibliographiques

Page 13
Paul Eluard, « Nusch », *La Vie immédiate*, Gallimard, 1932.

Page 84
Paul Eluard, « La halte des heures », *Sur les pentes inférieures*, La Peau de chagrin, 1941 ; *Poésie et Vérité 1942*, Éditions de La Main à plume, octobre 1942 ; *Au rendez-vous allemand*, Éditions de Minuit, 1945.

Page 88
Paul Eluard, « Patience », *Sur les pentes inférieures*, La Peau de chagrin, 1941 ; *Poésie et Vérité 1942*, Éditions de La Main à plume, octobre 1942 ; *Au rendez-vous allemand*, Éditions de Minuit, 1945.

Page 119-120
Paul Eluard, « Du dedans », *Poésie et Vérité 1942*, Éditions de La Main à plume, octobre 1942 ; *Au rendez-vous allemand*, Éditions de Minuit, 1945.

Page 157

Paul Eluard, « Bientôt », *Sur les pentes inférieures*, La Peau de chagrin, 1941 ; *Poésie et Vérité 1942*, Éditions de La Main à plume, octobre 1942 ; *Au rendez-vous allemand*, Éditions de Minuit, 1945.

Page 161

Paul Eluard, « Les petits justes », *Mourir de ne pas mourir*, in *Capitale de la douleur*, Gallimard, 1924.

Page163

André Labarthe, préface du *Crève-cœur* de Louis Aragon, coédition *La France libre-Horizon*, 1943.

Page 330

Paul Eluard, « Couvre-feu », *Poésie et Vérité 1942*, Éditions de La Main à plume, octobre 1942 ; *Au rendez-vous allemand*, Éditions de Minuit, 1945.

Page 352

Paul Eluard, « VI », *La Dernière Nuit*, Les Cahiers d'art, 1942 ; rééd. *Poésie et Vérité 1942*, Éditions de La Main à plume, octobre 1942 ; *Au rendez-vous allemand*, Éditions de Minuit, 1945.

Page 353

Madeleine Riffaud, « Rue de la Chapelle », *Le Courage d'aimer*, Éditions Seghers, 1949.

Sources des documents :

— Lettres adressées à Louis Parrot : fonds Louis Parrot, bibliothèque Jacques Doucet.

— Lettre de la *Propaganda-Staffel* à La Main à plume : fonds Noël Arnaud, bibliothèque de l'Arsenal.

— Lettre du ministère de l'Information à Max-Pol Fouchet : reproduite dans *Un jour, je me souviens. Mémoire parlée*, de Max-Pol Fouchet, Mercure de France, 1968.

— Lettre de Louis Parrot à Cícero Dias : archives personnelles de Sylvia Dias.

— Commandes de librairies à La Main à plume pour *Poésie et Vérité 1942* : fonds Noël Arnaud, bibliothèque de l'Arsenal.

— Sommaire de *La Revue du monde libre* : BNF.

— Traduction d'« Une seule pensée » par William Plomer : revue *The Listener*, vol. XXVIII, n° 723, 19 novembre 1942.

— Lettre de Cícero Dias à Roland Penrose : archives Roland Penrose, National Galleries, Édimbourg.

— Tract de La Main à plume contre Paul Eluard (« Vieille canaille »), reproduit dans *Tracts surréalistes et déclarations collectives : 1922-1949*, Éric Losfeld, 1980-1982.

— Rapport de la RAF : dossier militaire de Thomas George Dellar.

— Extrait de « Liberté » traduit par E. L. T. Mesens et Roland Penrose, tiré de *Poetry and Truth 1942*, London Gallery, mai 1944.

— Lettre de Paul Eluard à Francis Poulenc, reproduite dans *Francis Poulenc. Correspondance : 1910-1963*, Fayard, 1994.

— Faire-part de décès de Thomas George Dellar : dossier militaire de T. G. Dellar.

Remerciements

Ce livre a vu le jour grâce au soutien de Claire Sarti, petite-fille de Paul Eluard, qui m'a mis en contact avec les éditions Seghers. Merci aussi pour les trésors de ses tiroirs et de ses armoires, qui ont enrichi mon fonds personnel et nourri mon récit.

Un bouquet d'œillets de poète pour mon éditrice, Anne Dieusaert, qui m'a donné ma chance, malgré mon casier littéraire vierge. Ses relectures passionnées, ses avis judicieux, sa gomme magique pour éliminer les débords dans le trait.

Je ne saurais aller plus loin sans adresser d'emblée un grand coup de chapeau à l'historien anglais Tim Brooks, auteur de la remarquable étude *British Propaganda to France, 1940-1944: Machinery, Method and Message* (Edinburgh University Press, 2007). Tim m'a aidé à débroussailler l'histoire des largages. Je lui dois énormément.

De même, je tire un grand coup de chapeau à l'équipe et aux contributeurs du site Aircrewremembered.com, pour leurs fiches sur les avions et équipages tombés en mission. J'y ai puisé nombre d'informations sur le vol relaté dans ces pages.

Un grand merci également aux ayants droit des personnages impliqués dans la diffusion de « Liberté » qui m'ont ouvert leurs papiers personnels : Sylvia Dias, Jean-François Parrot, Antony Penrose, Dominique Schnapper, fille de Raymond Aron, Vincent Rouart et Martine Boivin-Champeaux. Merci aussi à Benoît Seringe, gestionnaire du droit moral de Francis Poulenc.

Mes recherches sur les aviateurs du Wellington ont été facilitées par l'ambassade du Canada et celle d'Australie, surtout Rebecca Fleming, historienne auprès du gouvernement australien pour le département des vétérans de guerre. L'ambassade du Brésil à Paris m'a ouvert ses portes pour m'aider à pister Cícero Dias : je remercie Son Excellence Luís Fernando Serra et Felipe Pinchemel, ainsi que le député pernamboucain João Roma, qui a évoqué pour moi son compatriote Dias.

Merci aux équipes de la BNF, des sites de Tolbiac, Louvois, Richelieu. À celles de la bibliothèque Doucet, des bibliothèques spécialisées de la Ville de Paris. Merci à l'IMEC, au musée de la Résistance nationale. Toute ma gratitude à Émilie Deschamps, de la médiathèque de Vichy, sollicitée sur Max-Pol Fouchet ; à Jean Palomba, du musée des Beaux-Arts d'Arles. Régis Rech, directeur de la bibliothèque municipale de Tours, m'a guidé dans le fonds Parrot. *Danke* à Dagmar Rumpf et Claudia Falk, archivistes de la ville de Baden-Baden. Merci appuyé à Aimee Lind, du Getty Research Institute, pour les documents sur Mesens et Penrose ; à Rosa Di Bitonto, de l'université de Rome, pour *Poesia e Verità*.

De même, en Angleterre, aux Archives nationales de Kew, aux musées de la RAF, à Farleys House and Gallery, la maison-musée de Lee Miller et Roland Penrose. *Many thanks* à Kirstie Meehan, pour les archives Penrose aux National Galleries d'Édimbourg ; à Zoe Stansell, de la BBC ; à Susan Hansen-Just, Office Manager and Executive Team de l'université d'Édimbourg ; à Gus Teasdale, de la Royal Academy of Arts, à Londres.

J'ai aussi une pensée pour Corinne Le Breton, et sa thèse – la seule qui existe ! – sur Louis Parrot ; pour Cherifa Ben Iken et Ludovic Guiral, des archives historiques de la SNCF ; pour l'historien Sylvain Cornil-Frerrot, de la Fondation de la France libre, où j'ai inventorié la collection complète de *La France libre* ; pour Xavier Hermel, de la fondation Jean-Lurçat ; pour Anne Yanover, directrice du musée d'Art et d'Histoire Paul-Eluard de Saint-Denis. Une pensée pour l'historien Thierry Cottour, et son étude sur la propagande britannique. Un grand merci aussi à l'Association des amis de Max-Pol Fouchet.

Pour tout ce qui concerne Francis Poulenc et sa cantate, je me suis tourné vers les travaux des historiens Yannick Simon, Nicolas Southon et Myriam Chimènes, qui ont aimablement répondu à mes requêtes. Sidney Buckland m'a fait part de ses recherches sur *Figure humaine*.

Je dois à Rose-Hélène Iché et Nicolas Pujol, de la revue *Surréalismus*, de précieuses informations sur Robert Rius ; au poète Christophe Dauphin, un éclairage sur Marc Patin. Merci à Marie-Cécile Bouju, historienne du site Maitron, pour ses recherches sur l'imprimeur de La Main à plume, Lucien Cario. J'ajoute les lumières de Nicole Boulestreau et d'Étienne-Alain Hubert. Et Jean-Paul Damaggio, pour ses pistes sur Noël Arnaud.

Merci tous azimuts au professeur d'université Michel Rapoport, sur Louis Parrot ; à Bernard Clavreuil, qui a succédé à Lucien Scheler comme libraire rue de Tournon ; à l'historienne Bénédicte Vergez-Chaignon, pour ses précisions sur l'Afrique du Nord ; à l'historien François Vignale, auteur d'un essai de référence sur *Fontaine* ; à l'historien Régis Le Mer, pour les imprimeurs ; à l'imprimeur Frédéric Tachot, et le bon usage du plomb ; à Marie Bonnafé, psychiatre comme son père, le docteur Lucien Bonnafé ; à Éloïse de La Maison, pour la main tendue à Madeleine Riffaud.

Un grand merci, enfin, aux écrivains Didier Daeninckx et Jean-Daniel Baltassat, pour leurs encouragements et leurs conseils de chevronnés.

J'entrechoque une chope avec mes amis de toujours. Dans l'ordre de mon Bottin perso : Paulo Araujo, Jahwar Basti, Antoine « Farfaet » Callot, Gilles Chantraine, Delphine Dhaennens, Guillaume Dollmann, « So » Garsmeur, Antoine Ginestet, Mechtilde Hémar, Richard Huyghe, Wing K. Law et Hisayo, Yann Minois, Padma Natarajan, Clément Plancq, Pascal Ruef et sa fratrie, Robin et Marlyse Sen Gupta, Jean-Baptiste Thommen et Julia, « Margot » Serna, Antoine et Pierre Vandermeersch, Vincent et Julie Verhelst, Julien Wambre. Au Théâtre du Prisme, aussi !

Mention spéciale à mes collègues d'*Historia*. Et à Julien Gonzalez-Alonso, des Éditions du Griffon.

Je réserve un cadre spécial à ma famille : mon trio sacré Glícia, Nuno et Élie ; mes sœurs Claire, Marie, Valérie ; leurs conjoints Jean-Pierre Serieys, Édouard Hooreman, Ulysse Korolitski ; mes neveux et nièces Laura, Pauline, Marius, Gabriel, Dante, Violette, Rebecca, Henri, Gustave. Je n'oublie pas la famille au Brésil et celle en Italie.

Je dédie ce livre à mon père, François Donzelli, et à ma mère, Marie-Christine Donzelli-Hutin, qui, avant de mourir, en avril 2011, m'a encouragé à faire comme elle : « suivre ses petits sentiers ».

Les miens m'ont mené *sur les sentiers éveillés* de Paul Eluard.

Table

Composition et mise en pages
Nord Compo à Villeneuve-d'Ascq

#lisez! engagé
www.lisez.com
Pour plus d'information :
Imprimé sur du papier issu de forêts gérées durablement.

Achevé d'imprimer en décembre 2022
par Normandie Roto Impression s.a.s.
61250 Lonrai
Dépôt légal : décembre 2022
Nº d'édition : 64919/01 – Nº d'impression : 2205984
Imprimé en France